Orlando Syrg Taschenbuch 182018

OR
SY
TA

AF187223

FSC
www.fsc.org
MIX
Papier aus ver-
antwortungsvollen
Quellen
Paper from
responsible sources
FSC® C105338

KAR

Kollektion
Abenteuer- & Reiseerzählungen

herausgegeben

von

Joerg K. Sommermeyer

Über dieses Buch

Joseph Conrads Meisterwerk. Eine Erkundungsfahrt zu den dunkelsten Abgründen und äußersten Möglichkeiten der menschlichen Seele, in denen das absolut Böse Gestalt und Wirklichkeit gewinnt. [siehe auch Joerg K. Sommermeyer, Nachwort, S. 237 ff.]

Der Autor

Joseph Conrad, geboren am 3. Dezember 1857 in Berdytschiw (Russisches Kaiserreich, heute Ukraine); gestorben am 3. August 1924 in Bishopsbourne (Großbritannien); polnisch-britischer Schriftsteller, der in englischer Sprache schrieb, die er erst mit 21 Jahren zu erlernen begonnen hatte. Seine Romane und Erzählungen zählen zu den wichtigsten Werken der englischen Literatur des ausgehenden 19. und frühen 20. Jahrhunderts. [Detaillierter Lebenslauf siehe Joerg K. Sommermeyer, Nachwort, S. 237 ff.]

Der Übersetzer

Ernst Wolfgang Freißler (Ernst Wolfgang Freissler/E. W. Günter), geboren am 7. Juli 1884 in Troppau/Schlesien; gestorben am 25. Februar 1937 in Stadt-Olbersdorf / Tschechoslowakei; sein Vater Direktor der Schlesischen Landes-Nervenheilanstalt; österreichisch-schlesischer Bankbeamter, Autor, Redakteur, Lektor, Übersetzer; Mitarbeit beim Simplicissimus und Königsberger Rundfunk.

Der Bearbeiter

Georg Joaquín Feurig-Sorgenfrei, am 13. August 1961 – dem Tag des Berliner Mauerbaus – als fünftes Kind deutscher Auswanderer in Buenos Aires geboren. 1968 Rückkehr nach Deutschland. Volksschule und Gymnasium in Hamburg und Bremen. Studium der Soziologie, Germanistik, Anglistik und Philosophie in München, Freiburg, Berlin, London, New York, Paris und Madrid. Kenner von Manierismus und Trivialliteratur (abgebrochene Dissertation: *Manierismus in der Trivialliteratur des 19. und 20. Jahrhunderts*). Seit 1989 spanischer Ghostwriter. Serien von Comics sowie Wildwestromane unter Pseudonym. 1999 bis 2006 Journalist in Santiago de Chile. 2007 Übersiedelung nach Berlin. 2009/2010/2017/2018 Herausgabe von Joerg Sommermeyers *„Anton Unbekannt: Pat[(h)o/a]physischer Antiroman, Tragigroteskenfragment"*. 2010/2017 Bearbeitung von Franz Trellers *Nikunthas, König der Miami* und 2018 James Fenimore Coopers The Last of the Mohicans/Der letzte Mohikaner.

Der Herausgeber

Joerg K. Sommermeyer (JS), geb. 14.10.1947 in Brackenheim, Sohn des Physikers Prof. Dr. Kurt Hans Sommermeyer (1906-1969). Kindheit in Freiburg. Studierte Jura, Philosophie, Germanistik, Geschichte und Musikwissenschaft. Klassische Gitarre bei Viktor v. Hasselmann und Anton Stingl. Unterrichtete in den späten Sechzigern Gitarre am Kindergärtnerinnen-/Jugendleiterinnenseminar und in den Achtzigern Rechtsanwaltsgehilfinnen in spe an der Max-Weber-Schule in Freiburg. 1976 bis 2004 Rechtsanwalt in Freiburg. Setzte sich für eine Verstärkung des Rechtsschutzes bei Grundrechtseingriffen ein (Unterbringungsrecht, Untersuchungshaft, Durchsuchungsrecht). Zahlreiche Veröffentlichungen in juristischen Fachzeitschriften sowie Artikel in Musikblättern. Gründer und Vorsitzender der Internationalen Gitarristischen Vereinigung, Organisator und Künstlerischer Leiter der Freiburger Gitarren- und Lautentage, Herausgeber und Redakteur der Zeitschrift *Nova Giulianiad: Saitenblätter für die Gitarre und Laute*. Juror beim Schlesischen Gitarrenherbst in Tychy und Internationalen Gitarrenkongress Freiburg / Basel / Straßburg. Songs, Liedtexte, Arrangements, Instrumentalmusik. 7 CDs, u. a.: *Total Overdrive, Those Rocks & Lieders, Nel Cuore Romanzo Rock, Ergo, 7 Celebrities*. Prosa: Anton Unbekannt, Pathoaphysischer Antiroman, Tragigroteskenfragment, 2008/2009; Vernimm mein Schreien, 2017/2018. Lieblingsmärchen, 2017/2018. Edition von Werken u. a. Franz Trellers, Oskar Panizzas, Fritz von Ostinis, Hugo Balls, Carl Einsteins, Ludwig Rubiners, Franz Kafkas, Heinrich von Kleists, Christian Morgensterns, Robert Müllers, Joseph von Eichendorffs, Adelbert von Chamissos, Georg Büchners, Denis Diderots, Wilhelm Heinrich Wackenroders, E. T. A. Hoffmanns, Heinrich Heines, Rainer Maria Rilkes, Annette von Droste-Hülshoffs, Jeremias Gotthelfs, Marie von Ebner-Eschenbachs, Eduard von Keyserlings und August Stramms.

Orlando Syrg, Berlin, 14. November 2018

Joerg K. Sommermeyer (Hg.)

Joseph Conrads

Heart of Darkness
Herz der Finsternis

Englisch und Deutsch

Deutsch nach der Übersetzung von Ernst Wolfgang Freißler,
revidiert und neu bearbeitet
von
Georg J. Feurig-Sorgenfrei

Herausgegeben und mit einem Nachwort versehen
von
Joerg K. Sommermeyer

Orlando Syrg

MMXVIII

1. Auflage 2018

Orlando Syrg, Berlin (vormals Freiburg i. Brsg.)

Orlando Syrg Taschenbuch

ORSYTA 182018

Kollektion Abenteuer- & Reiseerzählungen

KAR 5

Alle Rechte vorbehalten. Kein Teil des Werkes darf in irgendeiner Form (durch Fotografie, Mikrofilm oder ein anderes Verfahren) ohne schriftliche Genehmigung des Verlages reproduziert oder unter Verwendung elektronischer Systeme verarbeitet, vervielfältigt oder verbreitet werden.

Deutsch nach der Übersetzung von Ernst Wolfgang Freißler, revidiert und neu bearbeitet: Georg J. Feurig-Sorgenfrei

Herausgabe und Nachwort: Joerg K. Sommermeyer

Umschlaggestaltung (unter Verwendung eines Aquarells von Liliane Doms, *"Kurtz"*, 2001, auf der Vorderseite): JS

Lektorat, Satz und Layout: Helga Kussin, JS, Hans Ohnson, Karl Bader, Bruno Bauer, Marga Sadau, Kurt Marie, Lars Penath

Herstellung, Verlag BoD - Books on Demand, Norderstedt

Made in Germany

ISBN 9783746015538

Inhalt

Joseph Conrad

Heart of Darkness

[*Blackwood's Magazine*, London 1899/*Youth, A Narrative, and Two Other Stories*, Blackwood, London 1902]

I

The Nellie, a cruising yawl, swung to her anchor without a flutter of the sails, and was at rest. The flood had made, the wind was nearly calm, and being bound down the river, the only thing for it was to come to and wait for the turn of the tide. The sea-reach of the Thames stretched before us like the beginning of an interminable waterway. In the offing the sea and the sky were welded together without a joint, and in the luminous space the tanned sails of the barges drifting up with the tide seemed to stand still in red clusters of canvas sharply peaked, with gleams of varnished sprits. A haze rested on the low shores that ran out to sea in vanishing flatness. The air was dark above Gravesend, and farther back still seemed condensed into a mournful gloom, brooding motionless over the biggest, and the greatest, town on earth.

The Director of Companies was our captain and our host. We four affectionately watched his back as he stood in the bows looking to seaward. On the whole river there was nothing that looked half so nautical. He resembled a pilot, which to a seaman is trustworthiness personified. It was difficult to realize his work was not out there in the luminous estuary, but behind him, within the brooding gloom.

Between us there was, as I have already said somewhere, the bond of the sea. Besides holding our hearts together through long periods of separation, it had the effect of making us tolerant of each other's yarns – and even convictions. The Lawyer – the best of old fellows – had, because of his many years and many virtues, the only cushion on deck, and was lying on the only rug. The Accountant had brought out already a box of dominoes, and was toying architecturally with the bones. Marlow sat cross-legged right aft, leaning against the mizzen-mast. He had sunken cheeks, a yellow complexion, a straight back, an ascetic aspect, and, with his arms dropped, the palms of hands outwards, resembled an idol. The Director, satisfied the anchor had good hold, made his way aft and sat down amongst us. We exchanged a few words lazily. Afterwards there was silence on board the yacht. For some reason or other we did not begin that game of dominoes. We felt meditative, and fit for nothing but placid staring. The day was ending in a serenity of still and exquisite brilliance. The water shone pacifically; the sky, without a speck, was a benign immensity of unstained light; the very mist on the Essex marshes was like a gauzy and radiant fabric, hung from the wooded rises inland, and draping the low shores in diaphanous folds. Only the gloom to the west, brooding over the upper reaches, became more somber every minute, as if angered by the approach of the sun.

And at last, in its curved and imperceptible fall, the sun sank low, and from glowing white changed to a dull red without rays and without heat, as if about to go out suddenly, stricken to death by the touch of that gloom brooding over a crowd of men.

Forthwith a change came over the waters, and the serenity became less brilliant but more profound. The old river in its broad reach rested unruffled at the decline of day, after ages of good service done to the race that peopled its banks, spread out in the tranquil dignity of a waterway leading to the uttermost ends of the earth. We looked at the venerable stream not in the vivid flush of a short day that comes and departs for ever, but in the august light of abiding memories. And indeed nothing is easier for a man who has, as the phrase goes, "followed the sea" with reverence and affection, than to evoke the great spirit of the past upon the lower reaches of the Thames. The tidal current runs to and fro in ist unceasing service, crowded with memories of men and ships it had borne to the rest of home or to the battles of the sea. It had known and served all the men of whom the nation is proud, from Sir Francis Drake to Sir John Franklin, knights all, titled and untitled – the great knights-errant of the sea. It had borne all the ships whose names are like jewels flashing in the night of time, from the *Golden Hind* returning with her round flanks full of treasure, to be visited by the Queen's Highness and thus pass out of the gigantic tale, to the *Erebus* and *Terror*, bound on other conquests – and that never returned. It had known the ships and the men. They had sailed from Deptford, from Greenwich, from Erith – the adventurers and the settlers; kings' ships and the ships of men on 'Change; captains, admirals, the dark "interlopers" of the Eastern trade, and the commissioned "generals" of East India fleets. Hunters for gold or pursuers of fame, they all had gone out on that stream, bearing the sword, and often the torch, messengers of the might within the land, bearers of a spark from the sacred fire. What greatness had not floated on the ebb of that river into the mystery of an unknown earth! ... The dreams of men, the seed of commonwealths, the germs of empires.

The sun set; the dusk fell on the stream, and lights began to appear along the shore. The Chapman lighthouse, a three-legged thing erect on a mud-flat, shone strongly. Lights of ships moved in the fairway – a great stir of lights going up and going down. And farther west on the upper reaches the place of the monstrous town was still marked ominously on the sky, a brooding gloom in sunshine, a lurid glare under the stars.

"And this also," said Marlow suddenly, "has been one of the dark places of the earth."

He was the only man of us who still "followed the sea." The worst that could be said of him was that he did not represent his class. He was a seaman, but he was a wanderer, too, while most seamen lead, if one may so express it, a sedentary life. Their minds are of the stay-at-home order, and their home is always with them – the ship; and so is their country – the sea. One ship is very much like another, and the sea is always the same. In the immutability of their surroundings the foreign shores, the foreign faces, the changing immensity of life, glide past, veiled not by a sense of mystery but by a slightly disdainful ignorance; for there is nothing mysterious to a seaman unless it be the sea itself, which is the mistress of his existence and as inscrutable as Destiny. For the rest, after his hours of work, a casual stroll or a casual spree on shore suffices to unfold for him the secret of a whole continent, and generally he finds the secret not worth knowing. The yarns of seamen have a direct simplicity, the whole meaning of which lies within the shell of a cracked nut. But Marlow was not typical (if his propensity to spin yarns be excepted), and to him the meaning of an episode was not inside like a kernel but outside, enveloping the tale which brought it out only as a glow brings out a haze, in the likeness of one of these misty halos that sometimes are made visible by the spectral illumination of moonshine. His remark did not seem at all surprising. It was just like Marlow. It was accepted in silence. No one took the trouble to grunt even; and presently he said, very slow – "I was thinking of very old times, when the Romans first came here, nineteen hundred years ago – the other day ... Light came out of this river since – you say Knights? Yes; but it is like a running blaze on a plain, like a flash of lightning in the clouds. We live in the flicker – may it last as long as the old earth keeps rolling! But darkness was here yesterday. Imagine the feelings of a commander of a fine – what d'ye call 'em? – trireme in the Mediterranean, ordered suddenly to the north; run overland across the Gauls in a hurry; put in charge of one of these craft the legionaries, – a wonderful lot of handy men they must have been too – used to build, apparently by the hundred, in a month or two, if we may believe what we read. Imagine him here – the very end of the world, a sea the colour of lead, a sky the colour of smoke, a kind of ship about as rigid as a concertina – and going up this river with stores, or orders, or what you like. Sandbanks, marshes, forests, savages, – precious little to eat fit for a civilized man, nothing but Thames water to drink. No Falernian wine here, no going ashore. Here and there a military camp lost in a wilderness, like a needle in a bundle of hay – cold, fog, tempests, disease, exile, and death, – death skulking in the air, in the water, in the bush. They must have been dying like flies here. Oh yes – he did it. Did it very well, too, no doubt, and without thinking much about it either, except afterwards to brag of what he had gone through in his time, perhaps. They were men enough to face the darkness. And perhaps he was cheered by keeping his eye on a chance of promotion to the fleet at Ravenna by-and-by, if he had good friends in Rome and survived the awful climate. Or think of a decent young citizen in a toga – perhaps too much dice, you know – coming out here in the train of some prefect, or tax-gatherer, or trader even, to mend his fortunes. Land in a swamp, march through the woods, and in some inland post feel the savagery, the utter savagery, had closed round him, – all that mysterious life of the wilderness that stirs in the forest, in the jungles, in the hearts of wild men. There's no initiation either into such mysteries. He has to live in the midst of the incomprehensible, which is also detestable. And it has a fascination, too, that goes to work upon him. The fascination of the abomination – you know. Imagine the growing regrets, the longing to escape, the powerless disgust, the surrender, the hate."

He paused.

"Mind," he began again, lifting one arm from the elbow, the palm of the hand outwards, so that, with his legs folded before him, he had the pose of a Buddha preaching in European clothes and without a lotus-flower – "Mind, none of us would feel exactly like this. What saves us is efficiency – the devotion to efficiency. But these chaps were not much account, really. They were no colonists; their administration was merely a squeeze, and nothing more, I suspect. They were conquerors, and for that you want only brute force – nothing to boast of, when you have it, since your strength is just an accident arising from the weakness of others. They grabbed what they could get for the sake of what was to be got. It was just robbery with violence, aggravated murder on a great scale, and men going at it blind – as is very proper for those who tackle a darkness. The conquest of the earth, which mostly means the taking it away from those who have a different complexion or slightly flatter noses than ourselves, is not a pretty thing when you look into it too much. What redeems it is the idea only. An idea at the back of it; not a sentimental pretense but an idea; and an unselfish belief in the idea – something you can set up, and bow down before, and offer a sacrifice to ..."

He broke off. Flames glided in the river, small green flames, red flames, white flames, pursuing, overtaking, joining, crossing each other – then separating slowly or hastily. The traffic of the great city went on in the deepening night upon the sleepless river. We looked on, waiting patiently – there was nothing else to do till the end of the flood; but it was only after a long silence, when he said, in a hesitating voice, "I suppose you fellows remember I did once turn fresh-water sailor for a bit," that we knew we were fated, before the ebb began to run, to hear about one of Marlow's inconclusive experiences.

"I don't want to bother you much with what happened to me personally," he began, showing in this remark the weakness of many tellers of tales who seem so often unaware of what their audience would best like to hear; "yet to understand the effect of it on me you ought to know how I got out there, what I saw, how I went up that river to the place where I first met the poor chap. It was the farthest point of navigation and the culminating point of my experience. It seemed somehow to throw a kind of light on everything about me – and into my thoughts. It was somber enough too – and pitiful – not extraordinary in any way – not very clear either. No, not very clear. And yet it seemed to throw a kind of light.

"I had then, as you remember, just returned to London after a lot of Indian Ocean, Pacific, China Seas – a regular dose of the East – six years or so, and I was loafing about, hindering you fellows in your work and invading your homes, just as though I had got a heavenly mission to civilize you. It was very fine for a time, but after a bit I did get tired of resting. Then I began to look for a ship – I should think the hardest work on earth. But the ships wouldn't even look at me. And I got tired of that game too.

"Now when I was a little chap I had a passion for maps. I would look for hours at South America, or Africa, or Australia, and lose myself in all the glories of exploration. At that time there were many blank spaces on the earth, and when I saw one that looked particularly inviting on a map (but they all look that) I would put my finger on it and say: 'When I grow up I will go there.' – The North Pole was one of these places, I remember. Well, I haven't been there yet, and shall not try now. The glamour's off. Other places were scattered about the Equator, and in every sort of latitude all over the two hemispheres. I have been in some of them, and ... well, we won't talk about that. But there was one yet – the biggest, the most blank, so to speak – that I had a hankering after.

"True, by this time it was not a blank space any more. It had got filled since my boyhood with rivers and lakes and names. It had ceased to be a blank space of delightful mystery – a white patch for a boy to dream gloriously over. It had become a place of darkness. But there was in it one river especially, a mighty big river, that you could see on the map, resembling an immense snake uncoiled, with ist head in the sea, its body at rest curving afar over a vast country, and its tail lost in the depths of the land. And as I looked at the map of it in a shop-window, it fascinated me as a snake would a bird – a silly little bird. Then I remembered there was a big concern, a Company for trade on that river. Dash it all! I thought to myself, they can't trade without using some kind of craft on that lot of fresh water – steamboats! Why shouldn't I try to get charge of one? I went on along Fleet Street, but could not shake off the idea. The snake had charmed me.

"You understand it was a Continental concern, that Trading society; but I have a lot of relations living on the Continent, because it's cheap and not so nasty as it looks, they say.

"I am sorry to own I began to worry them. This was already a fresh departure for me. I was not used to get things that way, you know. I always went my own road and on my own legs where I had a mind to go. I wouldn't have believed it of myself; but, then – you see – I felt somehow I must get there by hook or by crook. So I worried them. The men said: 'My dear fellow,' and did nothing. Then – would you believe it? – I tried the women. I, Charlie Marlow, set the women to work – to get a job. Heavens! Well, you see, the notion drove me. I had an aunt, a dear enthusiastic soul. She wrote: 'It will be delightful. I am ready to do anything, anything for you. It is a glorious idea. I know the wife of a very high personage in the Administration, and also a man who has lots of influence with,' etc., etc. She was determined to make no end of fuss to get me appointed skipper of a river steamboat, if such was my fancy.

"I got my appointment – of course; and I got it very quick. It appears the Company had received news that one of their captains had been killed in a scuffle with the natives. This was my chance, and it made me the more anxious to go. It was only months and months afterwards, when I made the attempt to recover what was left of the body, that I heard the original quarrel arose from a misunderstanding about some hens. Yes, two black hens. Fresleven – that was the fellow's name, a Dane – thought himself wronged somehow in the bargain, so he went ashore and started to hammer the chief of the village with a stick. Oh, it didn't surprise me in the least to hear this, and at the same time to be told that Fresleven was the gentlest, quietest creature that ever walked on two legs. No doubt he was; but he had been a couple of years already out there engaged in the noble cause, you know, and he probably felt the need at last of asserting his self-respect in some way. Therefore he whacked the old nigger mercilessly, while a big crowd of his people watched him, thunderstruck, till some man, – I was told the chief's son, – in desperation at hearing the old chap yell, made a tentative jab with a spear at the white man – and of course it went quite easy between the shoulderblades. Then the whole population cleared into the forest, expecting all kinds of calamities to happen, while, on the other hand, the steamer

15

Fresleven commanded left also in a bad panic, in charge of the engineer, I believe. Afterwards nobody seemed to trouble much about Fresleven's remains, till I got out and stepped into his shoes. I couldn't let it rest, though; but when an opportunity offered at last to meet my predecessor, the grass growing through his ribs was tall enough to hide his bones. They were all there. The supernatural being had not been touched after he fell. And the village was deserted, the huts gaped black, rotting, all askew within the fallen enclosures. A calamity had come to it, sure enough. The people had vanished. Mad terror had scattered them, men, women, and children, through the bush, and they had never returned. What became of the hens I don't know either. I should think the cause of progress got them, anyhow. However, through this glorious affair I got my appointment, before I had fairly begun to hope for it.

"I flew around like mad to get ready, and before forty-eight hours I was crossing the Channel to show myself to my employers, and sign the contract. In a very few hours I arrived in a city that always makes me think of a whited sepulcher. Prejudice no doubt. I had no difficulty in finding the Company's offices. It was the biggest thing in the town, and everybody I met was full of it. They were going to run an over-sea empire, and make no end of coin by trade.

"A narrow and deserted street in deep shadow, high houses, innumerable windows with venetian blinds, a dead silence, grass sprouting between the stones, imposing carriage archways right and left, immense double doors standing ponderously ajar. I slipped through one of these cracks, went up a swept and ungarnished staircase, as arid as a desert, and opened the first door I came to. Two women, one fat and the other slim, sat on straw-bottomed chairs, knitting black wool. The slim one got up and walked straight at me – still knitting with downcast eyes – and only just as I began to think of getting out of her way, as you would for a somnambulist, stood still, and looked up. Her dress was as plain as an umbrella-cover, and she turned round without a word and preceded me into a waiting-room. I gave my name, and looked about. Deal table in the middle, plain chairs all round the walls, on one end a large shining map, marked with all the colors of a rainbow. There was a vast amount of red – good to see at any time, because one knows that some real work is done in there, a deuce of a lot of blue, a little green, smears of orange, and, on the East Coast, a purple patch, to show where the jolly pioneers of progress drink the jolly lager-beer. However, I wasn't going into any of these. I was going into the yellow. Dead in the center. And the river was there – fascinating – deadly – like a snake. Ough! A door opened, a whitehaired secretarial head, but wearing a compassionate expression, appeared, and a skinny forefinger beckoned me into the sanctuary. Its light was dim, and a heavy writing-desk squatted in the middle. From behind that structure came out an impression of pale plumpness in a frock-coat. The great man himself. He was five feet six, I should judge, and had his grip on the handle-end of ever so many millions. He shook hands, I fancy, murmured vaguely, was satisfied with my French. *Bon voyage.*

"In about forty-five seconds I found myself again in the waiting-room with the compassionate secretary, who, full of desolation and sympathy, made me sign some

16

document. I believe I undertook amongst other things not to disclose any trade secrets. Well, I am not going to.

"I began to feel slightly uneasy. You know I am not used to such ceremonies, and there was something ominous in the atmosphere. It was just as though I had been let into some conspiracy – I don't know – something not quite right; and I was glad to get out. In the outer room the two women knitted black wool feverishly. People were arriving, and the younger one was walking back and forth introducing them. The old one sat on her chair. Her flat cloth slippers were propped up on a foot-warmer, and a cat reposed on her lap. She wore a starched white affair on her head, had a wart on one cheek, and silver-rimmed spectacles hung on the tip of her nose. She glanced at me above the glasses. The swift and indifferent placidity of that look troubled me. Two youths with foolish and cheery countenances were being piloted over, and she threw at them the same quick glance of unconcerned wisdom. She seemed to know all about them and about me too. An eerie feeling came over me. She seemed uncanny and fateful. Often far away there I thought of these two, guarding the door of Darkness, knitting black wool as for a warm pall, one introducing, introducing continuously to the unknown, the other scrutinizing the cheery and foolish faces with unconcerned old eyes. *Ave!* Old knitter of black wool. *Morituri te salutant.* Not many of those she looked at ever saw her again – not half, by a long way.

"There was yet a visit to the doctor. 'A simple formality,' assured me the secretary, with an air of taking an immense part in all my sorrows. Accordingly a young chap wearing his hat over the left eyebrow, some clerk I suppose, – there must have been clerks in the business, though the house was as still as a house in a city of the dead, – came from somewhere upstairs, and led me forth. He was shabby and careless, with inkstains on the sleeves of his jacket, and his cravat was large and billowy, under a chin shaped like the toe of an old boot. It was a little too early for the doctor, so I proposed a drink, and thereupon he developed a vein of joviality. As we sat over our vermouths he glorified the Company's business, and by-and-by I expressed casually my surprise at him not going out there. He became very cool and collected all at once. 'I am not such a fool as I look, quoth Plato to his disciples,' he said sententiously, emptied his glass with great resolution, and we rose.

"The old doctor felt my pulse, evidently thinking of something else the while. 'Good, good for there,' he mumbled, and then with a certain eagerness asked me whether I would let him measure my head. Rather surprised, I said Yes, when he produced a thing like calipers and got the dimensions back and front and every way, taking notes carefully. He was an unshaven little man in a threadbare coat like a gaberdine, with his feet in slippers, and I thought him a harmless fool. 'I always ask leave, in the interests of science, to measure the crania of those going out there,' he said. 'And when they come back, too?' I asked. 'Oh, I never see them,' he remarked; 'and, moreover, the changes take place inside, you know.' He smiled, as if at some quiet joke. 'So you are going out there. Famous. Interesting too.' He gave me a searching glance, and made another note. 'Ever any madness in your family?' he asked, in a matter-of-fact tone. I felt very annoyed. 'Is that question in the interests

17

of science too?' 'It would be,' he said, without taking notice of my irritation, 'interesting for science to watch the mental changes of individuals, on the spot, but ...' 'Are you an alienist?' I interrupted. 'Every doctor should be – a little,' answered that original, imperturbably. 'I have a little theory which you Messieurs who go out there must help me to prove. This is my share in the advantages my country shall reap from the possession of such a magnificent dependency. The mere wealth I leave to others. Pardon my questions, but you are the first Englishman coming under my observation ...' I hastened to assure him I was not in the least typical. 'If I were,' said I, 'I wouldn't be talking like this with you.' 'What you say is rather profound, and probably erroneous,' he said, with a laugh. 'Avoid irritation more than exposure to the sun. *Adieu.* How do you English say, eh? Good-bye. Ah! Good-bye. Adieu. In the tropics one must before everything keep calm.' ... He lifted a warning forefinger. ... *'Du calme, du calme. Adieu.'*

"One thing more remained to do – say good-bye to my excellent aunt. I found her triumphant. I had a cup of tea – the last decent cup of tea for many days – and in a room that most soothingly looked just as you would expect a lady's drawing-room to look, we had a long quiet chat by the fireside. In the course of these confidences it became quite plain to me I had been represented to the wife of the high dignitary, and goodness knows to how many more people besides, as an exceptional and gifted creature – a piece of good fortune for the Company – a man you don't get hold of every day. Good heavens! and I was going to take charge of a two-penny-half-penny river-steamboat with a penny whistle attached! It appeared, however, I was also one of the Workers, with a capital – you know. Something like an emissary of light, something like a lower sort of apostle. There had been a lot of such rot let loose in print and talk just about that time, and the excellent woman, living right in the rush of all that humbug, got carried off her feet. She talked about 'weaning those ignorant millions from their horrid ways,' till, upon my word, she made me quite uncomfortable. I ventured to hint that the Company was run for profit.

"'You forget, dear Charlie, that the laborer is worthy of his hire,' she said, brightly. It's queer how out of touch with truth women are. They live in a world of their own, and there had never been anything like it, and never can be. It is too beautiful altogether, and if they were to set it up it would go to pieces before the first sunset. Some confounded fact we men have been living contentedly with ever since the day of creation would start up and knock the whole thing over.

"After this I got embraced, told to wear flannel, be sure to write often, and so on – and I left. In the street – I don't know why – a queer feeling came to me that I was an impostor. Odd thing that I, who used to clear out for any part of the world at twenty-four hours' notice, with less thought than most men give to the crossing of a street, had a moment – I won't say of hesitation, but of startled pause, before this commonplace affair. The best way I can explain it to you is by saying that, for a second or two, I felt as though, instead of going to the center of a continent, I were about to set off for the center of the earth.

"I left in a French steamer, and she called in every blamed port they have out there, for, as far as I could see, the sole purpose of landing soldiers and custom-house officers. I watched the coast. Watching a coast as it slips by the ship is like thinking about an enigma. There it is before you – smiling, frowning, inviting, grand, mean, insipid, or savage, and always mute with an air of whispering, 'Come and find out.' This one was almost featureless, as if still in the making, with an aspect of monotonous grimness. The edge of a colossal jungle, so dark-green as to be almost black, fringed with white surf, ran straight, like a ruled line, far, far away along a blue sea whose glitter was blurred by a creeping mist. The sun was fierce, the land seemed to glisten and drip with steam. Here and there grayish-whitish specks showed up, clustered inside the white surf, with a flag flying above them perhaps. Settlements some centuries old, and still no bigger than pin-heads on the untouched expanse of their background. We pounded along, stopped, landed soldiers; went on, landed customhouse clerks to levy toll in what looked like a God-forsaken wilderness, with a tin shed and a flag-pole lost in it; landed more soldiers – to take care of the customhouse clerks, presumably. Some, I heard, got drowned in the surf; but whether they did or not, nobody seemed particularly to care. They were just flung out there, and on we went. Every day the coast looked the same, as though we had not moved; but we passed various places – trading places – with names like Gran' Bassam, Little Popo; names that seemed to belong to some sordid farce acted in front of a sinister backcloth. The idleness of a passenger, my isolation amongst all these men with whom I had no point of contact, the oily and languid sea, the uniform somberness of the coast, seemed to keep me away from the truth of things, within the toil of a mournful and senseless delusion. The voice of the surf heard now and then was a positive pleasure, like the speech of a brother. It was something natural, that had its reason, that had a meaning. Now and then a boat from the shore gave one a momentary contact with reality. It was paddled by black fellows. You could see from afar the white of their eyeballs glistening. They shouted, sang; their bodies streamed with perspiration; they had faces like grotesque masks – these chaps; but they had bone, muscle, a wild vitality, an intense energy of movement, that was as natural and true as the surf along their coast. They wanted no excuse for being there. They were a great comfort to look at. For a time I would feel I belonged still to a world of straightforward facts; but the feeling would not last long. Something would turn up to scare it away. Once, I remember, we came upon a man-of-war anchored off the coast. There wasn't even a shed there, and she was shelling the bush. It appears the French had one of their wars going on thereabouts. Her ensign dropped limp like a rag; the muzzles of the long eight-inch guns stuck out all over the low hull; the greasy, slimy swell swung her up lazily and let her down, swaying her thin masts. In the empty immensity of earth, sky, and water, there she was, incomprehensible, firing into a continent. Pop, would go one of the eight-inch guns; a small flame would dart and vanish, a little white smoke would disappear, a tiny projectile would give a feeble screech – and nothing happened. Nothing could happen. There was a touch of insanity in the proceeding, a sense of lugubrious drollery in the sight; and it was not dissipated by somebody on board assuring me earnestly there was a camp of natives – he called them enemies! – hidden out of sight somewhere.

"We gave her her letters (I heard the men in that lonely ship were dying of fever at the rate of three a-day) and went on. We called at some more places with farcical names, where the merry dance of death and trade goes on in a still and earthy atmosphere as of an overheated catacomb; all along the formless coast bordered by dangerous surf, as if Nature herself had tried to ward off intruders; in and out of rivers, streams of death in life, whose banks were rotting into mud, whose waters, thickened into slime, invaded the contorted mangroves, that seemed to writhe at us in the extremity of an impotent despair. Nowhere did we stop long enough to get a particularized impression, but the general sense of vague and oppressive wonder grew upon me. It was like a weary pilgrimage amongst hints for nightmares.

"It was upward of thirty days before I saw the mouth of the big river. We anchored off the seat of the government. But my work would not begin till some two hundred miles farther on. So as soon as I could I made a start for a place thirty miles higher up.

"I had my passage on a little sea-going steamer. Her captain was a Swede, and knowing me for a seaman, invited me on the bridge. He was a young man, lean, fair, and morose, with lanky hair and a shuffling gait. As we left the miserable little wharf, he tossed his head contemptuously at the shore. 'Been living there?' he asked. I said, 'Yes.' 'Fine lot these government chaps – are they not?' he went on, speaking English with great precision and considerable bitterness. 'It is funny what some people will do for a few francs amonth. I wonder what becomes of that kind when it goes up country?' I said to him I expected to see that soon. 'So-o-o!' he exclaimed. He shuffled athwart, keeping one eye ahead vigilantly. 'Don't be too sure,' he continued. 'The other day I took up a man who hanged himself on the road. He was a Swede, too.' 'Hanged himself! Why, in God's name?' I cried. He kept on looking out watchfully. 'Who knows? The sun too much for him, or the country perhaps.'

"At last we opened a reach. A rocky cliff appeared, mounds of turned-up earth by the shore, houses on a hill, others, with iron roofs, amongst a waste of excavations, or hanging to the declivity. A continuous noise of the rapids above hovered over this scene of inhabited devastation. A lot of people, mostly black and naked, moved about like ants. A jetty projected into the river. A blinding sunlight drowned all this at times in a sudden recrudescence of glare. 'There's your Company's station,' said the Swede, pointing to three wooden barrack-like structures on the rocky slope. 'I will send your things up. Four boxes did you say? So. Farewell.'

"I came upon a boiler wallowing in the grass, then found a path leading up the hill. It turned aside for the bowlders, and also for an undersized railway-truck lying there on its back with its wheels in the air. One was off. The thing looked as dead as the carcass of some animal. I came upon more pieces of decaying machinery, a stack of rusty rails. To the left a clump of trees made a shady spot, where dark things seemed to stir feebly. I blinked, the path was steep. A horn tooted to the right, and I saw the black people run. A heavy and dull detonation shook the ground, a puff of smoke came out of the cliff, and that was all. No change appeared on the face of the rock. They were building a railway. The cliff was not in the way or anything; but this objectless blasting was all the work going on.

20

"A slight clinking behind me made me turn my head. Six black men advanced in a file, toiling up the path. They walked erect and slow, balancing small baskets full of earth on their heads, and the clink kept time with their footsteps. Black rags were wound round their loins, and the short ends behind wagged to and fro like tails. I could see every rib, the joints of their limbs were like knots in a rope; each had an iron collar on his neck, and all were connected together with a chain whose bights swung between them, rhythmically clinking. Another report from the cliff made me think suddenly of that ship of war I had seen firing into a continent. It was the same kind of ominous voice; but these men could by no stretch of imagination be called enemies. They were called criminals, and the outraged law, like the bursting shells, had come to them, an insoluble mystery from over the sea. All their meager breasts panted together, the violently dilated nostrils quivered, the eyes stared stonily up-hill. They passed me within six inches, without a glance, with that complete, death-like indifference of unhappy savages. Behind this raw matter one of the reclaimed, the product of the new forces at work, strolled despondently, carrying a rifle by its middle. He had a uniform jacket with one button off, and seeing a white man on the path, hoisted his weapon to his shoulder with alacrity. This was simple prudence, white men being so much alike at a distance that he could not tell who I might be. He was speedily reassured, and with a large, white, rascally grin, and a glance at his charge, seemed to take me into partnership in his exalted trust. After all, I also was a part of the great cause of these high and just proceedings.

"Instead of going up, I turned and descended to the left. My idea was to let that chain-gang get out of sight before I climbed the hill. You know I am not particularly tender; I've had to strike and to fend off. I've had to resist and to attack sometimes – that's only one way of resisting – without counting the exact cost, according to the demands of such sort of life as I had blundered into. I've seen the devil of violence, and the devil of greed, and the devil of hot desire; but, by all the stars! these were strong, lusty, red-eyed devils, that swayed and drove men – men, I tell you. But as I stood on this hillside, I foresaw that in the blinding sunshine of that land I would become acquainted with a flabby, pretending, weak-eyed devil of a rapacious and pitiless folly. How insidious he could be, too, I was only to find out several months later and a thousand miles farther. For a moment I stood appalled, as though by a warning. Finally I descended the hill, obliquely, towards the trees I had seen.

"I avoided a vast artificial hole somebody had been digging on the slope, the purpose of which I found it impossible to divine. It wasn't a quarry or a sandpit, anyhow. It was just a hole. It might have been connected with the philanthropic desire of giving the criminals something to do. I don't know. Then I nearly fell into a very narrow ravine, almost no more than a scar in the hillside. I discovered that a lot of imported drainage-pipes for the settlement had been tumbled in there. There wasn't one that was not broken. It was a wanton smash-up. At last I got under the trees. My purpose was to stroll into the shade for a moment; but no sooner within than it seemed to me I had stepped into a gloomy circle of some Inferno. The rapids were near, and an uninterrupted, uniform, headlong, rushing noise filled the mournful stillness of the grove, where not a breath stirred, not a leaf moved, with a mysteri-

21

ous sound – as though the tearing pace of the launched earth had suddenly become audible. "Black shapes crouched, lay, sat between the trees, leaning against the trunks, clinging to the earth, half coming out, half effaced within the dim light, in all the attitudes of pain, abandonment, and despair. Another mine on the cliff went off, followed by a slight shudder of the soil under my feet. The work was going on. The work! And this was the place where some of the helpers had withdrawn to die.

"They were dying slowly – it was very clear. They were not enemies, they were not criminals, they were nothing earthly now, – nothing but black shadows of disease and starvation, lying confusedly in the greenish gloom. Brought from all the recesses of the coast in all the legality of time contracts, lost in uncongenial surroundings, fed on unfamiliar food, they sickened, became inefficient, and were then allowed to crawl away and rest. These moribund shapes were free as air – and nearly as thin. I began to distinguish the gleam of eyes under the trees. Then, glancing down, I saw a face near my hand. The black bones reclined at full length with one shoulder against the tree, and slowly the eyelids rose and the sunken eyes looked up at me, enormous and vacant, a kind of blind, white flicker in the depths of the orbs, which died out slowly. The man seemed young – almost a boy – but you know with them it's hard to tell. I found nothing else to do but to offer him one of my good Swede's ship's biscuits I had in my pocket. The fingers closed slowly on it and held – there was no other movement and no other glance. He had tied a bit of white worsted round his neck – Why? Where did he get it? Was it a badge – an ornament – a charm – a propitiatory act? Was there any idea at all connected with it? It looked startling round his black neck, this bit of white thread from beyond the seas.

"Near the same tree two more bundles of acute angles sat with their legs drawn up. One, with his chin propped on his knees, stared at nothing, in an intolerable and appalling manner: his brother phantom rested its forehead, as if overcome with a great weariness; and all about others were scattered in every pose of contorted collapse, as in some picture of a massacre or a pestilence. While I stood horror-struck, one of these creatures rose to his hands and knees, and went off on all-fours towards the river to drink. He lapped out of his hand, then sat up in the sunlight, crossing his shins in front of him, and after a time let his woolly head fall on his breastbone.

"I didn't want any more loitering in the shade, and I made haste towards the station. When near the buildings I met a white man, in such an unexpected elegance of get-up that in the first moment I took him for a sort of vision. I saw a high starched collar, white cuffs, a light alpaca jacket, snowy trousers, a clear necktie, and varnished boots. No hat. Hair parted, brushed, oiled, under a green-lined parasol held in a big white hand. He was amazing, and had a penholder behind his ear.

"I shook hands with this miracle, and I learned he was the Company's chief accountant, and that all the bookkeeping was done at this station. He had come out for a moment, he said, 'to get a breath of fresh air.' The expression sounded wonderfully odd, with its suggestion of sedentary desk-life. I wouldn't have mentioned the fellow to you at all, only it was from his lips that I first heard the name of the man who is so indissolubly connected with the memories of that time. Moreover, I respected the fellow. Yes; I respected his collars, his vast cuffs, his brushed hair. His appearance was certainly that of a hairdresser's dummy; but in the great demoralization of the land he kept up his appearance. That's backbone. His starched collars and got-up shirt fronts were achievements of character. He had been out nearly three years; and, later on, I could not help asking him how he managed to sport such linen. He had just the faintest blush, and said modestly, 'I've been teaching one of the native women about the station. It was difficult. She had a distaste for the work.' This man had verily accomplished something. And he was devoted to his books, which were in applepie order.

"Everything else in the station was in a muddle, – heads, things, buildings. Strings of dusty niggers with splay feet arrived and departed; a stream of manufactured goods, rubbishy cottons, beads, and brass-wire set into the depths of darkness, and in return came a precious trickle of ivory.

"I had to wait in the station for ten days – an eternity. I lived in a hut in the yard, but to be out of the chaos I would sometimes get into the accountant's office. It was built of horizontal planks, and so badly put together that, as he bent over his high desk, he was barred from neck to heels with narrow strips of sunlight. There was no need to open the big shutter to see. It was hot there too; big flies buzzed fiendishly, and did not sting, but stabbed. I sat generally on the floor, while, of faultless appearance (and even slightly scented), perching on a high stool, he wrote, he wrote. Sometimes he stood up for exercise. When a truckle-bed with a sick man (some invalided agent from up-country) was put in there, he exhibited a gentle annoyance. 'The groans of this sick person,' he said, distract my attention. And without that it is extremely difficult to guard against clerical errors in this climate.'

"One day he remarked, without lifting his head, 'In the interior you will no doubt meet Mr. Kurtz.' On my asking who Mr. Kurtz was, he said he was a first-class agent; and seeing my disappointment at this information, he added slowly, laying down his pen, 'He is a very remarkable person.' Further questions elicited from him that Mr. Kurtz was at present in charge of a trading post, a very important one, in the true ivory-country, at 'the very bottom of there. Sends in as much ivory as all the others put together ...' He began to write again. The sick man was too ill to groan. The flies buzzed in a great peace.

"Suddenly there was a growing murmur of voices and a great tramping of feet. A caravan had come in. A violent babble of uncouth sounds burst out on the other side of the planks. All the carriers were speaking together, and in the midst of the uproar the lamentable voice of the chief agent was heard 'giving it up' tearfully for the twentieth time that day. ... He rose slowly. 'What a frightful row,' he said. He crossed the room gently to look at the sick man, and returning, said to me, 'He does not hear.' 'What! Dead?' I asked, startled. 'No, not yet,' he answered, with great composure. Then, alluding with a toss of the head to the tumult in the station-yard: 'When one has got to make correct entries, one comes to hate those savages – hate them to the death.' He remained thoughtful for a moment. 'When you see Mr. Kurtz,' he went on, 'tell him from me that everything here' – he glanced at the desk – 'is very satisfactory. I don't like to write to him – with those messengers of ours you never know who may get hold of your letter – at that Central Station.' He stared at me for a moment with his mild, bulging eyes. 'Oh, he will go far, very far,' he began again. 'He will be a somebody in the Administration before long. They, above – the Council in Europe, you know – mean him to be.'

"He turned to his work. The noise outside had ceased, and presently in going out I stopped at the door. In the steady buzz of flies the homeward-bound agent was lying flushed and insensible; the other, bent over his books, was making correct entries of perfectly correct transactions; and fifty feet below the doorstep I could see the still tree-tops of the grove of death.

"Next day I left that station at last, with a caravan of sixty men, for a two-hundred-mile tramp.

"No use telling you much about that. Paths, paths, everywhere; a stamped-in network of paths spreading over the empty land, through long grass, through burnt grass, through thickets, down and up chilly ravines, up and down stony hills ablaze with heat; and a solitude, a solitude, nobody, not a hut. The population had cleared out a long time ago. Well, if a lot of mysterious niggers armed with all kinds of fearful weapons suddenly took to traveling on the road between Deal and Gravesend, catching the yokels right and left to carry heavy loads for them, I fancy every farm and cottage thereabouts would get empty very soon. Only here the dwellings were gone too. Still I passed through several abandoned villages. There's something pathetically childish in the ruins of grass walls. Day after day, with the stamp and shuffle of sixty pair of bare feet behind me, each pair under a 60-lb. load. Camp, cook, sleep, strike camp, march. Now and then a carrier dead in harness, at rest in the long grass near the path, with an empty water-gourd and his long staff lying by his side. A great silence around and above. Perhaps on some quiet night the tremor of far-off drums, sinking, swelling, a tremor vast, faint; a sound weird, appealing, suggestive, and wild – and perhaps with as profound a meaning as the sound of bells in a Christian country. Once a white man in an unbuttoned uniform, camping on the path with an armed escort of lank Zanzibaris, very hospitable and festive – not to say drunk. Was looking after the upkeep of the road, he declared. Can't say I saw any road or any upkeep, unless the body of a middle-aged negro, with a bullet-hole in the forehead, upon which I absolutely stumbled three miles farther on, may be considered as a permanent improvement. I had a white companion too, not a bad chap, but rather too fleshy and with the exasperating habit of fainting on the hot hillsides, miles away from the least bit of shade and water. Annoying, you know, to hold your own coat like a parasol over a man's head while he is coming-to. I couldn't help asking him once what he meant by coming there at all. 'To make money, of course. What do you think?' he said, scornfully. Then he got fever, and had to be carried in a hammock slung under a pole. As he weighed sixteen stone I had no end of rows with the carriers. They jibbed, ran away, sneaked off with their loads in the night – quite a mutiny. So, one evening, I made a speech in English with gestures, not one of which was lost to the sixty pairs of eyes before me, and the next morning I started the hammock off in front all right. An hour afterwards I came upon the whole concern wrecked in a bush – man, hammock, groans, blan-

24

kets, horrors. The heavy pole had skinned his poor nose. He was very anxious for me to kill somebody, but there wasn't the shadow of a carrier near. I remembered the old doctor, – 'It would be interesting for science to watch the mental changes of individuals, on the spot.' I felt I was becoming scientifically interesting. However, all that is to no purpose. On the fifteenth day I came in sight of the big river again, and hobbled into the Central Station. It was on a back water surrounded by scrub and forest, with a pretty border of smelly mud on one side, and on the three others inclosed by a crazy fence of rushes. A neglected gap was all the gate it had, and the first glance at the place was enough to let you see the flabby devil was running that show. White men with long staves in their hands appeared languidly from amongst the buildings, strolling up to take a look at me, and then retired out of sight some-where. One of them, a stout, excitable chap with black mustaches, informed me with great volubility and many digressions, as soon as I told him who I was, that my steamer was at the bottom of the river. I was thunderstruck. What, how, why? Oh, it was 'all right.' The 'manager himself' was there. All quite correct. 'Everybody had behaved splendidly! splendidly!' – 'you must,' he said in agitation, 'go and see the general manager at once. He is waiting!'

"I did not see the real significance of that wreck at once. I fancy I see it now, but I am not sure – not at all. Certainly the affair was too stupid – when I think of it – to be altogether natural. Still ... But at the moment it presented itself simply as a con-founded nuisance. The steamer was sunk. They had started two days before in a sudden hurry up the river with the manager on board, in charge of some volunteer skipper, and before they had been out three hours they tore the bottom out of her on stones, and she sank near the south bank. I asked myself what I was to do there, now my boat was lost. As a matter of fact, I had plenty to do in fishing my com-mand out of the river. I had to set about it the very next day. That, and the repairs when I brought the pieces to the station, took some months.

"My first interview with the manager was curious. He did not ask me to sit down after my twenty-mile walk that morning. He was commonplace in complexion, in features, in manners, and in voice. He was of middle size and of ordinary build. His eyes, of the usual blue, were perhaps remarkably cold, and he certainly could make his glance fall on one as trenchant and heavy as an ax. But even at these times the rest of his person seemed to disclaim the intention. Otherwise there was only an in-definable, faint expression of his lips, something stealthy – a smile – not a smile – I remember it, but I can't explain. It was unconscious, this smile was, though just after he had said something it got intensified for an instant. It came at the end of his speeches like a seal applied on the words to make the meaning of the commonest phrase appear absolutely inscrutable. He was a common trader, from his youth up employed in these parts – nothing more. He was obeyed, yet he inspired neither love nor fear, nor even respect. He inspired uneasiness. That was it! Uneasiness. Not a definite mistrust – just uneasiness – nothing more. You have no idea how effective such a ... a ... faculty can be. He had no genius for organizing, for ini-tiative, or for order even. That was evident in such things as the deplorable state of the station. He had no learning, and no intelligence. His position had come to him –

25

why? Perhaps because he was never ill ... He had served three terms of three years out there ... Because triumphant health in the general rout of constitutions is a kind of power in itself. When he went home on leave he rioted on a large scale – pompously. Jack ashore – with a difference – in externals only. This one could gather from his casual talk. He originated nothing, he could keep the routine going – that's all. But he was great. He was great by this little thing that it was impossible to tell what could control such a man. He never gave that secret away. Perhaps there was nothing within him. Such a suspicion made one pause – for out there there were no external checks. Once when various tropical diseases had laid low almost every 'agent' in the station, he was heard to say, 'Men who come out here should have no entrails.' He sealed the utterance with that smile of his, as though it had been a door opening into a darkness he had in his keeping. You fancied you had seen things – but the seal was on. When annoyed at meal-times by the constant quarrels of the white men about precedence, he ordered an immense round table to be made, for which a special house had to be built. This was the station's mess-room. Where he sat was the first place – the rest were nowhere. One felt this to be his unalterable conviction. He was neither civil nor uncivil. He was quiet. He allowed his 'boy' – an overfed young negro from the coast – to treat the white men, under his very eyes, with provoking insolence.

"He began to speak as soon as he saw me. I had been very long on the road. He could not wait. Had to start without me. The up-river stations had to be relieved. There had been so many delays already that he did not know who was dead and who was alive, and how they got on – and so on, and so on. He paid no attention to my explanations, and, playing with a stick of sealing-wax, repeated several times that the situation was 'very grave, very grave.' There were rumors that a very important station was in jeopardy, and its chief, Mr. Kurtz, was ill. Hoped it was not true. Mr. Kurtz was ... I felt weary and irritable. Hang Kurtz, I thought. I interrupted him by saying I had heard of Mr. Kurtz on the coast. 'Ah! So they talk of him down there,' he murmured to himself. Then he began again, assuring me Mr. Kurtz was the best agent he had, an exceptional man, of the greatest importance to the Company; therefore I could understand his anxiety. He was, he said, 'very, very uneasy.' Certainly he fidgeted on his chair a good deal, exclaimed, 'Ah, Mr. Kurtz!' broke the stick of sealing-wax and seemed dumbfounded by the accident. Next thing he wanted to know 'how long it would take to' ... I interrupted him again. Being hungry, you know, and kept on my feet too, I was getting savage. 'How could I tell,' I said. 'I hadn't even seen the wreck yet – some months, no doubt.' All this talk seemed to me so futile. 'Some months,' he said. 'Well, let us say three months before we can make a start. Yes. That ought to do the affair.' I flung out of his hut (he lived all alone in a clay hut with a sort of veranda) muttering to myself my opinion of him. He was a chattering idiot. Afterwards I took it back when it was borne in upon me startlingly with what extreme nicety he had estimated the time requisite for the 'affair.'

"I went to work the next day, turning, so to speak, my back on that station. In that way only it seemed to me I could keep my hold on the redeeming facts of life. Still,

26

one must look about sometimes; and then I saw this station, these men strolling aimlessly about in the sunshine of the yard. I asked myself sometimes what it all meant. They wandered here and there with their absurd long staves in their hands, like a lot of faithless pilgrims bewitched inside a rotten fence. The word 'ivory' rang in the air, was whispered, was sighed. You would think they were praying to it. A taint of imbecile rapacity blew through it all, like a whiff from some corpse. By Jove! I've never seen anything so unreal in my life. And outside, the silent wilderness surrounding this clearedspeck on the earth struck me as something great and invincible, like evil or truth, waiting patiently for the passing away of this fantastic invasion.

"Oh, these months! Well, never mind. Various things happened. One evening a grass shed full of calico, cotton prints, beads, and I don't know what else, burst into a blaze so suddenly that you would have thought the earth had opened to let an avenging fire consume all that trash. I was smoking my pipe quietly by my dismantled steamer, and saw them all cutting capers in the light, with their arms lifted high, when the stout man with mustaches came tearing down to the river, a tin pail in his hand, assured me that everybody was 'behaving splendidly, splendidly,' dipped about a quart of water and tore back again. I noticed there was a hole in the bottom of his pail.

"I strolled up. There was no hurry. You see the thing had gone off like a box of matches. It had been hopeless from the very first. The flame had leaped high, driven everybody back, lighted up everything – and collapsed. The shed was already a heap of embers glowing fiercely. A nigger was being beaten near by. They said he had caused the fire in some way; be that as it may, he was screeching most horribly. I saw him, later on, for several days, sitting in a bit of shade looking very sick and trying to recover himself: afterwards he arose and went out – and the wilderness without a sound took him into its bosom again. As I approached the glow from the dark I found myself at the back of two men, talking. I heard the name of Kurtz pronounced, then the words, 'take advantage of this unfortunate accident.' One of the men was the manager. I wished him a good evening. 'Did you ever see anything like it – eh? it is incredible,' he said, and walked off. The other man remained. He was a first-class agent, young, gentlemanly, a bit reserved, with a forked little beard and a hooked nose. He was stand-offish with the other agents, and they on their side said he was the manager's spy upon them. As to me, I had hardly ever spoken to him before. We got into talk, and by-and-by we strolled away from the hissing ruins. Then he asked me to his room, which was in the main building of the station. He struck a match, and I perceived that this young aristocrat had not only a silver-mounted dressing-case but also a whole candle all to himself. Just at that time the manager was the only man supposed to have any right to candles. Native mats covered the clay walls; a collection of spears, assegais, shields, knives was hung up in trophies. The business intrusted to this fellow was the making of bricks – so I had been informed; but there wasn't a fragment of a brick anywhere in the station, and he had been there more than a year – waiting. It seems he could not make bricks without something, I don't know what – straw maybe. Anyways, it could not be found there,

27

and as it was not likely to be sent from Europe, it did not appear clear to me what he was waiting for. An act of special creation perhaps. However, they were all waiting – all the sixteen or twenty pilgrims of them – for something; and upon my word it did not seem an uncongenial occupation, from the way they took it, though the only thing that ever came to them was disease – as far as I could see. They beguiled the time by backbiting and intriguing against each other in a foolish kind of way. There was an air of plotting about that station, but nothing came of it, of course. It was as unreal as everything else – as the philanthropic pretense of the whole concern, as their talk, as their government, as their show of work. The only real feeling was a desire to get appointed to a trading-post where ivory was to be had, so that they could earn percentages. They intrigued and slandered and hated each other only on that account, – but as to effectually lifting a little finger – oh, no. By heavens! There is something after all in the world allowing one man to steal a horse while another must not look at a halter. Steal a horse straight out. Very well. He has done it. Perhaps he can ride. But there is a way of looking at a halter that would provoke the most charitable of saints into a kick.

"I had no idea why he wanted to be sociable, but as we chatted in there it suddenly occurred to me the fellow was trying to get at something – in fact, pumping me. He alluded constantly to Europe, to the people I was supposed to know there – putting leading questions as to my acquaintances in the sepulchral city, and so on. His little eyes glittered like mica discs – with curiosity, – though he tried to keep up a bit of superciliousness. At first I was astonished, but very soon I became awfully curious to see what he would find out from me. I couldn't possibly imagine what I had in me to make it worth his while. It was very pretty to see how he baffled himself, for in truth my body was full of chills, and my head had nothing in it but that wretched steamboat business. It was evident he took me for a perfectly shameless prevaricator. At last he got angry, and to conceal a movement of furious annoyance, he yawned. I rose. Then I noticed a small sketch in oils, on a panel, representing a woman, draped and blindfolded, carrying a lighted torch. The background was somber – almost black. The movement of the woman was stately, and the effect of the torchlight on the face was sinister.

"It arrested me, and he stood by civilly, holding a half-pint champagne bottle (medical comforts) with the candle stuck in it. To my question he said Mr. Kurtz had painted this – in this very station more than a year ago – while waiting for means to go to his trading-post. 'Tell me, pray,' said I, 'who is this Mr. Kurtz?'

"'The chief of the Inner Station,' he answered in a short tone, looking away. 'Much obliged,' I said, laughing. 'And you are the brickmaker of the Central Station. Everyone knows that.' He was silent for a while. 'He is a prodigy,' he said at last. 'He is an emissary of pity, and science, and progress, and devil knows what else. We want,' he began to declaim suddenly, 'for the guidance of the cause intrusted to us by Europe, so to speak, higher intelligence, wide sympathies, a singleness of purpose.' 'Who says that?' I asked. 'Lots of them,' he replied. 'Some even write that; and so *he* comes here, a special being, as you ought to know.' 'Why ought I to know?' I interrupted, really surprised. He paid no attention. 'Yes. To-day he is chief of the best station, next year he will be assistant-manager, two years more and ... but I dare say you know what he will be in two years' time. You are of the new gang – the gang of virtue. The same people who sent him specially also recommended you. Oh, don't say no. I've my own eyes to trust.' Light dawned upon me. My dear aunt's influential acquaintances were producing an unexpected effect upon that young man. I nearly burst into a laugh. 'Do you read the Company's confidential correspondence?' I asked. He hadn't a word to say. It was great fun. 'When Mr. Kurtz,' I continued severely, 'is General Manager, you won't have the opportunity.'

"He blew the candle out suddenly, and we went outside. The moon had risen. Black figures strolled about listlessly, pouring water on the glow, whence proceeded a sound of hissing; steam ascended in the moonlight, the beaten nigger groaned somewhere. 'What a row the brute makes!' said the indefatigable man with the mustaches, appearing near us. 'Serve him right. Transgression – punishment – bang! Pitiless, pitiless. That's the only way. This will prevent all conflagrations for the future. I was just telling the manager ...' He noticed my companion, and became crestfallen all at once. 'Not in bed yet,' he said, with a kind of servile heartiness; 'it's so natural. Ha! Danger – agitation.' He vanished. I went on to the river-side, and the other followed me. I heard a scathing murmur at my ear, 'Heap of muffs – go to.' The pilgrims could be seen in knots gesticulating, discussing. Several had still their staves in their hands. I verily believe they took these sticks to bed with them. Beyond the fence the forest stood up spectrally in the moonlight, and through the dim stir, through the faint sounds of that lamentable courtyard, the silence of the land went home to one's very heart, – its mystery, its greatness, the amazing reality of its concealed life. The hurt nigger moaned feebly somewhere near by, and then fetched a deep sigh that made me mend my pace away from there. I felt a hand introducing itself under my arm. 'My dear sir,' said the fellow, 'I don't want to be misunderstood, and especially by you, who will see Mr. Kurtz long before I can have that pleasure. I wouldn't like him to get a false idea of my disposition ...'

"I let him run on, this papier-maché Mephistopheles, and it seemed to me that if I tried I could poke my forefinger through him, and would find nothing inside but a little loose dirt, maybe. He, don't you see, had been planning to be assistant-manager by-and-by under the present man, and I could see that the coming of that Kurtz had upset them both not a little. He talked precipitately, and I did not try to stop him. I had my shoulders against the wreck of my steamer, hauled up on the slope like a carcass of some big river animal. The smell of mud, of primeval mud, by Jove! was in my nostrils, the high stillness of primeval forest was before my eyes; there were shiny patches on the black creek. The moon had spread over everything a thin layer of silver – over the rank grass, over the mud, upon the wall of matted vegetation standing higher than the wall of a temple, over the great river I could see through a somber gap glittering, glittering, as it flowed broadly by without a murmur. All this was great, expectant, mute, while the man jabbered about himself. I wondered whether the stillness on the face of the immensity looking at us two were meant as an appeal or as a menace. What were we who had strayed in here? Could

29

we handle that dumb thing, or would it handle us? I felt how big, how confoundedly big, was that thing that couldn't talk, and perhaps was deaf as well. What was in there? I could see a little ivory coming out from there, and I had heard Mr. Kurtz was in there. I had heard enough about it too – God knows! Yet somehow it didn't bring any image with it – no more than if I had been told an angel or a fiend was in there. I believed it in the same way one of you might believe there are inhabitants in the planet Mars. I knew once a Scotch sailmaker who was certain, dead sure, there were people in Mars. If you asked him for some idea how they looked and behaved, he would get shy and mutter something about 'walking on all-fours.' If you as much as smiled, he would – though a man of sixty – offer to fight you. I would not have gone so far as to fight for Kurtz, but I went for him near enough to a lie. You know I hate, detest, and can't bear a lie, not because I am straighter than the rest of us, but simply because it appalls me. There is a taint of death, a flavor of mortality in lies, – which is exactly what I hate and detest in the world – what I want to forget. It makes me miserable and sick, like biting something rotten would do. Temperament, I suppose. Well, I went near enough to it by letting the young fool there believe anything he liked to imagine as to my influence in Europe. I became in an instant as much of a pretense as the rest of the bewitched pilgrims. This simply because I had a notion it somehow would be of help to that Kurtz whom at the time I did not see – you understand. He was just a word for me. I did not see the man in the name any more than you do. Do you see him? Do you see the story? Do you see anything? It seems to me I am trying to tell you a dream – making a vain attempt, because no relation of a dream can convey the dream-sensation, that commingling of absurdity, surprise, and bewilderment in a tremor of struggling revolt, that notion of being captured by the incredible which is of the very essence of dreams ..."
He was silent for a while.
"... No, it is impossible; it is impossible to convey the life-sensation of any given epoch of one's existence, – that which makes its truth, its meaning – its subtle and penetrating essence. It is impossible. We live, as we dream – alone ..."
He paused again as if reflecting, then added – "Of course in this you fellows see more than I could then. You see me, whom you know ..."
It had become so pitch dark that we listeners could hardly see one another. For a long time already he, sitting apart, had been no more to us than a voice. There was not a word from anybody. The others might have been asleep, but I was awake. I listened, I listened on the watch for the sentence, for the word, that would give me the clew to the faint uneasiness inspired by this narrative that seemed to shape itself without human lips in the heavy night-air of the river.
"... Yes – I let him run on," Marlow began again, "and think what he pleased about the powers that were behind me. I did! And there was nothing behind me! There was nothing but that wretched, old, mangled steamboat I was leaning against, while he talked fluently about 'the necessity for every man to get on.' 'And when one comes out here, you conceive, it is not to gaze at the moon.' Mr. Kurtz was a 'universal genius,' but even a genius would find it easier to work with 'adequate tools – intelligent men.' He did not make bricks – why, there was a physical impossibility

in the way – as I was well aware; and if he did secretarial work for the manager, it was because 'no sensible man rejects wantonly the confidence of his superiors.' Did I see it? I saw it. What more did I want? What I really wanted was rivets, by heaven! Rivets. To get on with the work – to stop the hole. Rivets I wanted. There were cases of them down at the coast – cases – piled up – burst – split! You kicked a loose rivet at every second step in that station yard on the hillside. Rivets had rolled into the grove of death. You could fill your pockets with rivets for the trouble of stooping down – and there wasn't one rivet to be found where it was wanted. We had plates that would do, but nothing to fasten them with. And every week the messenger, a lone negro, letter-bag on shoulder and staff in hand, left our station for the coast. And several times a week a coast caravan came in with trade goods, – ghastly glazed calico that made you shudder only to look at it, glass beads value about a penny a quart, confounded spotted cotton handkerchiefs. And no rivets. Three carriers could have brought all that was wanted to set that steamboat afloat.

"He was becoming confidential now, but I fancy my unresponsive attitude must have exasperated him at last, for he judged it necessary to inform me he feared neither God nor devil, let alone any mere man. I said I could see that very well, but what I wanted was a certain quantity of rivets – and rivets were what really Mr. Kurtz wanted, if he had only known it. Now letters went to the coast every week. ... 'My dear sir,' he cried, 'I write from dictation.' I demanded rivets. There was a way – for an intelligent man. He changed his manner; became very cold, and suddenly began to talk about a hippopotamus; wondered whether sleeping on board the steamer (I stuck to my salvage night and day) I wasn't disturbed. There was an old hippo that had the bad habit of getting out on the bank and roaming at night over the station grounds. The pilgrims used to turn out in a body and empty every rifle they could lay hands on at him. Some even had sat up o' nights for him. All this energy was wasted, though. 'That animal has a charmed life,' he said; 'but you can say this only of brutes in this country. No man – you apprehend me? – no man here bears a charmed life.' He stood there for a moment in the moonlight with his delicate hooked nose set a little askew, and his mica eyes glittering without a wink, then, with a curt Good night, he strode off. I could see he was disturbed and considerably puzzled, which made me feel more hopeful than I had been for days. It was a great comfort to turn from that chap to my influential friend, the battered, twisted, ruined, tin-pot steamboat. I clambered on board. She rang under my feet like an empty Huntley & Palmer biscuit-tin kicked along a gutter; she was nothing so solid in make, and rather less pretty in shape, but I had expended enough hard work on her to make me love her. No influential friend would have served me better. She had given me a chance to come out a bit – to find out what I could do. No, I don't like work. I had rather laze about and think of all the fine things that can be done. I don't like work – no man does – but I like what is in the work, – the chance to find yourself. Your own reality – for yourself, not for others – what no other man can ever know. They can only see the mere show, and never can tell what it really means.

31

"I was not surprised to see somebody sitting aft, on the deck, with his legs dangling over the mud. You see I rather chummed with the few mechanics there were in that station, whom the other pilgrims naturally despised – on account of their imperfect manners, I suppose. This was the foreman – a boiler-maker by trade – a good worker. He was a lank, bony, yellow-faced man, with big intense eyes. His aspect was worried, and his head was as bald as the palm of my hand; but his hair in falling seemed to have stuck to his chin, and had prospered in the new locality, for his beard hung down to his waist. He was a widower with six young children (he had left them in charge of a sister of his to come out there), and the passion of his life was pigeon-flying. He was an enthusiast and a connoisseur. He would rave about pigeons. After work hours he used sometimes to come over from his hut for a talk about his children and his pigeons; at work, when he had to crawl in the mud under the bottom of the steamboat, he would tie up that beard of his in a kind of white serviette he brought for the purpose. It had loops to go over his ears. In the evening he could be seen squatted on the bank rinsing that wrapper in the creek with great care, then spreading it solemnly on a bush to dry.

"I slapped him on the back and shouted, 'We shall have rivets!' He scrambled to his feet exclaiming 'No! Rivets!' as though he couldn't believe his ears. Then in a low voice, 'You ... eh?' I don't know why we behaved like lunatics. I put my finger to the side of my nose and nodded mysteriously. 'Good for you!' he cried, snapped his fingers above his head, lifting one foot. I tried a jig. We capered on the iron deck. A frightful clatter came out of that hulk, and the virgin forest on the other bank of the creek sent it back in a thundering roll upon the sleeping station. It must have made some of the pilgrims sit up in their hovels. A dark figure obscured the lighted doorway of the manager's hut, vanished, then, a second or so after, the doorway itself vanished too. We stopped, and the silence driven away by the stamping of our feet flowed back again from the recesses of the land. The great wall of vegetation, an exuberant and entangled mass of trunks, branches, leaves, boughs, festoons, motionless in the moonlight, was like a rioting invasion of soundless life, a rolling wave of plants, piled up, crested, ready to topple over the creek, to sweep every little man of us out of his little existence. And it moved not. A deadened burst of mighty splashes and snorts reached us from afar, as though an ichthyosaurus had been taking a bath of glitter in the great river. 'After all,' said the boiler-maker in a reasonable tone, 'why shouldn't we get the rivets?' Why not, indeed! I did not know of any reason why we shouldn't. 'They'll come in three weeks,' I said confidently.

"But they didn't. Instead of rivets there came an invasion, an infliction, a visitation. It came in sections during the next three weeks, each section headed by a donkey carrying a white man in new clothes and tan shoes, bowing from that elevation right and left to the impressed pilgrims. A quarrelsome band of footsore sulky niggers trod on the heels of the donkeys; a lot of tents, camp-stools, tin boxes, white cases, brown bales would be shot down in the courtyard, and the air of mystery would deepen a little over the muddle of the station. Five such installments came, with their absurd air of disorderly flight with the loot of innumerable outfit shops and provision stores, that, one would think, they were lugging, after a raid, into the

32

wilderness for equitable division. It was an inextricable mess of things decent in themselves but that human folly made look like the spoils of thieving.

"This devoted band called itself the Eldorado Exploring Expedition, and I believe they were sworn to secrecy. Their talk, however, was the talk of sordid buccaneers: it was reckless without hardihood, greedy without audacity, and cruel without courage; there was not an atom of foresight or of serious intention in the whole batch of them, and they did not seem aware these things are wanted for the work of the world. To tear treasure out of the bowels of the land was their desire, with no more moral purpose at the back of it than there is in burglars breaking into a safe. Who paid the expenses of the noble enterprise I don't know; but the uncle of our manager was leader of that lot.

"In exterior he resembled a butcher in a poor neighborhood, and his eyes had a look of sleepy cunning. He carried his fat paunch with ostentation on his short legs, and during the time his gang infested the station spoke to no one but his nephew. You could see these two roaming about all day long with their heads close together in an everlasting confab.

"I had given up worrying myself about the rivets. One's capacity for that kind of folly is more limited than you would suppose. I said Hang! – and let things slide. I had plenty of time for meditation, and now and then I would give some thought to Kurtz. I wasn't very interested in him. No. Still, I was curious to see whether this man, who had come out equipped with moral ideas of some sort, would climb to the top after all, and how he would set about his work when there."

II

"One evening as I was lying flat on the deck of my steamboat, I heard voices approaching – and there were the nephew and the uncle strolling along the bank. I laid my head on my arm again, and had nearly lost myself in a doze, when somebody said in my ear, as it were: 'I am as harmless as a little child, but I don't like to be dictated to. Am I the manager – or am I not? I was ordered to send him there. It's incredible.' ... I became aware that the two were standing on the shore alongside the forepart of the steamboat, just below my head. I did not move; it did not occur to me to move: I was sleepy. 'It *is* unpleasant,' grunted the uncle. 'He has asked the Administration to be sent there,' said the other, 'with the idea of showing what he could do; and I was instructed accordingly. Look at the influence that man must have. Is it not frightful?' They both agreed it was frightful, then made several bizarre remarks: 'Make rain and fine weather – one man – the Council – by the nose' – bits of absurd sentences that got the better of my drowsiness, so that I had pretty near the whole of my wits about me when the uncle said, 'The climate may do away with this difficulty for you. Is he alone there?' 'Yes,' answered the manager; 'he sent his assistant down the river with a note to me in these terms: "Clear this poor devil out of the country, and don't bother sending more of that sort. I had rather be alone than have the kind of men you can dispose of with me." It was more than a year ago. Can you imagine such impudence!' 'Anything since then?' asked the other, hoarsely. 'Ivory,' jerked the nephew; 'lots of it – prime sort – lots – most annoying, from him.' 'And with that?' questioned the heavy rumble. 'Invoice,' was the reply fired out, so to speak. Then silence. They had been talking about Kurtz.

"I was broad awake by this time, but, lying perfectly at ease, remained still, having no inducement to change my position. 'How did that ivory come all this way?' growled the elder man, who seemed very vexed. The other explained that it had come with a fleet of canoes in charge of an English half-caste clerk Kurtz had with him; that Kurtz had apparently intended to return himself, the station being by that time bare of goods and stores, but after coming three hundred miles, had suddenly decided to go back, which he started to do alone in a small dugout with four paddlers, leaving the half-caste to continue down the river with the ivory. The two fellows there seemed astounded at anybody attempting such a thing. They were at a loss for an adequate motive. As to me, I seemed to see Kurtz for the first time. It was a distinct glimpse: the dug-out, four paddling savages, and the lone white man turning his back suddenly on the headquarters, on relief, on thoughts of home – perhaps; setting his face towards the depths of the wilderness, towards his empty and desolate station. I did not know the motive. Perhaps he was just simply a fine fellow who stuck to his work for its own sake. His name, you understand, had not been pronounced once. He was 'that man.' The half-caste, who, as far as I could see, had conducted a difficult trip with great prudence and pluck, was invariably alluded to as 'that scoundrel.' The `scoundrel' had reported that the 'man' had been very ill – had recovered imperfectly … The two below me moved away then a few paces, and strolled back and forth at some little distance. I heard: 'Military post –doctor – two hundred miles – quite alone now – unavoidable delays – nine months – no news – strange rumors.' They approached again, just as the manager was saying, 'No one, as far as I know, unless a species of wandering trader – a pestilential fellow, snapping ivory from the natives.' Who was it they were talking about now? I gathered in snatches that this was some man supposed to be in Kurtz's district, and of whom the manager did not approve. 'We will not be free from unfair competition till one of these fellows is hanged for an example,' he said. 'Certainly,' grunted the other; 'get him hanged! Why not? Anything – anything can be done in this country. That's what I say; nobody here, you understand, *here*, can endanger your position. And why? You stand the climate – you outlast them all. The danger is in Europe; but there before I left I took care to –' They moved off and whispered, then their voices rose again. 'The extraordinary series of delays is not my fault. I did my possible.' The fat man sighed. 'Very sad.' 'And the pestiferous absurdity of his talk,' continued the other; 'he bothered me enough when he was here. "Each station should be like a beacon on the road towards better things, a center for trade of course, but also for humanizing, improving, instructing." Conceive you – that ass! And he wants to be manager! No, it's –' Here he got choked by excessive indignation, and I lifted my head the least bit. I was surprised to see how near they were – right under me. I could have spat upon their hats. They were looking on the ground, absorbed in thought. The manager was switching his leg with a slender twig: his sagacious re-

34

lative lifted his head. 'You have been well since you came out this time?' he asked. The other gave a start. 'Who? I? Oh! Like a charm – like a charm. But the rest – oh, my goodness! All sick. They die so quick, too, that I haven't the time to send them out of the country – it's incredible!' 'H'm. Just so,' grunted the uncle. 'Ah! my boy, trust to this – I say, trust to this.' I saw him extend his short flipper of an arm for a gesture that took in the forest, the creek, the mud, the river, – seemed to beckon with a dishonoring flourish before the sunlit face of the land a treacherous appeal to the lurking death, to the hidden evil, to the profound darkness of its heart. It was so startling that I leaped to my feet and looked back at the edge of the forest, as though I had expected an answer of some sort to that black display of confidence. You know the foolish notions that come to one sometimes. The high stillness confronted these two figures with its ominous patience, waiting for the passing away of a fantastic invasion.

"They swore aloud together – out of sheer fright, I believe – then pretending not to know anything of my existence, turned back to the station. The sun was low; and leaning forward side by side, they seemed to be tugging painfully uphill their two ridiculous shadows of unequal length, that trailed behind them slowly over the tall grass without bending a single blade.

"In a few days the Eldorado Expedition went into the patient wilderness, that closed upon it as the sea closes over a diver. Long afterwards the news came that all the donkeys were dead. I know nothing as to the fate of the less valuable animals. They, no doubt, like the rest of us, found what they deserved. I did not inquire. I was then rather excited at the prospect of meeting Kurtz very soon. When I say very soon I mean it comparatively. It was just two months from the day we left the creek when we came to the bank below Kurtz's station.

"Going up that river was like traveling back to the earliest beginnings of the world, when vegetation rioted on the earth and the big trees were kings. An empty stream, a great silence, an impenetrable forest. The air was warm, thick, heavy, sluggish. There was no joy in the brilliance of sunshine. The long stretches of the waterway ran on, deserted, into the gloom of overshadowed distances. On silvery sandbanks hippos and alligators sunned themselves side by side. The broadening waters flowed through a mob of wooded islands; you lost your way on that river as you would in a desert, and butted all day long against shoals, trying to find the channel, till you thought yourself bewitched and cut off for ever from everything you had known once – somewhere – far away – in another existence perhaps. There were moments when one's past came back to one, as it will sometimes when you have not a moment to spare to yourself; but it came in the shape of an unrestful and noisy dream, remembered with wonder amongst the overwhelming realities of this strange world of plants, and water, and silence. And this stillness of life did not in the least resemble a peace. It was the stillness of an implacable force brooding over an inscrutable intention. It looked at you with a vengeful aspect. I got used to it afterwards; I did not see it any more; I had no time. I had to keep guessing at the channel; I had to discern, mostly by inspiration, the signs of hidden banks; I watched for sunken stones; I was learning to clap my teeth smartly before my heart flew out, when I shaved by a fluke some infernal sly old snag that would have ripped the life out of the tin-pot steamboat and drowned all the pilgrims; I had to keep a look-out for the signs of dead wood we could cut up in the night for next day's steaming. When you have to attend to things of that sort, to the mere incidents of the surface, the reality – the reality, I tell you – fades. The inner truth is hidden – luckily, luckily. But I felt it all the same; I felt often its mysterious stillness watching me at my monkey tricks, just as it watches you fellows performing on your respective tight-ropes for – what is it? half-a-crown a tumble –"

"Try to be civil, Marlow," growled a voice, and I knew there was at least one listener awake besides myself.

"I beg your pardon. I forgot the heartache which makes up the rest of the price. And indeed what does the price matter, if the trick be well done? You do your tricks very well. And I didn't do badly either, since I managed not to sink that steamboat on my first trip. It's a wonder to me yet. Imagine a blindfolded man set to drive a van over a bad road. I sweated and shivered over that business considerably, I can tell you. After all, for a seaman, to scrape the bottom of the thing that's supposed to float all the time under his care is the unpardonable sin. No one may know of it, but you never forget the thump – eh? A blow on the very heart. You remember it, you dream of it, you wake up at night and think of it – years after – and go hot and cold all over. I don't pretend to say that steamboat floated all the time. More than once she had to wade for a bit, with twenty cannibals splashing around and pushing. We had enlisted some of these chaps on the way for a crew. Fine fellows – cannibals – in their place. They were men one could work with, and I am grateful to them. And, after all, they did not eat each other before my face: they had brought along a provision of hippo-meat which went rotten, and made the mystery of the wilderness stink in my nostrils. Phoo! I can sniff it now. I had the manager on board and three or four pilgrims with their staves – all complete. Sometimes we came upon a station close by the bank, clinging to the skirts of the unknown, and the white men rushing out of a tumble-down hovel, with great gestures of joy and surprise and welcome, seemed very strange, – had the appearance of being held there captive by a spell. The word ivory would ring in the air for a while – and on we went again into the silence, along empty reaches, round the still bends, between the high walls of our winding way, reverberating in hollow claps the ponderous beat of the stern-wheel. Trees, trees, millions of trees, massive, immense, running up high; and at their foot, hugging the bank against the stream, crept the little begrimed steamboat, like a sluggish beetle crawling on the floor of a lofty portico. It made you feel very small, very lost, and yet it was not altogether depressing, that feeling. After all, if you were small, the grimy beetle crawled on – which was just what you wanted it to do. Where the pilgrims imagined it crawled to I don't know. To some place where they expected to get something, I bet! For me it crawled toward Kurtz – exclusively; but when the steam-pipes started leaking we crawled very slow. The reaches opened before us and closed behind, as if the forest had stepped leisurely across the water to bar the way for our return. We penetrated deeper and deeper into the heart of darkness. It was very quiet there. At night sometimes the roll of drums behind the curtain of trees would run up the river and remain sustained faintly, as if hovering in the air high over our heads, till the first break of day. Whether it meant war, peace, or prayer we could not tell. The dawns were heralded by the descent of a chill stillness; the woodcutters slept, their fires burned low; the snapping of a twig would make you start. We were wanderers on a prehistoric earth, on an earth that wore the aspect of an unknown planet. We could have fancied ourselves the first of men taking possession of an accursed inheritance, to be subdued at the cost of profound anguish and of excessive toil. But suddenly, as we struggled round a bend, there would be a glimpse of rush walls, of peaked grass-roofs, a burst of yells, a whirl of black limbs, a mass of hands clapping, of feet stamping, of bodies swaying, of eyes rolling, under the droop of heavy and motionless foliage. The steamer toiled along slowly on the edge of a black and incomprehensible frenzy. The prehistoric man was cursing us, praying to us, welcoming us – who could tell? We were cut off from the comprehension of our surroundings; we glided past like phantoms, wondering and secretly appalled, as sane men would be before an enthusiastic outbreak in a madhouse. We could not understand, because we were too far and could not remember, because we were traveling in the night of first ages, of those ages that are gone, leaving hardly a sign – and no memories.

"The earth seemed unearthly. We are accustomed to look upon the shackled form of a conquered monster, but there – there you could look at a thing monstrous and free. It was unearthly, and the men were – No, they were not inhuman. Well, you know, that was the worst of it – this suspicion of their not being inhuman. It would come slowly to one. They howled, and leaped, and spun, and made horrid faces; but what thrilled you was just the thought of their humanity – like yours – the thought of your remote kinship with this wild and passionate uproar. Ugly. Yes, it was ugly enough; but if you were man enough you would admit to yourself that there was in you just the faintest trace of a response to the terrible frankness of that noise, a dim suspicion of there being a meaning in it which you – you so remote from the night of first ages – could comprehend. And why not? The mind of man is capable of anything – because everything is in it, all the past as well as all the future. What was there after all? Joy, fear, sorrow, devotion, valor, rage – who can tell? – but truth – truth stripped of its cloak of time. Let the fool gape and shudder – the man knows, and can look on without a wink. But he must at least be as much of a man as these on the shore. He must meet that truth with his own true stuff – with his own inborn strength. Principles? Principles won't do. Acquisitions, clothes, pretty rags – rags that would fly off at the first good shake. No; you want a deliberate belief. An appeal to me in this fiendish row – is there? Very well; I hear; I admit, but I have a voice too, and for good or evil mine is the speech that cannot be silenced. Of course, a fool, what with sheer fright and fine sentiments, is always safe. Who's that grunting? You wonder I didn't go ashore for a howl and a dance? Well, no – I didn't. Fine sentiments, you say? Fine sentiments, be hanged! I had no time. I had to mess about with white-lead and strips of woolen blanket helping to put bandages on those leaky steam-pipes – I tell you. I had to watch the steering, and circumvent those snags, and get the tin-pot along by hook or by crook. There was surface-truth enough in these things to save a wiser man. And between whiles I had to look after the savage who was fireman. He was an improved specimen; he could fire up a vertical boiler. He was there below me, and, upon my word, to look at him was as edifying as seeing a dog in a parody of breeches and a feather hat, walking on his hindlegs. A few months of training had done for that really fine chap. He squinted at the steam-gauge and at the water-gauge with an evident effort of intrepidity – and he had filed teeth too, the poor devil, and the wool of his pate shaved into queer patterns, and three ornamental scars on each of his cheeks. He ought to have been clapping his hands and stamping his feet on the bank, instead of which he was hard at work, a thrall to strange witchcraft, full of improving knowledge. He was useful because he had been instructed; and what he knew was this – that should the water in that transparent thing disappear, the evil spirit inside the boiler would get angry through the greatness of his thirst, and take a terrible vengeance. So he sweated and fired up and watched the glass fearfully (with an impromptu charm, made of rags, tied to his arm, and a piece of polished bone, as big as a watch, stuck flatways through his lower lip), while the wooded banks slipped past us slowly, the short noise was left behind, the interminable miles of silence – and we crept on, towards Kurtz. But the snags were thick, the water was treacherous and shallow, the boiler seemed indeed to have a sulky devil in it, and thus neither that fireman nor I had any time to peer into our creepy thoughts.

"Some fifty miles below the Inner Station we came upon a hut of reeds, an inclined and melancholy pole, with the unrecognizable tatters of what had been a flag of some sort flying from it, and a neatly stacked woodpile. This was unexpected. We came to the bank, and on the stack of firewood found a flat piece of board with some faded pencil-writing on it. When deciphered it said: 'Wood for you. Hurry up. Approach cautiously.' There was a signature, but it was illegible – not Kurtz – a much longer word. 'Hurry up.' Where? Up the river? 'Approach cautiously.' We had not done so. But the warning could not have been meant for the place where it could be only found after approach. Something was wrong above. But what – and how much? That was the question. We commented adversely upon the imbecility of that telegraphic style. The bush around said nothing, and would not let us look very far, either. A torn curtain of red twill hung in the doorway of the hut, and flapped sadly in our faces. The dwelling was dismantled; but we could see a white man had lived there not very long ago. There remained a rude table – a plank on two posts; a heap of rubbish reposed in a dark corner, and by the door I picked up a book. It had lost its covers, and the pages had been thumbed into a state of extremely dirty softness; but the back had been lovingly stitched afresh with white cotton thread, which looked clean yet. It was an extraordinary find. Its title was, 'An Inquiry into some Points of Seamanship,' by a man Tower, Towson – some such name – Master in his Majesty's Navy. The matter looked dreary reading enough, with illustrative diagrams and repulsive tables of figures, and the copy was sixty years old. I handled this amazing antiquity with the greatest possible tenderness, lest it should dissolve in my hands. Within, Towson or Towser was inquiring earnestly into the breaking strain of ships' chains and tackle, and other such matters. Not a very enthralling book; but at the first glance you could see there a singleness of intention, an honest concern for the right way of going to work, which made these humble pages, thought out so many years ago, luminous with another than a professional light. The simple old sailor, with his talk of chains and purchases, made me forget the jungle and the pilgrims in a delicious sensation of having come upon something unmistakably real. Such a book being there was wonderful enough; but still more astounding were the notes penciled in the margin, and plainly referring to the text. I couldn't believe my eyes! They were in cipher! Yes, it looked like cipher. Fancy a man lugging with him a book of that description into this nowhere and studying it – and making notes – in cipher at that! It was an extravagant mystery.

"I had been dimly aware for some time of a worrying noise, and when I lifted my eyes I saw the wood-pile was gone, and the manager, aided by all the pilgrims, was shouting at me from the river-side. I slipped the book into my pocket. I assure you to leave off reading was like tearing myself away from the shelter of an old and solid friendship.

"I started the lame engine ahead. 'It must be this miserable trader – this intruder,' exclaimed the manager, looking back malevolently at the place we had left. 'He must be English,' I said. 'It will not save him from getting into trouble if he is not careful,' muttered the manager darkly. I observed with assumed innocence that no man was safe from trouble in this world.

"The current was more rapid now, the steamer seemed at her last gasp, the stern-wheel flopped languidly, and I caught myself listening on tiptoe for the next beat of the boat, for in sober truth I expected the wretched thing to give up every moment. It was like watching the last flickers of a life. But still we crawled. Sometimes I would pick out a tree a little way ahead to measure our progress towards Kurtz by, but I lost it invariably before we got abreast. To keep the eyes so long on one thing was too much for human patience. The manager displayed a beautiful resignation. I fretted and fumed and took to arguing with myself whether or no I would talk openly with Kurtz; but before I could come to any conclusion it occurred to me that my speech or my silence, indeed any action of mine, would be a mere futility. What did it matter what anyone knew or ignored? What did it matter who was manager? One gets sometimes such a flash of insight. The essentials of this affair lay deep under the surface, beyond my reach, and beyond my power of meddling.

"Towards the evening of the second day we judged ourselves about eight miles from Kurtz's station. I wanted to push on; but the manager looked grave, and told me the navigation up there was so dangerous that it would be advisable, the sun being very low already, to wait where we were till next morning. Moreover, he pointed out that if the warning to approach cautiously were to be followed, we must approach in daylight – not at dusk, or in the dark. This was sensible enough. Eight miles meant nearly three hours' steaming for us, and Icould also see suspicious ripples at the upper end of the reach. Nevertheless, I was annoyed beyond expression at the delay, and most unreasonably too, since one night more could not matter much after so many months. As we had plenty of wood, and caution was the word, I brought up in the middle of the stream. The reach was narrow, straight, with high sides like a railway cutting. The dusk came gliding into it long before the sun had set. The current ran smooth and swift, but a dumb immobility sat on the banks. The living trees, lashed together by the creepers and every living bush of the under-growth, might have been changed into stone, even to the slenderest twig, to the lightest leaf. It was not sleep – it seemed unnatural, like a state of trance. Not the faintest sound of any kind could be heard. You looked on amazed, and began to suspect yourself of being deaf – then the night came suddenly, and struck you blind as well. About three in the morning some large fish leaped, and the loud splash made me jump as though a gun had been fired. When the sun rose there was a white fog, very warm and clammy, and more blinding than the night. It did not shift or drive; it was just there, standing all round you like something solid. At eight or nine, perhaps, it lifted as a shutter lifts. We had a glimpse of the towering multitude of trees, of the immense matted jungle, with the blazing little ball of the sun hang-ing over it – all perfectly still – and then the white shutter came down again, smoothly, as if sliding in greased grooves. I ordered the chain, which we had begun to heave in, to be paid out again. Before it stopped running with a muffled rattle, a cry, a very loud cry, as of infinite desolation, soared slowly in the opaque air. It ceased. A complaining clamor, modulated in savage discords, filled our ears. The sheer unexpectedness of it made my hair stir under my cap. I don't know how it struck the others: to me it seemed as though the mist itself had screamed, so sud-denly, and apparently from all sides at once, did this tumultuous and mournful uproar arise. It culminated in a hurried outbreak of almost intolerably excessive shrieking, which stopped short, leaving us stiffened in a variety of silly attitudes, and obstinately listening to the nearly as appalling and excessive silence. 'Good God! What is the meaning –?' stammered at my elbow one of the pilgrims, – a little fat man, with sandy hair and red whiskers, who wore side-spring boots, and pink pyjamas tucked into his socks. Two others remained open-mouthed a whole minute, then dashed into the little cabin, to rush out incontinently and stand darting scared glances, with Winchesters at 'ready' in their hands. What we could see was just the steamer we were on, her outlines blurred as though she had been on the point of dis-solving, and a misty strip of water, perhaps two feet broad, around her – and that was all. The rest of the world was nowhere, as far as our eyes and ears were con-cerned. Just nowhere. Gone, disappeared; swept off without leaving a whisper or a shadow behind.

"I went forward, and ordered the chain to be hauled in short, so as to be ready to trip the anchor and move the steamboat at once if necessary. 'Will they attack?' whis-pered an awed voice. 'We will all be butchered in this fog,' murmured another. The faces twitched with the strain, the hands trembled slightly, the eyes forgot to wink. It was very curious to see the contrast of expressions of the white men and of the black fellows of our crew, who were as much strangers to that part of the river as we, though their homes were only eight hundred miles away. The whites, of course greatly discomposed, had besides a curious look of being painfully shocked by such an outrageous row. The others had an alert, naturally interested expression; but their faces were essentially quiet, even those of the one or two who grinned as they hauled at the chain. Several exchanged short, grunting phrases, which seemed to settle the matter to their satisfaction. Their headman, a young, broad-chested black, severely draped in dark-blue fringed cloths, with fierce nostrils and his hair all done up artfully in oily ringlets, stood near me. 'Aha!' I said, just for good fellowship's sake. 'Catch 'im,' he snapped, with a bloodshot widening of his eyes and a flash of sharp teeth – 'catch 'im. Give 'im to us.' 'To you, eh?' I asked; 'what would you do with them?' 'Eat 'im!' he said curtly, and, leaning his elbow on the rail, looked out into the fog in a dignified and profoundly pensive attitude. I would no doubt have been properly horrified, had it not occurred to me that he and his chaps must be very hungry: that they must have been growing increasingly hungry for at least this month past. They had been engaged for six months (I don't think a single one of them had any clear idea of time, as we at the end of countless ages have. They still belonged to the beginnings of time – had no inherited experience to teach them as it were), and of course, as long as there was a piece of paper written over in accordance with some farcical law or other made down the river, it didn't enter anybody's head to trouble how they would live. Certainly they had brought with them some rotten hippo-meat, which couldn't have lasted very long, anyway, even if the pilgrims hadn't, in the midst of a shocking hullabaloo, thrown a considerable quantity of it overboard. It looked like a high-handed proceeding; but it was really a case of legitimate self-defense. You can't breathe dead hippo waking, sleeping, and eating, and at the same time keep your precarious grip on existence. Besides that, they had given them every week three pieces of brass wire, each about nine inches long; and the theory was they were to buy their provisions with that currency in river-side villages. You can see how *that* worked. There were either no villages, or the people were hostile, or the director, who like the rest of us fed out of tins, with an occasional old he-goat thrown in, didn't want to stop the steamer for some more or less recondite reason. So, unless they swallowed the wire itself, or made loops of it to snare the fishes with, I don't see what good their extravagant salary could be to them. I must say it was paid with a regularity worthy of a large and honorable trading company. For the rest, the only thing to eat – though it didn't look eatable in the least – I saw in their possession was a few lumps of some stuff like half-cooked dough, of a dirty lavender color, they kept wrapped in leaves, and now and then swallowed a piece of, but so small that it seemed done more for the looks of the thing than for any serious purpose of sustenance. Why in the name of all the gnawing devils of hunger they didn't go for us – they were thirty to five – and have a good tuck in for once, amazes me now when I think of it. They were big powerful men, with not much capacity to weigh the consequences, with courage, with strength, even yet, though their skins were no longer glossy and their muscles no longer hard. And I saw that something restraining, one of those human secrets that baffle probability, had come into play there. I looked at them with a swift quickening of interest – not because it occurred to me I might be eaten by them before very long, though I own to you that just then I perceived – in a new light, as it were – how unwholesome the pilgrims looked, and I hoped, yes, I positively hoped, that my aspect was not so – what shall I say? – so – unappetizing: a touch of fantastic

41

vanity which fitted well with the dream-sensation that pervaded all my days at that time. Perhaps I had a little fever too. One can't live with one's finger everlastingly on one's pulse. I had often 'a little fever,' or a little touch of other things – the playful paw-strokes of the wilderness, the preliminary trifling before the more serious onslaught which came in due course. Yes; I looked at them as you would on any human being, with a curiosity of their impulses, motives, capacities, weaknesses, when brought to the test of an inexorable physical necessity. Restraint! What possible restraint? Was it superstition, disgust, patience, fear – or some kind of primitive honor? No fear can stand up to hunger, no patience can wear it out, disgust simply does not exist where hunger is; and as to superstition, beliefs, and what you may call principles, they are less than chaff in a breeze. Don't you know the devilry of lingering starvation, its exasperating torment, its black thoughts, its somber and brooding ferocity? Well, I do. It takes a man all his inborn strength to fight hunger properly. It's really easier to face bereavement, dishonor, and the perdition of one's soul – than this kind of prolonged hunger. Sad, but true. And these chaps too had no earthly reason for any kind of scruple. Restraint! I would just as soon have expected restraint from a hyena prowling amongst the corpses of a battlefield. But there was the fact facing me – the fact dazzling, to be seen, like the foam on the depths of the sea, like a ripple on an unfathomable enigma, a mystery greater – when I thought of it – than the curious, inexplicable note of desperate grief in this savage clamor that had swept by us on the river-bank, behind the blind whiteness of the fog.

"Two pilgrims were quarreling in hurried whispers as to which bank. 'Left.' 'No, no; how can you? Right, right, of course.' 'It is very serious,' said the manager's voice behind me; 'I would be desolated if anything should happen to Mr. Kurtz before we came up.' I looked at him, and had not the slightest doubt he was sincere. He was just the kind of man who would wish to preserve appearances. That was his restraint. But when he muttered something about going on at once, I did not even take the trouble to answer him. I knew, and he knew, that it was impossible. Were we to let go our hold of the bottom, we would be absolutely in the air – in space. We wouldn't be able to tell where we were going to – whether up or down stream, or across – till we fetched against one bank or the other, – and then we wouldn't know at first which it was. Of course I made no move. I had no mind for a smash-up. You couldn't imagine a more deadly place for a shipwreck. Whether drowned at once or not, we were sure to perish speedily in one way or another. 'I authorize you to take all the risks,' he said, after a short silence. 'I refuse to take any,' I said shortly; which was just the answer he expected, though its tone might have surprised him. 'Well, I must defer to your judgment. You are captain,' he said, with marked civility. I turned my shoulder to him in sign of my appreciation, and looked into the fog. How long would it last? It was the most hopeless look-out. The approach to this Kurtz grubbing for ivory in the wretched bush was beset by as many dangers as though he had been an enchanted princess sleeping in a fabulous castle. 'Will they attack, do you think?' asked the manager, in a confidential tone.

"I did not think they would attack, for several obvious reasons. The thick fog was one. If they left the bank in their canoes they would get lost in it, as we would be if

42

we attempted to move. Still, I had also judged the jungle of both banks quite impenetrable – and yet eyes were in it, eyes that had seen us. The river-side bushes were certainly very thick; but the undergrowth behind was evidently penetrable. However, during the short lift I had seen no canoes anywhere in the reach – certainly not abreast of the steamer. But what made the idea of attack inconceivable to me was the nature of the noise – of the cries we had heard. They had not the fierce character boding of immediate hostile intention. Unexpected, wild, and violent as they had been, they had given me an irresistible impression of sorrow. The glimpse of the steamboat had for some reason filled those savages with unrestrained grief. The danger, if any, I expounded, was from our proximity to a great human passion let loose. Even extreme grief may ultimately vent itself in violence – but more generally takes the form of apathy ...

"You should have seen the pilgrims stare! They had no heart to grin, or even to revile me; but I believe they thought me gone mad – with fright, maybe. I delivered a regular lecture. My dear boys, it was no good bothering. Keep a look-out? Well, you may guess I watched the fog for the signs of lifting as a cat watches a mouse; but for anything else our eyes were of no more use to us than if we had been buried miles deep in a heap of cotton-wool. It felt like it too – choking, warm, stifling. Besides, all I said, though it sounded extravagant, was absolutely true to fact. What we afterwards alluded to as an attack was really an attempt at repulse. The action was very far from being aggressive – it was not even defensive, in the usual sense: it was undertaken under the stress of desperation, and in its essence was purely protective.

"It developed itself, I should say, two hours after the fog lifted, and its commencement was at a spot, roughly speaking, about a mile and a half below Kurtz's station. We had just floundered and flopped round a bend, when I saw an islet, a mere grassy hummock of bright green, in the middle of the stream. It was the only thing of the kind; but as we opened the reach more, I perceived it was the head of a long sandbank, or rather of a chain of shallow patches stretching down the middle of the river. They were discolored, just awash, and the whole lot was seen just under the water, exactly as a man's backbone is seen running down the middle of his back under the skin. Now, as far as I did see, I could go to the right or to the left of this. I didn't know either channel, of course. The banks looked pretty well alike, the depth appeared the same; but as I had been informed the station was on the west side, I naturally headed for the western passage.

"No sooner had we fairly entered it than I became aware it was much narrower than I had supposed. To the left of us there was the long uninterrupted shoal, and to the right a high, steep bank heavily overgrown with bushes. Above the bush the trees stood in serried ranks. The twigs overhung the current thickly, and from distance to distance a large limb of some tree projected rigidly over the stream. It was then well on in the afternoon, the face of the forest was gloomy, and a broad strip of shadow had already fallen on the water. In this shadow we steamed up – very slowly, as you may imagine. I sheered her well inshore – the water being deepest near the bank, as the sounding-pole informed me.

43

"One of my hungry and forbearing friends was sounding in the bows just below me. This steamboat was exactly like a decked scow. On the deck there were two little teak-wood houses, with doors and windows. The boiler was in the fore-end, and the machinery right astern. Over the whole there was a light roof, supported on stanchions. The funnel projected through that roof, and in front of the funnel a small cabin built of light planks served for a pilot-house. It contained a couch, two camp-stools, a loaded Martini-Henry leaning in one corner, a tiny table, and the steering-wheel. It had a wide door in front and a broad shutter at each side. All these were always thrown open, of course. I spent my days perched up there on the extreme fore-end of that roof, before the door. At night I slept, or tried to, on the couch. An athletic black belonging to some coast tribe, and educated by my poor predecessor, was the helmsman. He sported a pair of brass earrings, wore a blue cloth wrapper from the waist to the ankles, and thought all the world of himself. He was the most unstable kind of fool I had ever seen. He steered with no end of a swagger while you were by; but if he lost sight of you, he became instantly the prey of an abject funk, and would let that cripple of a steamboat get the upper hand of him in a minute.

"I was looking down at the sounding-pole, and feeling much annoyed to see at each try a little more of it stick out of that river, when I saw my poleman give up the business suddenly, and stretch himself flat on the deck, without even taking the trouble to haul his pole in. He kept hold on it though, and it trailed in the water. At the same time the fireman, whom I could also see below me, sat down abruptly before his furnace and ducked his head. I was amazed. Then I had to look at the river mighty quick, because there was a snag in the fairway. Sticks, little sticks, were flying about – thick: they were whizzing before my nose, dropping below me, striking behind me against my pilot-house. All this time the river, the shore, the woods, were very quiet – perfectly quiet. I could only hear the heavy splashing thump of the stern-wheel and the patter of these things. We cleared the snag clumsily. Arrows, by Jove! We were being shot at! I stepped in quickly to close the shutter on the land side. That fool-helmsman, his hands on the spokes, was lifting his knees high, stamping his feet, champing his mouth, like a reined-in horse. Confound him! And we were staggering within ten feet of the bank. I had to lean right out to swing the heavy shutter, and I saw a face amongst the leaves on the level with my own, looking at me very fierce and steady; and then suddenly, as though a veil had been removed from my eyes, I made out, deep in the tangled gloom, naked breasts, arms, legs, glaring eyes, – the bush was swarming with human limbs in movement, glistening, of bronze color. The twigs shook, swayed, and rustled, the arrows flew out of them, and then the shutter came to. 'Steer her straight,' I said to the helmsman. He held his head rigid, face forward; but his eyes rolled, he kept on lifting and setting down his feet gently, his mouth foamed a little. 'Keep quiet!' I said in a fury. I might just as well have ordered a tree not to sway in the wind. I darted out. Below me there was a great scuffle of feet on the iron deck; confused exclamations; a voice screamed, 'Can you turn back?' I caught shape of a V-shaped ripple on the water ahead. What? Another snag! A fusillade burst out under my feet.

44

The pilgrims had opened with their Winchesters, and were simply squirting lead into that bush. A deuce of a lot of smoke came up and drove slowly forward. I swore at it. Now I couldn't see the ripple or the snag either. I stood in the doorway, peering, and the arrows came in swarms. They might have been poisoned, but they looked as though they wouldn't kill a cat. The bush began to howl. Our wood-cutters raised a warlike whoop; the report of a rifle just at my back deafened me. I glanced over my shoulder, and the pilot-house was yet full of noise and smoke when I made a dash at the wheel. The fool-nigger had dropped everything, to throw the shutter open and let off that Martini-Henry. He stood before the wide opening, glaring, and I yelled at him to come back, while I straightened the sudden twist out of that steamboat. There was no room to turn even if I had wanted to, the snag was somewhere very near ahead in that confounded smoke, there was no time to lose, so I just crowded her into the bank – right into the bank, where I knew the water was deep.

"We tore slowly along the overhanging bushes in a whirl of broken twigs and flying leaves. The fusillade below stopped short, as I had foreseen it would when the squirts got empty. I threw my head back to a glinting whizz that traversed the pilot-house, in at one shutter-hole and out at the other. Looking past that mad helmsman, who was shaking the empty rifle and yelling at the shore, I saw vague forms of men running bent double, leaping, gliding, distinct, incomplete, evanescent. Something big appeared in the air before the shutter, the rifle went overboard, and the man stepped back swiftly, looked at me over his shoulder in an extraordinary, profound, familiar manner, and fell upon my feet. The side of his head hit the wheel twice, and the end of what appeared a long cane clattered round and knocked over a little camp-stool. It looked as though after wrenching that thing from somebody ashore he had lost his balance in the effort. The thin smoke had blown away, we were clear of the snag, and looking ahead I could see that in another hundred yards or so I would be free to sheer off, away from the bank; but my feet felt so very warm and wet that I had to look down. The man had rolled on his back and stared straight up at me; both his hands clutched that cane. It was the shaft of a spear that, either thrown or lunged through the opening, had caught him in the side just below the ribs; the blade had gone in out of sight, after making a frightful gash; my shoes were full; a pool of blood lay very still, gleaming dark-red under the wheel; his eyes shone with an amazing luster. The fusillade burst out again. He looked at me anxiously, gripping the spear like something precious, with an air of being afraid I would try to take it away from him. I had to make an effort to free my eyes from his gaze and attend to the steering. With one hand I felt above my head for the line of the steam-whistle, and jerked out screech after screech hurriedly. The tumult of angry and warlike yells was checked instantly, and then from the depths of the woods went out such a tremulous and prolonged wail of mournful fear and utter despair as may be imagined to follow the flight of the last hope from the earth. There was a great commotion in the bush; the shower of arrows stopped, a few dropping shots rang out sharply – then silence, in which the languid beat of the stern-wheel came plainly to my ears. I put the helm hard a-starboard at the moment

45

when the pilgrim in pink pyjamas, very hot and agitated, appeared in the doorway. 'The manager sends me –' he began in an official tone, and stopped short. 'Good God!' he said, glaring at the wounded man.

"We two whites stood over him, and his lustrous and inquiring glance enveloped us both. I declare it looked as though he would presently put to us some question in an understandable language; but he died without uttering a sound, without moving a limb, without twitching a muscle. Only in the very last moment, as though in response to some sign we could not see, to some whisper we could not hear, he frowned heavily, and that frown gave to his black death-mask an inconceivably somber, brooding, and menacing expression. The luster of inquiring glance faded swiftly into vacant glassiness. 'Can you steer?' I asked the agent eagerly. He looked very dubious; but I made a grab at his arm, and he understood at once I meant him to steer whether or no. To tell you the truth, I was morbidly anxious to change my shoes and socks. 'He is dead,' murmured the fellow, immensely impressed. 'No doubt about it,' said I, tugging like mad at the shoe-laces. 'And, by the way, I suppose Mr. Kurtz is dead as well by this time.'

"For the moment that was the dominant thought. There was a sense of extreme disappointment, as though I had found out I had been striving after something altogether without a substance. I couldn't have been more disgusted if I had traveled all this way for the sole purpose of talking with Mr. Kurtz. Talking with … I flung one shoe overboard, and became aware that that was exactly what I had been looking forward to – a talk with Kurtz. I made the strange discovery that I had never imagined him as doing, you know, but as discoursing. I didn't say to myself, 'Now I will never see him,' or 'Now I will never shake him by the hand,' but, 'Now I will never hear him.' The man presented himself as a voice. Not of course that I did not connect him with some sort of action. Hadn't I been told in all the tones of jealousy and admiration that he had collected, bartered, swindled, or stolen more ivory than all the other agents together? That was not the point. The point was in his being a gifted creature, and that of all his gifts the one that stood out pre-eminently, that carried with it a sense of real presence, was his ability to talk, his words – the gift of expression, the bewildering, the illuminating, the most exalted and the most contemptible, the pulsating stream of light, or the deceitful flow from the heart of an impenetrable darkness.

"The other shoe went flying unto the devil-god of that river. I thought, 'By Jove! it's all over. We are too late; he has vanished – the gift has vanished, by means of some spear, arrow, or club. I will never hear that chap speak after all,' – and my sorrow had a startling extravagance of emotion, even such as I had noticed in the howling sorrow of these savages in the bush. I couldn't have felt more of lonely desolation somehow, had I been robbed of a belief or had missed my destiny in life … Why do you sigh in this beastly way, somebody? Absurd? Well, absurd. Good Lord! mustn't a man ever – Here, give me some tobacco." …

There was a pause of profound stillness, then a match flared, and Marlow's lean face appeared, worn, hollow, with downward folds and dropped eyelids, with an aspect of concentrated attention; and as he took vigorous draws at his pipe, it seemed to retreat and advance out of the night in the regular flicker of the tiny flame. The match went out.

"Absurd!" he cried. "This is the worst of trying to tell ... Here you all are, each moored with two good addresses, like a hulk with two anchors, a butcher round one corner, a policeman round another, excellent appetites, and temperature normal – you hear – normal from year's end to year's end. And you say, Absurd! Absurd be – exploded! Absurd! My dear boys, what can you expect from a man who out of sheer nervousness had just flung overboard a pair of new shoes. Now I think of it, it is amazing I did not shed tears. I am, upon the whole, proud of my fortitude. I was cut to the quick at the idea of having lost the inestimable privilege of listening to the gifted Kurtz. Of course I was wrong. The privilege was waiting for me. Oh yes, I heard more than enough. And I was right, too. A voice. He was very little more than a voice. And I heard – him – it – this voice – other voices – all of them were so little more than voices – and the memory of that time itself lingers around me, impalpable, like a dying vibration of one immense jabber, silly, atrocious, sordid, savage, or simply mean, without any kind of sense. Voices, voices – even the girl herself – now –"

He was silent for a long time.

"I laid the ghost of his gifts at last with a lie," he began suddenly. "Girl! What? Did I mention a girl? Oh, she is out of it – completely. They – the women, I mean – are out of it – should be out of it. We must help them to stay in that beautiful world of their own, lest ours gets worse. Oh, she had to be out of it. You should have heard the disinterred body of Mr. Kurtz saying, 'My Intended.' You would have perceived directly then how completely she was out of it. And the lofty frontal bone of Mr. Kurtz! They say the hair goes on growing sometimes, but this – ah specimen, was impressively bald. The wilderness had patted him on the head, and, behold, it was like a ball – an ivory ball; it had caressed him, and – lo! – he had withered; it had taken him, loved him, embraced him, got into his veins, consumed his flesh, and sealed his soul to ist own by the inconceivable ceremonies of some devilish initiation. He was its spoiled and pampered favorite. Ivory? I should think so. Heaps of it, stacks of it. The old mud shanty was bursting with it. You would think there was not a single tusk left either above or below the ground in the whole country. 'Mostly fossil,' the manager had remarked disparagingly. It was no more fossil than I am; but they call it fossil when it is dug up. It appears these niggers do bury the tusks sometimes – but evidently they couldn't bury this parcel deep enough to save the gifted Mr. Kurtz from his fate. We filled the steamboat with it, and had to pile a lot on the deck. Thus he could see and enjoy as long as he could see, because the appreciation of this favor had remained with him to the last. You should have heard him say, 'My ivory.' Oh yes, I heard him. 'My Intended, my ivory, my station, my river, my –' everything belonged to him. It made me hold my breath in expectation of hearing the wilderness burst into a prodigious peal of laughter that would shake the fixed stars in their places. Everything belonged to him – but that was a trifle. The thing was to know what he belonged to, how many powers of darkness claimed him for their own. That was the reflection that made you creepy all over. It was impossible – it was not good for one either – trying to imagine. He had taken a high seat amongst the devils of the land – I mean literally. You can't understand. How could you? – with solid pavement under your feet, surrounded by kind neighbors ready to cheer you or to fall on you, stepping delicately between the butcher and the policeman, in the holy terror of scandal and gallows and lunatic asylums – how can you imagine what particular region of the first ages a man's untrammeled feet may take him into by the way of solitude – utter solitude without a policeman – by the way of silence, utter silence, where no warning voice of a kind neighbor can be heard whispering of public opinion? These little things make all the great difference. When they are gone you must fall back upon your own innate strength, upon your own capacity for faithfulness. Of course you may be too much of a fool to go wrong – too dull even to know you are being assaulted by the powers of darkness. I take it, no fool ever made a bargain for his soul with the devil: the fool is too much of a fool, or the devil too much of a devil – I don't know which. Or you may be such a thunderingly exalted creature as to be altogether deaf and blind to anything but heavenly sights and sounds. Then the earth for you is only a standing place – and whether to be like this is your loss or your gain I won't pretend to say. But most of us are neither one nor the other. The earth for us is a place to live in, where we must put up with sights, with sounds, with smells too, by Jove! – breathe dead hippo, so to speak, and not be contaminated. And there, don't you see? Your strength comes in, the faith in your ability for the digging of unostentatious holes to bury the stuff in – your power of devotion, not to yourself, but to an obscure, back-breaking business. And that's difficult enough. Mind, I am not trying to excuse or even explain – I am trying to account to myself for – for – Mr. Kurtz – for the shade of Mr. Kurtz. This initiated wraith from the back of Nowhere honored me with its amazing confidence before it vanished altogether. This was because it could speak English to me. The original Kurtz had been educated partly in England, and – as he was good enough to say himself – his sympathies were in the right place. His mother was half-English, his father was half-French. All Europe contributed to the making of Kurtz; and by-and-by I learned that, most appropriately, the International Society for the Suppression of Savage Customs had intrusted him with the making of a report, for its future guidance. And he had written it too. I've seen it. I've read it. It was eloquent, vibrating with eloquence, but too high-strung, I think. Seventeen pages of close writing he had found time for! But this must have been before his – let us say – nerves, went wrong, and caused him to preside at certain midnight dances ending with unspeakable rites, which – as far as I reluctantly gathered from what I heard at various times – were offered up to him – do you understand? – to Mr. Kurtz himself. But it was a beautiful piece of writing. The opening paragraph, however, in the light of later information, strikes me now as ominous. He began with the argument that we whites, from the point of development we had arrived at, 'must necessarily appear to them [savages] in the nature of supernatural beings – we approach them with the might as of a deity,' and so on, and so on. 'By the simple exercise of our will we can exert a power for good practically unbounded,' etc., etc. From that point he soared and took me with him. The peroration was magnificent,

48

though difficult to remember, you know. It gave me the notion of an exotic Immensity ruled by an august Benevolence. It made me tingle with enthusiasm. This was the unbounded power of eloquence – of words – of burning noble words. There were no practical hints to interrupt the magic current of phrases, unless a kind of note at the foot of the last page, scrawled evidently much later, in an unsteady hand, may be regarded as the exposition of a method. It was very simple, and at the end of that moving appeal to every altruistic sentiment it blazed at you, luminous and terrifying, like a flash of lightning in a serene sky: 'Exterminate all the brutes!' The curious part was that he had apparently forgotten all about that valuable postscriptum, because, later on, when he in a sense came to himself, he repeatedly entreated me to take good care of 'my pamphlet' (he called it), as it was sure to have in the future a good influence upon his career. I had full information about all these things, and, besides, as it turned out, I was to have the care of his memory. I've done enough for it to give me the indisputable right to lay it, if I choose, for an everlasting rest in the dust-bin of progress, amongst all the sweepings and, figuratively speaking, all the dead cats of civilization. But then, you see, I can't choose. He won't be forgotten. Whatever he was, he was not common. He had the power to charm or frighten rudimentary souls into an aggravated witch-dance in his honor; he could also fill the small souls of the pilgrims with bitter misgivings: he had one devoted friend at least, and he had conquered one soul in the world that was neither rudimentary nor tainted with self-seeking. No; I can't forget him, though I am not prepared to affirm the fellow was exactly worth the life we lost in getting to him. I missed my late helmsman awfully, – I missed him even while his body was still lying in the pilot-house. Perhaps you will think it passing strange this regret for a savage who was no more account than a grain of sand in a black Sahara. Well, don't you see, he had done something, he had steered; for months I had him at my back – a help – an instrument. It was a kind of partnership. He steered for me – I had to look after him, I worried about his deficiencies, and thus a subtle bond had been created, of which I only became aware when it was suddenly broken. And the intimate profundity of that look he gave me when he received his hurt remains to this day in my memory – like a claim of distant kinship affirmed in a supreme moment.

"Poor fool! If he had only left that shutter alone. He had no restraint, no restraint – just like Kurtz – a tree swayed by the wind. As soon as I had put on a dry pair of slippers, I dragged him out, after first jerking the spear out of his side, which operation I confess I performed with my eyes shut tight. His heels leaped together over the little door-step; his shoulders were pressed to my breast; I hugged him from behind desperately. Oh! he was heavy, heavy; heavier than any man on earth, I should imagine. Then without more ado I tipped him overboard. The current snatched him as though he had been a wisp of grass, and I saw the body roll over twice before I lost sight of it for ever. All the pilgrims and the manager were then congregated on the awning-deck about the pilot-house, chattering at each other like a flock of excited magpies, and there was a scandalized murmur at my heartless promptitude. What they wanted to keep that body hanging about for I can't guess. Embalm it, maybe. But I had also heard another, and a very ominous, murmur on

49

the deck below. My friends the wood-cutters were likewise scandalized, and with a better show of reason – though I admit that the reason itself was quite inadmissible. Oh, quite! I had made up my mind that if my late helmsman was to be eaten, the fishes alone should have him. He had been a very second-rate helmsman while alive, but now he was dead he might have become a first-class temptation, and possibly cause some startling trouble. Besides, I was anxious to take the wheel, the man in pink pyjamas showing himself a hopeless duffer at the business.

"This I did directly the simple funeral was over. We were going half-speed, keeping right in the middle of the stream, and I listened to the talk about me. They had given up Kurtz, they had given up the station; Kurtz was dead, and the station had been burnt – and so on – and so on. The red-haired pilgrim was beside himself with the thought that at least this poor Kurtz had been properly revenged. 'Say! We must have made a glorious slaughter of them in the bush. Eh? What do you think? Say?' He positively danced, the bloodthirsty little gingery beggar. And he had nearly fainted when he saw the wounded man! I could not help saying, 'You made a glorious lot of smoke, anyhow.' I had seen, from the way the tops of the bushes rustled and flew, that almost all the shots had gone too high. You can't hit anything unless you take aim and fire from the shoulder; but these chaps fired from the hip with their eyes shut. The retreat, I maintained – and I was right – was caused by the screeching of the steamwhistle. Upon this they forgot Kurtz, and began to howl at me with indignant protests.

"The manager stood by the wheel murmuring confidentially about the necessity of getting well away down the river before dark at all events, when I saw in the distance a clearing on the river-side and the outlines of some sort of building. 'What's this?' I asked. He clapped his hands in wonder. 'The station!' he cried. I edged in at once, still going half-speed.

"Through my glasses I saw the slope of a hill interspersed with rare trees and perfectly free from undergrowth. A long decaying building on the summit was half buried in the high grass; the large holes in the peaked roof gaped black from afar; the jungle and the woods made a background. There was no inclosure or fence of any kind; but there had been one apparently, for near the house half-a-dozen slim posts remained in a row, roughly trimmed, and with their upper ends ornamented with round carved balls. The rails, or whatever there had been between, had disappeared. Of course the forest surrounded all that. The river-bank was clear, and on the water-side I saw a white man under a hat like a cart-wheel beckoning persistently with his whole arm. Examining the edge of the forest above and below, I was almost certain I could see movements – human forms gliding here and there. I steamed past prudently, then stopped the engines and let her drift down. The man on the shore began to shout, urging us to land. 'We have been attacked,' screamed the manager. 'I know – I know. It's all right,' yelled back the other, as cheerful as you please. 'Come along. It's all right. I am glad.'

"His aspect reminded me of something I had seen – something funny I had seen somewhere. As I manoeuvred to get alongside, I was asking myself, 'What does this fellow look like?' Suddenly I got it. He looked like a harlequin. His clothes had

50

been made of some stuff that was brown holland probably, but it was covered with patches all over, with bright patches, blue, red, and yellow, – patches on the back, patches on front, patches on elbows, on knees; colored binding round his jacket, scarlet edging at the bottom of his trousers; and the sunshine made him look extremely gay and wonderfully neat withal, because you could see how beautifully all this patching had been done. A beardless, boyish face, very fair, no features to speak of, nose peeling, little blue eyes, smiles and frowns chasing each other over that open countenance like sunshine and shadow on a windswept plain. 'Look out, captain!' he cried; 'there's a snag lodged in here last night.' What! Another snag? I confess I swore shamefully. I had nearly holed my cripple, to finish off that charming trip. The harlequin on the bank turned his little pug nose up to me. 'You English?' he asked, all smiles. 'Are you?' I shouted from the wheel. The smiles vanished, and he shook his head as if sorry for my disappointment. Then he brightened up. 'Never mind!' he cried encouragingly. 'Are we in time?' I asked. 'He is up there,' he replied, with a toss of the head up the hill, and becoming gloomy all of a sudden. His face was like the autumn sky, overcast one moment and bright the next.

"When the manager, escorted by the pilgrims, all of them armed to the teeth, had gone to the house, this chap came on board. 'I say, I don't like this. These natives are in the bush,' I said. He assured me earnestly it was all right. 'They are simple people,' he added; 'well, I am glad you came. It took me all my time to keep them off.' 'But you said it was all right,' I cried. 'Oh, they meant no harm,' he said; and as I stared he corrected himself, 'Not exactly.' Then vivaciously, 'My faith, your pilot-house wants a clean up!' In the next breath he advised me to keep enough steam on the boiler to blow the whistle in case of any trouble. 'One good screech will do more for you than all your rifles. They are simple people,' he repeated. He rattled away at such a rate he quite overwhelmed me. He seemed to be trying to make up for lots of silence, and actually hinted, laughing, that such was the case. 'Don't you talk with Mr. Kurtz?' I said. 'You don't talk with that man – you listen to him,' he exclaimed with severe exaltation. 'But now –' He waved his arm, and in the twinkling of an eye was in the uttermost depths of despondency. In a moment he came up again with a jump, possessed himself of both my hands, shook them continuously, while he gabbled: 'Brother sailor ... honor ... pleasure ... delight ... introduce myself ... Russian ... son of an arch-priest ... Government of Tambov ... What? Tobacco! English tobacco; the excellent English tobacco! Now, that's brotherly. Smoke? Where's a sailor that does not smoke?'

"The pipe soothed him, and gradually I made out he had run away from school, had gone to sea in a Russian ship; ran away again; served some time in English ships; was now reconciled with the arch-priest. He made a point of that. 'But when one is young one must see things, gather experience, ideas; enlarge the mind.' 'Here!' I interrupted. 'You can never tell! Here I have met Mr. Kurtz,' he said, youthfully solemn and reproachful. I held my tongue after that. It appears he had persuaded a Dutch trading-house on the coast to fit him out with stores and goods, and had started for the interior with a light heart, and no more idea of what would happen to

51

him than a baby. He had been wandering about that river for nearly two years alone, cut off from everybody and everything. 'I am not so young as I look. I am twenty-five,' he said. 'At first old Van Shuyten would tell me to go to the devil,' he narrated with keen enjoyment; 'but I stuck to him, and talked and talked, till at last he got afraid I would talk the hind-leg off his favourite dog, so he gave me some cheap things and a few guns, and told me he hoped he would never see my face again. Good old Dutchman, Van Shuyten. I've sent him one small lot of ivory a year ago, so that he can't call me a little thief when I get back. I hope he got it. And for the rest I don't care. I had some wood stacked for you. That was my old house. Did you see?'

"I gave him Towson's book. He made as though he would kiss me, but restrained himself. 'The only book I had left, and I thought I had lost it,' he said, looking at it ecstatically. 'So many accidents happen to a man going about alone, you know. Canoes get upset sometimes – and sometimes you've got to clear out so quick when the people get angry.' He thumbed the pages. 'You made notes in Russian?' I asked. He nodded. 'I thought they were written in cipher,' I said. He laughed, then became serious. 'I had lots of trouble to keep these people off,' he said. 'Did they want to kill you?' I asked. 'Oh no!' he cried, and checked himself. 'Why did they attack us?' I pursued. He hesitated, then said shamefacedly, 'They don't want him to go.' 'Don't they?' I said, curiously. He nodded a nod full of mystery and wisdom. 'I tell you,' he cried, 'this man has enlarged my mind.' He opened his arms wide, staring at me with his little blue eyes that were perfectly round."

III

"I looked at him, lost in astonishment. There he was before me, in motley, as though he had absconded from a troupe of mimes, enthusiastic, fabulous. His very existence was improbable, inexplicable, and altogether bewildering. He was an insoluble problem. It was inconceivable how he had existed, how he had succeeded in getting so far, how he had managed to remain – why he did not instantly disappear. 'I went a little farther,' he said, 'then still a little farther – till I had gone so far that I don't know how I'll ever get back. Never mind. Plenty time. I can manage. You take Kurtz away quick – quick – I tell you.' The glamour of youth enveloped his parti-coloured rags, his destitution, his loneliness, the essential desolation of his futile wanderings. For months – for years – his life hadn't been worth a day's purchase; and there he was gallantly, thoughtlessly alive, to all appearance indestructible solely by the virtue of his few years and of his unreflecting audacity. I was seduced into something like admiration – like envy. Glamour urged him on, glamour kept him unscathed. He surely wanted nothing from the wilderness but space to breathe in and to push on through. His need was to exist, and to move onwards at the greatest possible risk, and with a maximum of privation. If the absolutely pure, uncalculating, unpractical spirit of adventure had ever ruled a human being, it ruled this be-patched youth. I almost envied him the possession of this modest and clear flame. It seemed to have consumed all thought of self so completely, that even while he was talking to you, you forgot that it was he – the man before your eyes – who had gone through these things. I did not envy him his devotion to Kurtz, though. He had not meditated over it. It came to him, and he accepted it with a sort of eager fatalism. I must say that to me it appeared about the most dangerous thing in every way he had come upon so far.

"They had come together unavoidably, like two ships becalmed near each other, and lay rubbing sides at last. I suppose Kurtz wanted an audience, because on a certain occasion, when encamped in the forest, they had talked all night, or more probably Kurtz had talked. 'We talked of everything,' he said, quite transported at the recollection. 'I forgot there was such a thing as sleep. The night did not seem to last an hour. Everything! Everything! ... Of love too.' 'Ah, he talked to you of love!' I said, much amused. 'It isn't what you think,' he cried, almost passionately. 'It was in general. He made me see things – things.'

"He threw his arms up. We were on deck at the time, and the headman of my wood-cutters, lounging near by, turned upon him his heavy and glittering eyes. I looked around, and I don't know why, but I assure you that never, never before, did this land, this river, this jungle, the very arch of this blazing sky, appear to me so hopeless and so dark, so impenetrable to human thought, so pitiless to human weakness. 'And, ever since, you have been with him, of course?' I said.

"On the contrary. It appears their intercourse had been very much broken by various causes. He had, as he informed me proudly, managed to nurse Kurtz through two illnesses (he alluded to it as you would to some risky feat), but as a rule Kurtz wandered alone, far in the depths of the forest. 'Very often coming to this station, I had to wait days and days before he would turn up,' he said. 'Ah, it was worth waiting for! – sometimes.' 'What was he doing? exploring or what?' I asked. 'Oh yes, of course;' he had discovered lots of villages, a lake too – he did not know exactly in what direction; it was dangerous to inquire too much – but mostly his expeditions had been for ivory. 'But he had no goods to trade with by that time,' I objected. 'There's a good lot of cartridges left even yet,' he answered, looking away. 'To speak plainly, he raided the country,' I said. He nodded. 'Not alone, surely!' He muttered something about the villages round that lake. 'Kurtz got the tribe to follow him, did he?' I suggested. He fidgeted a little. 'They adored him,' he said. The tone of these words was so extraordinary that I looked at him searchingly. It was curious to see his mingled eagerness and reluctance to speak of Kurtz. The man filled his life, occupied his thoughts, swayed his emotions. 'What can you expect?' he burst out; 'he came to them with thunder and lightning, you know – and they had never seen anything like it – and very terrible. He could be very terrible. You can't judge Mr. Kurtz as you would an ordinary man. No, no, no! Now – just to give you an idea – I don't mind telling you, he wanted to shoot me too one day – but I don't judge him.' 'Shoot you!' I cried. 'What for?' 'Well, I had a small lot of ivory the chief of that village near my house gave me. You see I used to shoot game for them. Well, he wanted it, and wouldn't hear reason. He declared he would shoot me unless I gave him the ivory and then cleared out of the country, because he could do so, and had a fancy for it, and there was nothing on earth to prevent him killing whom he jolly well pleased. And it was true too. I gave him the ivory. What did I care! But I didn't clear out. No, no. I couldn't leave him. I had to be careful, of course, till we got friendly again for a time. He had his second illness then. Afterwards I had to keep out of the way; but I didn't mind. He was living for the most part in those villages on the lake. When he came down to the river, sometimes he would take to me, and sometimes it was better for me to be careful. This man suffered too much. He hated all this, and somehow he couldn't get away. When I had a chance I begged him to try and leave while there was time; I offered to go back with him. And he would say yes, and then he would remain; go off on another ivory hunt; disappear for weeks; forget himself amongst these people – forget himself – you know.' 'Why! he's mad,' I said. He protested indignantly. Mr. Kurtz couldn't be mad. If I had heard him talk, only two days ago, I wouldn't dare hint at such a thing … I had taken up my binoculars while we talked and was looking at the shore, sweeping the limit of the forest at each side and at the back of the house. The consciousness of there being people in that bush, so silent, so quiet – as silent and quiet as the ruined house on the hill – made me uneasy. There was no sign on the face of nature of this amazing tale that was not so much told as suggested to me in desolate exclamations, completed by shrugs, in interrupted phrases, in hints ending in deep sighs. The woods were unmoved, like a mask – heavy, like the closed door of a prison – they looked with their air of hidden knowledge, of patient expectation, of unapproachable silence. The Russian was explaining to me that it was only lately that Mr. Kurtz had come down to the river, bringing along with him all the fighting men of that lake tribe. He had been absent for several months – getting himself adored, I suppose – and had come down unexpectedly, with the intention to all appearance of making a raid either across the river or down stream. Evidently the appetite for more ivory had got the better of the – what shall I say? – less material aspirations. However he had got much worse suddenly. 'I heard he was lying helpless, and so I came up – took my chance,' said the Russian. 'Oh, he is bad, very bad.' I directed my glass to the house. There were no signs of life, but there was the ruined roof, the long mud wall peeping above the grass, with three little square window-holes, no two of the same size; all this brought within reach of my hand, as it were. And then I made a brusque movement, and one of the remaining posts of that vanished fence leaped up in the field of my glass. You remember I told you I had been struck at the distance by certain attempts at ornamentation, rather remarkable in the ruinous aspect of the place. Now I had suddenly a nearer view, and its first result was to make me throw my head back as if before a blow. Then I went carefully from post to post with my glass, and I saw my mistake. These round knobs were not ornamental but symbolic; they were expressive and puzzling, striking and disturbing – food for thought and also for the vultures if there had been any looking down from the sky; but at all events for such ants as were industrious enough to ascend the pole. They would have been even more impressive, those heads on the stakes, if their faces had not been turned to the house. Only one, the first I had made out, was facing my way. I was not so shocked as you may think. The start back I had given

54

was really nothing but a movement of surprise. I had expected to see a knob of wood there, you know. I returned deliberately to the first I had seen – and there it was, black, dried, sunken, with closed eyelids, – a head that seemed to sleep at the top of that pole, and, with the shrunken dry lips showing a narrow white line of the teeth, was smiling too, smiling continuously at some endless and jocose dream of that eternal slumber.

"I am not disclosing any trade secrets. In fact the manager said afterwards that Mr. Kurtz's methods had ruined the district. I have no opinion on that point, but I want you clearly to understand that there was nothing exactly profitable in these heads being there. They only showed that Mr. Kurtz lacked restraint in the gratification of his various lusts, that there was something wanting in him – some small matter which, when the pressing need arose, could not be found under his magnificent eloquence. Whether he knew of this deficiency himself I can't say. I think the knowledge came to him at last – only at the very last. But the wilderness had found him out early, and had taken on him a terrible vengeance for the fantastic invasion. I think it had whispered to him things about himself which he did not know, things of which he had no conception till he took counsel with this great solitude – and the whisper had proved irresistibly fascinating. It echoed loudly within him because he was hollow at the core … I put down the glass, and the head that had appeared near enough to be spoken to seemed at once to have leaped away from me into inaccessible distance.

"The admirer of Mr. Kurtz was a bit crestfallen. In a hurried, indistinct voice he began to assure me he had not dared to take these – say, symbols – down. He was not afraid of the natives; they would not stir till Mr. Kurtz gave the word. His ascendency was extraordinary. The camps of these people surrounded the place, and the chiefs came every day to see him. They would crawl … 'I don't want to know anything of the ceremonies used when approaching Mr. Kurtz,' I shouted. Curious, this feeling that came over me that such details would be more intolerable than those heads drying on the stakes under Mr. Kurtz's windows. After all, that was only a savage sight, while I seemed at one bound to have been transported into some lightless region of subtle horrors, where pure, uncomplicated savagery was a positive relief, being something that had a right to exist – obviously – in the sunshine. The young man looked at me with surprise. I suppose it did not occur to him Mr. Kurtz was no idol of mine. He forgot I hadn't heard any of these splendid monologues on, what was it? on love, justice, conduct of life – or what not. If it had come to crawling before Mr. Kurtz, he crawled as much as the veriest savage of them all. I had no idea of the conditions, he said: these heads were the heads of rebels. I shocked him excessively by laughing. Rebels! What would be the next definition I was to hear? There had been enemies, criminals, workers – and these were rebels. Those rebellious heads looked very subdued to me on their sticks. 'You don't know how such a life tries a man like Kurtz,' cried Kurtz's last disciple. 'Well, and you?' I said. 'I! I! I am a simple man. I have no great thoughts. I want nothing from anybody. How can you compare me to …?' His feelings were too much for speech, and suddenly he broke down. 'I don't understand,' he groaned. 'I've been doing my best to keep him alive, and that's enough. I had no hand in all this. I have no abilities. There hasn't been a drop of medicine or a mouthful of invalid food for months here. He was shamefully abandoned. A man like this, with such ideas. Shamefully! Shamefully! I – I – haven't slept for the last ten nights …'

"His voice lost itself in the calm of the evening. The long shadows of the forest had slipped down hill while we talked, had gone far beyond the ruined hovel, beyond the symbolic row of stakes. All this was in the gloom, while we down there were yet in the sunshine, and the stretch of the river abreast of the clearing glittered in a still and dazzling splendor, with a murky and over-shadowed bend above and below. Not a living soul was seen on the shore. The bushes did not rustle.

"Suddenly round the corner of the house a group of men appeared, as though they had come up from the ground. They waded waist-deep in the grass, in a compact body, bearing an improvised stretcher in their midst. Instantly, in the emptiness of the landscape, a cry arose whose shrillness pierced the still air like a sharp arrow flying straight to the very heart of the land; and, as if by enchantment, streams of human beings – of naked human beings – with spears in their hands, with bows, with shields, with wild glances and savage movements, were poured into the clearing by the dark-faced and pensive forest. The bushes shook, the grass swayed for a time, and then everything stood still in attentive immobility.

"'Now, if he does not say the right thing to them we are all done for,' said the Russian at my elbow. The knot of men with the stretcher had stopped too, half-way to the steamer, as if petrified. I saw the man on the stretcher sit up, lank and with an uplifted arm, above the shoulders of the bearers. 'Let us hope that the man who can talk so well of love in general will find some particular reason to spare us this time,' I said. I resented bitterly the absurd danger of our situation, as if to be at the mercy of that atrocious phantom had been a dishonoring necessity. I could not hear a sound, but through my glasses I saw the thin arm extended commandingly, the lower jaw moving, the eyes of that apparition shining darkly far in its bony head that nodded with grotesque jerks. Kurtz – Kurtz – that means short in German – don't it? Well, the name was as true as everything else in his life – and death. He looked at least seven feet long. His covering had fallen off, and his body emerged from it pitiful and appalling as from a winding-sheet. I could see the cage of his ribs all astir, the bones of his arm waving. It was as though an animated image of death carved out of old ivory had been shaking its hand with menaces at a motionless crowd of men made of dark and glittering bronze. I saw him open his mouth wide – it gave him a weirdly voracious aspect, as though he had wanted to swallow all the air, all the earth, all the men before him. A deep voice reached me faintly. He must have been shouting. He fell back suddenly. The stretcher shook as the bearers staggered forward again, and almost at the same time I noticed that the crowd of savages was vanishing without any perceptible movement of retreat, as if the forest that had ejected these beings so suddenly had drawn them in again as the breath is drawn in a long aspiration.

"Some of the pilgrims behind the stretcher carried his arms – two shot-guns, a heavy rifle, and a light revolver-carbine – the thunderbolts of that pitiful Jupiter.

56

The manager bent over him murmuring as he walked beside his head. They laid him down in one of the little cabins – just a room for a bedplace and a camp-stool or two, you know. We had brought his belated correspondence, and a lot of torn envelopes and open letters littered his bed. His hand roamed feebly amongst these papers. I was struck by the fire of his eyes and the composed languor of his expression. It was not so much the exhaustion of disease. He did not seem in pain. This shadow looked satiated and calm, as though for the moment it had had its fill of all the emotions.

"He rustled one of the letters, and looking straight in my face said, 'I am glad.' Somebody had been writing to him about me. These special recommendations were turning up again. The volume of tone he emitted without effort, almost without the trouble of moving his lips, amazed me. A voice! a voice! It was grave, profound, vibrating, while the man did not seem capable of a whisper. However, he had enough strength in him – factitious no doubt – to very nearly make an end of us, as you shall hear directly.

"The manager appeared silently in the doorway; I stepped out at once and he drew the curtain after me. The Russian, eyed curiously by the pilgrims, was staring at the shore. I followed the direction of his glance.

"Dark human shapes could be made out in the distance, flitting indistinctly against the gloomy border of the forest, and near the river two bronze figures, leaning on tall spears, stood in the sunlight under fantastic headdresses of spotted skins, war-like and still in statuesque repose. And from right to left along the lighted shore moved a wild and gorgeous apparition of a woman.

"She walked with measured steps, draped in striped and fringed cloths, treading the earth proudly, with a slight jingle and flash of barbarous ornaments. She carried her head high; her hair was done in the shape of a helmet; she had brass leggings to the knee, brass wire gauntlets to the elbow, a crimson spot on her tawny cheek, innumerable necklaces of glass beads on her neck; bizarre things, charms, gifts of witch-men, that hung about her, glittered and trembled at every step. She must have had the value of several elephant tusks upon her. She was savage and superb, wild-eyed and magnificent; there was something ominous and stately in her deliberate progress. And in the hush that had fallen suddenly upon the whole sorrowful land, the immense wilderness, the colossal body of the fecund and mysterious life seemed to look at her, pensive, as though it had been looking at the image of its own tenebrous and passionate soul.

"She came abreast of the steamer, stood still, and faced us. Her long shadow fell to the water's edge. Her face had a tragic and fierce aspect of wild sorrow and of dumb pain mingled with the fear of some struggling, half-shaped resolve. She stood looking at us without a stir and like the wilderness itself, with an air of brooding over an inscrutable purpose. A whole minute passed, and then she made a step forward. There was a low jingle, a glint of yellow metal, a sway of fringed draperies, and she stopped as if her heart had failed her. The young fellow by my side growled. The pilgrims murmured at my back. She looked at us all as if her life had depended upon the unswerving steadiness of her glance. Suddenly she opened her bared arms and threw them up rigid above her head, as though in an uncontrollable desire to touch the sky, and at the same time the swift shadows darted out on the earth, swept around on the river, gathering the steamer into a shadowy embrace. A formidable silence hung over the scene.

"She turned away slowly, walked on, following the bank, and passed into the bushes to the left. Once only her eyes gleamed back at us in the dusk of the thickets before she disappeared.

"'If she had offered to come aboard I really think I would have tried to shoot her,' said the man of patches, nervously. 'I had been risking my life every day for the last fortnight to keep her out of the house. She got in one day and kicked up a row about those miserable rags I picked up in the storeroom to mend my clothes with. I wasn't decent. At least it must have been that, for she talked like a fury to Kurtz for an hour, pointing at me now and then. I don't understand the dialect of this tribe. Luckily for me, I fancy Kurtz felt too ill that day to care, or there would have been mischief. I don't understand ... No – it's too much for me. Ah, well, it's all over now.'

"At this moment I heard Kurtz's deep voice behind the curtain, 'Save me! – save the ivory, you mean. Don't tell me. Save *me*! Why, I've had to save you. You are interrupting my plans now. Sick! Sick! Not so sick as you would like to believe. Never mind. I'll carry my ideas out yet – I will return. I'll show you what can be done. You with your little peddling notions – you are interfering with me. I will return. I ...'

"The manager came out. He did me the honor to take me under the arm and lead me aside. 'He is very low, very low,' he said. He considered it necessary to sigh, but neglected to be consistently sorrowful. 'We have done all we could for him – haven't we? But there is no disguising the fact, Mr. Kurtz has done more harm than good to the Company. He did not see the time was not ripe for vigorous action. Cautiously, cautiously – that's my principle. We must be cautious yet. The district is closed to us for a time. Deplorable! Upon the whole, the trade will suffer. I don't deny there is a remarkable quantity of ivory – mostly fossil. We must save it, at all events – but look how precarious the position is – and why? Because the method is unsound.' 'Do you,' said I, looking at the shore, 'call it "unsound method"?' 'Without doubt,' he exclaimed, hotly. 'Don't you?' ... 'No method at all,' I murmured after a while. 'Exactly,' he exulted. 'I anticipated this. Shows a complete want of judgment. It is my duty to point it out in the proper quarter.' 'Oh,' said I, 'that fellow – what's his name? – the brickmaker, will make a readable report for you.' He appeared confounded for a moment. It seemed to me I had never breathed an atmosphere so vile, and I turned mentally to Kurtz for relief – positively for relief. 'Nevertheless I think Mr. Kurtz is a remarkable man,' I said with emphasis. He started, dropped on me a cold heavy glance, said very quietly, 'he *was*,' and turned his back on me. My hour of favour was over; I found myself lumped along with Kurtz as a partisan of methods for which the time was not ripe: I was unsound! Ah! but it was something to have at least a choice of nightmares.

"I had turned to the wilderness really, not to Mr. Kurtz, who, I was ready to admit, was as good as buried. And for a moment it seemed to me as if I also were buried in a vast grave full of unspeakable secrets. I felt an intolerable weight oppressing my breast, the smell of the damp earth, the unseen presence of victorious corruption, the darkness of an impenetrable night ... The Russian tapped me on the shoulder. I heard him mumbling and stammering something about 'brother seaman – couldn't conceal – knowledge of matters that would affect Mr. Kurtz's reputation.' I waited. For him evidently Mr. Kurtz was not in his grave; I suspect that for him Mr. Kurtz was one of the immortals. 'Well!' said I at last, 'speak out. As it happens, I am Mr. Kurtz's friend – in a way.'

"He stated with a good deal of formality that had we not been 'of the same profession,' he would have kept the matter to himself without regard to consequences. 'He suspected there was an active ill will towards him on the part of these white men that –' 'You are right,' I said, remembering a certain conversation I had overheard. 'The manager thinks you ought to be hanged.' He showed a concern at this intelligence which amused me at first. 'I had better get out of the way quietly,' he said, earnestly. 'I can do no more for Kurtz now, and they would soon find some excuse. What's to stop them? There's a military post three hundred miles from here.' 'Well, upon my word,' said I, 'perhaps you had better go if you have any friends amongst the savages near by.' 'Plenty,' he said. 'They are simple people – and I want nothing, you know.' He stood biting his lips, then: 'I don't want any harm to happen to these whites here, but of course I was thinking of Mr. Kurtz's reputation – but you are a brother seaman and –' 'All right,' said I, after a time. 'Mr. Kurtz's reputation is safe with me.' I did not know how truly I spoke.

"He informed me, lowering his voice, that it was Kurtz who had ordered the attack to be made on the steamer. 'He hated sometimes the idea of being taken away – and then again ... But I don't understand these matters. I am a simple man. He thought it would scare you away – that you would give it up, thinking him dead. I could not stop him. Oh, I had an awful time of it this last month.' 'Very well,' I said. 'He is all right now.' 'Ye-e-es,' he muttered, not very convinced apparently. 'Thanks,' said I; 'I shall keep my eyes open.' 'But quiet – eh?' he urged, anxiously. 'It would be awful for his reputation if anybody here –' I promised a complete discretion with great gravity. 'I have a canoe and three black fellows waiting not very far. I am off. Could you give me a few Martini-Henry cartridges?' I could, and did, with proper secrecy. He helped himself, with a wink at me, to a handful of my tobacco. 'Between sailors – you know – good English tobacco.' At the door of the pilot-house he turned round –' I say, haven't you a pair of shoes you could spare?' He raised one leg. 'Look.' The soles were tied with knotted strings sandal-wise under his bare feet. I rooted out an old pair, at which he looked with admiration before tucking it under his left arm. One of his pockets (bright red) was bulging with cartridges, from the other (dark blue) peeped 'Towson's Inquiry,' etc., etc. He seemed to think himself excellently well equipped for a renewed encounter with the wilderness. 'Ah! I'll never, never meet such a man again. You ought to have heard him recite poetry – his own too it was, he told me. Poetry!' He rolled his eyes at the recollection of these delights. 'Oh, he enlarged my mind!' 'Goodbye,' said I. He shook hands and vanished in the night. Sometimes I ask myself whether I had ever really seen him – whether it was possible to meet such a phenomenon! ...

"When I woke up shortly after midnight his warning came to my mind with its hint of danger that seemed, in the starred darkness, real enough to make me get up for the purpose of having a look round. On the hill a big fire burned, illuminating fitfully a crooked corner of the station-house. One of the agents with a picket of a few of our blacks, armed for the purpose, was keeping guard over the ivory; but deep within the forest, red gleams that wavered, that seemed to sink and rise from the ground amongst confused columnar shapes of intense blackness, showed the exact position of the camp where Mr. Kurtz's adorers were keeping their uneasy vigil. The monotonous beating of a big drum filled the air with muffled shocks and a lingering vibration. A steady droning sound of many men chanting each to himself some weird incantation came out from the black, flat wall of the woods as the humming of bees comes out of a hive, and had a strange narcotic effect upon my half-awake senses. I believe I dozed off leaning over the rail, till an abrupt burst of yells, an overwhelming outbreak of a pent-up and mysterious frenzy, woke me up in a bewildered wonder. It was cut short all at once, and the low droning went on with an effect of audible and soothing silence. I glanced casually into the little cabin. A light was burning within, but Mr. Kurtz was not there.

"I think I would have raised an outcry if I had believed my eyes. But I didn't believe them at first – the thing seemed so impossible. The fact is I was completely unnerved by a sheer blank fright, pure abstract terror, unconnected with any distinct shape of physical danger. What made this emotion so overpowering was – how shall I define it? – the moral shock I received, as if something altogether monstrous, intolerable to thought and odious to the soul, had been thrust upon me unexpectedly. This lasted of course the merest fraction of a second, and then the usual sense of commonplace, deadly danger, the possibility of a sudden onslaught and massacre, or something of the kind, which I saw impending, was positively welcome and composing. It pacified me, in fact, so much, that I did not raise an alarm.

"There was an agent buttoned up inside an ulster and sleeping on a chair on deck within three feet of me. The yells had not awakened him; he snored very slightly; I left him to his slumbers and leaped ashore. I did not betray Mr. Kurtz – it was ordered I should never betray him – it was written I should be loyal to the nightmare of my choice. I was anxious to deal with this shadow by myself alone, – and to this day I don't know why I was so jealous of sharing with anyone the peculiar blackness of that experience.

"As soon as I got on the bank I saw a trail – a broad trail through the grass. I remember the exultation with which I said to myself, 'He can't walk – he is crawling on all-fours – I've got him.' The grass was wet with dew. I strode rapidly with clenched fists. I fancy I had some vague notion of falling upon him and giving him a drubbing. I don't know. I had some imbecile thoughts. The knitting old woman with the cat obtruded herself upon my memory as a most improper person to be sitting at the other end of such an affair. I saw a row of pilgrims squirting lead in the air out of Winchesters held to the hip. I thought I would never get back to the steamer, and imagined myself living alone and unarmed in the woods to an advanced age. Such silly things – you know. And I remember I confounded the beat of the drum with the beating of my heart, and was pleased at its calm regularity.

"I kept to the track though – then stopped to listen. The night was very clear: a dark blue space, sparkling with dew and starlight, in which black things stood very still. I thought I could see a kind of motion ahead of me. I was strangely cocksure of everything that night. I actually left the track and ran in a wide semicircle (I verily believe chuckling to myself) so as to get in front of that stir, of that motion I had seen – if indeed I had seen anything. I was circumventing Kurtz as though it had been a boyish game.

"I came upon him, and, if he had not heard me coming, I would have fallen over him too, but he got up in time. He rose, unsteady, long, pale, indistinct, like a vapor exhaled by the earth, and swayed slightly, misty and silent before me; while at my back the fires loomed between the trees, and the murmur of many voices issued from the forest. I had cut him off cleverly; but when actually confronting him I seemed to come to my senses, I saw the danger in its right proportion. It was by no means over yet. Suppose he began to shout? Though he could hardly stand, there was still plenty of vigor in his voice. 'Go away – hide yourself,' he said, in that profound tone. It was very awful. I glanced back. We were within thirty yards from the nearest fire. A black figure stood up, strode on long black legs, waving long black arms, across the glow. It had horns – antelope horns, I think – on its head. Some sorcerer, some witch-man, no doubt: it looked fiend-like enough. 'Do you know what you are doing?' I whispered. 'Perfectly,' he answered, raising his voice for that single word: it sounded to me far off and yet loud, like a hail through a speaking-trumpet. 'If he makes a row we are lost,' I thought to myself. This clearly was not a case for fisticuffs, even apart from the very natural aversion I had to beat that Shadow – this wandering and tormented thing. 'You will be lost,' I said – 'utterly lost.' One gets sometimes such a flash of inspiration, you know. I did say the right thing, though indeed he could not have been more irretrievably lost than he was at this very moment, when the foundations of our intimacy were being laid – to endure – to endure – even to the end – even beyond.

"'I had immense plans,' he muttered irresolutely. 'Yes,' said I; 'but if you try to shout I'll smash your head with –' There was not a stick or a stone near. 'I will throttle you for good,' I corrected myself. 'I was on the threshold of great things,' he pleaded, in a voice of longing, with a wistfulness of tone that made my blood run cold. 'And now for this stupid scoundrel –' 'Your success in Europe is assured in any case,' I affirmed, steadily. I did not want to have the throttling of him, you understand – and indeed it would have been very little use for any practical purpose. I tried to break the spell – the heavy, mute spell of the wilderness – that seemed to draw him to its pitiless breast by the awakening of forgotten and brutal instincts, by the memory of gratified and monstrous passions. This alone, I was convinced, had driven him out to the edge of the forest, to the bush, towards the gleam of fires, the throb of drums, the drone of weird incantations; this alone had beguiled his unlawful soul beyond

61

the bounds of permitted aspirations. And, don't you see, the terror of the position was not in being knocked on the head – though I had a very lively sense of that danger too – but in this, that I had to deal with a being to whom I could not appeal in the name of anything high or low. I had, even like the niggers, to invoke him – himself his own exalted and incredible degradation. There was nothing either above or below him, and I knew it. He had kicked himself loose of the earth. Confound the man! he had kicked the very earth to pieces. He was alone, and I before him did not know whether I stood on the ground or floated in the air. I've been telling you what we said – repeating the phrases we pronounced, – but what's the good? They were common everyday words, – the familiar, vague sounds exchanged on every waking day of life. But what of that? They had behind them, to my mind, the terrific suggestiveness of words heard in dreams, of phrases spoken in nightmares. Soul! If anybody had ever struggled with a soul, I am the man. And I wasn't arguing with a lunatic either. Believe me or not, his intelligence was perfectly clear – concentrated, it is true, upon himself with horrible intensity, yet clear; and therein was my only chance – barring, of course, the killing him there and then, which wasn't so good, on account of unavoidable noise. But his soul was mad. Being alone in the wilderness, it had looked within itself, and, by heavens! I tell you, it had gone mad. I had – for my sins, I suppose – to go through the ordeal of looking into it myself. No eloquence could have been so withering to one's belief in mankind as his final burst of sincerity. He struggled with himself, too. I saw it, – I heard it. I saw the inconceivable mystery of a soul that knew no restraint, no faith, and no fear, yet struggling blindly with itself. I kept my head pretty well; but when I had him at last stretched on the couch, I wiped my forehead, while my legs shook under me as though I had carried half a ton on my back down that hill. And yet I had only supported him, his bony arm clasped round my neck – and he was not much heavier than a child.

"When next day we left at noon, the crowd, of whose presence behind the curtain of trees I had been acutely conscious all the time, flowed out of the woods again, filled the clearing, covered the slope with a mass of naked, breathing, quivering, bronze bodies. I steamed up a bit, then swung down-stream, and two thousand eyes followed the evolutions of the splashing, thumping, fierce river-demon beating the water with its terrible tail and breathing black smoke into the air. In front of the first rank, along the river, three men, plastered with bright red earth from head to foot, strutted to and fro restlessly. When we came abreast again, they faced the river, stamped their feet, nodded their horned heads, swayed their scarlet bodies; they shook towards the fierce river-demon a bunch of black feathers, a mangy skin with a pendent tail – something that looked like a dried gourd; they shouted periodically together strings of amazing words that resembled no sounds of human language; and the deep murmurs of the crowd, interrupted suddenly, were like the response of some satanic litany.

"We had carried Kurtz into the pilot-house: there was more air there. Lying on the couch, he stared through the open shutter. There was an eddy in the mass of human bodies, and the woman with helmeted head and tawny cheeks rushed out to the very brink of the stream. She put out her hands, shouted something, and all that wild mob took up the shout in a roaring chorus of articulated, rapid, breathless utterance. '"Do you understand this?' I asked.

"He kept on looking out past me with fiery, longing eyes, with a mingled expression of wistfulness and hate. He made no answer, but I saw a smile, a smile of indefinable meaning, appear on his colourless lips that a moment after twitched convulsively. 'Do I not?' he said slowly, gasping, as if the words had been torn out of him by a supernatural power.

"I pulled the string of the whistle, and I did this because I saw the pilgrims on deck getting out their rifles with an air of anticipating a jolly lark. At the sudden screech there was a movement of abject terror through that wedged mass of bodies. 'Don't! Don't you frighten them away,' cried someone on deck disconsolately. I pulled the string time after time. They broke and ran, they leaped, they crouched, they swerved, they dodged the flying terror of the sound. The three red chaps had fallen flat, face down on the shore, as though they had been shot dead. Only the barbarous and superb woman did not so much as flinch, and stretched tragically her bare arms after us over the somber and glittering river.

"And then that imbecile crowd down on the deck started their little fun, and I could see nothing more for smoke.

"The brown current ran swiftly out of the heart of darkness, bearing us down towards the sea with twice the speed of our upward progress; and Kurtz's life was running swiftly too, ebbing, ebbing out of his heart into the sea of inexorable time. The manager was very placid, he had no vital anxieties now, he took us both in with a comprehensive and satisfied glance: the 'affair' had come off as well as could be wished. I saw the time approaching when I would be left alone of the party of 'unsound method.' The pilgrims looked upon me with disfavour. I was, so to speak, numbered with the dead. It is strange how I accepted this unforeseen partnership, this choice of nightmares forced upon me in the tenebrous land invaded by these mean and greedy phantoms.

"Kurtz discoursed. A voice! a voice! It rang deep to the very last. It survived his strength to hide in the magnificent folds of eloquence the barren darkness of his heart. Oh, he struggled! he struggled! The wastes of his weary brain were haunted by shadowy images now – images of wealth and fame revolving obsequiously round his unextinguishable gift of noble and lofty expression. My Intended, my station, my career, my ideas – these were the subjects for the occasional utterances of elevated sentiments. The shade of the original Kurtz frequented the bedside of the hollow sham, whose fate it was to be buried presently in the mold of primeval earth. But both the diabolic love and the unearthly hate of the mysteries it had penetrated fought for the possession of that soul satiated with primitive emotions, avid of lying fame, of sham distinction, of all the appearances of success and power.

"Sometimes he was contemptibly childish. He desired to have kings meet him at railway-stations on his return from some ghastly Nowhere, where he intended to accomplish great things. 'You show them you have in you something that is really profitable, and then there will be no limits to the recognition of your ability,' he would say. 'Of course you must take care of the motives – right motives – always.' The long reaches that were like one and the same reach, monotonous bends that were exactly alike, slipped past the steamer with their multitude of secular trees looking patiently after this grimy fragment of another world, the forerunner of change, of conquest, of trade, of massacres, of blessings. I looked ahead – piloting. 'Close the shutter,' said Kurtz suddenly one day; 'I can't bear to look at this.' I did so. There was a silence. 'Oh, but I will wring your heart yet!' he cried at the invisible wilderness.

"We broke down – as I had expected – and had to lie up for repairs at the head of an island. This delay was the first thing that shook Kurtz's confidence. One morning he gave me a packet of papers and a photograph, – the lot tied together with a shoe-string. 'Keep this for me,' he said. 'This noxious fool' (meaning the manager) 'is capable of prying into my boxes when I am not looking.' In the afternoon I saw him. He was lying on his back with closed eyes, and I withdrew quietly, but I heard him mutter, 'Live rightly, die, die ...' I listened. There was nothing more. Was he re-hearsing some speech in his sleep, or was it a fragment of a phrase from some newspaper article? He had been writing for the papers and meant to do so again, 'for the furthering of my ideas. It's a duty.'

"His was an impenetrable darkness. I looked at him as you peer down at a man who is lying at the bottom of a precipice where the sun never shines. But I had not much time to give him, because I was helping the engine-driver to take to pieces the leaky cylinders, to straighten a bent connecting-rod, and in other such matters. I lived in an infernal mess of rust, filings, nuts, bolts, spanners, hammers, ratchet-drills – things I abominate, because I don't get on with them. I tended the little forge we fortunately had aboard; I toiled wearily in a wretched scrap-heap – unless I had the shakes too bad to stand.

"One evening coming in with a candle I was startled to hear him say a little tremu-lously, 'I am lying here in the dark waiting for death.' The light was within a foot of his eyes. I forced myself to murmur, 'Oh, nonsense!' and stood over him as if trans-fixed.

"Anything approaching the change that came over his features I have never seen before, and hope never to see again. Oh, I wasn't touched. I was fascinated. It was as though a veil had been rent. I saw on that ivory face the expression of somber pride, of ruthless power, of craven terror – of an intense and hopeless despair. Did he live his life again in every detail of desire, temptation, and surrender during that supreme moment of complete knowledge? He cried in a whisper at some image, at some vision, – he cried out twice, a cry that was no more than a breath –

"'The horror! The horror!'

"I blew the candle out and left the cabin. The pilgrims were dining in the mess-room, and I took my place opposite the manager, who lifted his eyes to give me a questioning glance, which I successfully ignored. He leaned back, serene, with that peculiar smile of his sealing the unexpressed depths of his meanness. A continuous shower of small flies streamed upon the lamp, upon the cloth, upon our hands and faces. Suddenly the manager's boy put his insolent black head in the doorway, and said in a tone of scathing contempt –

"'Mistah Kurtz – he dead.'

"All the pilgrims rushed out to see. I remained, and went on with my dinner. I believe I was considered brutally callous. However, I did not eat much. There was a lamp in there – light, don't you know – and outside it was so beastly, beastly dark. I went no more near the remarkable man who had pronounced a judgment upon the adventures of his soul on this earth. The voice was gone. What else had been there? But I am of course aware that next day the pilgrims buried something in a muddy hole. And then they very nearly buried me."

"However, as you see, I did not go to join Kurtz there and then. I did not. I remained to dream the nightmare out to the end, and to show my loyalty to Kurtz once more. Destiny. My destiny! Droll thing life is – that mysterious arrangement of merciless logic for a futile purpose. The most you can hope from it is some knowledge of yourself – that comes too late – a crop of unextinguishable regrets. I have wrestled with death. It is the most unexciting contest you can imagine. It takes place in an impalpable grayness, with nothing underfoot, with nothing around, without spectators, without clamor, without glory, without the great desire of victory, without the great fear of defeat, in a sickly atmosphere of tepid skepticism, without much belief in your own right, and still less in that of your adversary. If such is the form of ultimate wisdom, then life is a greater riddle than some of us think it to be. I was within a hair's-breadth of the last opportunity for pronouncement, and I found with humiliation that probably I would have nothing to say. This is the reason why I affirm that Kurtz was a remarkable man. He had something to say. He said it. Since I had peeped over the edge myself, I understand better the meaning of his stare, that could not see the flame of the candle, but was wide enough to embrace the whole universe, piercing enough to penetrate all the hearts that beat in the darkness. He had summed up – he had judged. 'The horror!' He was a remarkable man. After all, this was the expression of some sort of belief; it had candor, it had conviction, it had a vibrating note of revolt in its whisper, it had the appalling face of a glimpsed truth – the strange commingling of desire and hate. And it is not my own extremity I remember best – a vision of grayness without form filled with physical pain, and a careless contempt for the evanescence of all things – even of this pain itself. No! It is his extremity that I seem to have lived through. True, he had made that last stride, he had stepped over the edge, while I had been permitted to draw back my hesitating foot. And perhaps in this is the whole difference; perhaps all the wisdom, and all truth, and all sincerity, are just compressed into that inappreciable moment of time in which we step over the threshold of the invisible. Perhaps! I like to think my summing-up would not have been a word of careless contempt. Better his cry – much better. It was an affirmation, a moral victory paid for by innumerable defeats, by abominable terrors, by abominable satisfactions. But it was a victory! That is why I have remained loyal to Kurtz to the last, and even beyond, when a long time after I heard once more, not his own voice, but the echo of his magnificent eloquence thrown to me from a soul as translucently pure as a cliff of crystal.

"No, they did not bury me, though there is a period of time which I remember mistily, with a shuddering wonder, like a passage through some inconceivable world that had no hope in it and no desire. I found myself back in the sepulchral city resenting the sight of people hurrying through the streets to filch a little money from each other, to devour their infamous cookery, to gulp their unwholesome beer, to dream their insignificant and silly dreams. They trespassed upon my thoughts. They were intruders whose knowledge of life was to me an irritating pretense, because I felt so sure they could not possibly know the things I knew. Their bearing, which was simply the bearing of commonplace individuals going about their business in the assurance of perfect safety, was offensive to me like the outrageous flauntings of folly in the face of a danger it is unable to comprehend. I had no particular desire to enlighten them, but I had some difficulty in restraining myself from laughing in their faces, so full of stupid importance. I dare say I was not very well at that time. I tottered about the streets – there were various affairs to settle – grinning bitterly at perfectly respectable persons. I admit my behavior was inexcusable, but then my temperature was seldom normal in these days. My dear aunt's endeavors to 'nurse up my strength' seemed altogether beside the mark. It was not my strength that wanted nursing, it was my imagination that wanted soothing. I kept the bundle of papers given me by Kurtz, not knowing exactly what to do with it. His mother had died lately, watched over, as I was told, by his Intended. A clean-shaved man, with an official manner and wearing gold-rimmed spectacles, called on me one day and made inquiries, at first circuitous, afterwards suavely pressing, about what he was pleased to denominate certain 'documents.' I was not surprised, because I had had two rows with the manager on the subject out there. I had refused to give up the smallest scrap out of that package, and I took the same attitude with the spectacled man. He became darkly menacing at last, and with much heat argued that the Company had the right to every bit of information about its 'territories.' And, said he, 'Mr. Kurtz's knowledge of unexplored regions must have been necessarily extensive and peculiar – owing to his great abilities and to the deplorable circumstances in which he had been placed: therefore' – I assured him Mr. Kurtz's knowledge, however extensive, did not bear upon the problems of commerce or administration. He invoked then the name of science. 'It would be an incalculable loss if,' etc., etc. I offered him the report on the 'Suppression of Savage Customs,' with the postscriptum torn off. He took it up eagerly, but ended by sniffing at it with an air of contempt. 'This is not what we had a right to expect,' he remarked. 'Expect nothing else,' I said. 'There are only private letters.' He withdrew upon some threat of legal proceedings, and I saw him no more; but another fellow, calling himself Kurtz's cousin, appeared two days later, and was anxious to hear all the details about his dear relative's last moments. Incidentally he gave me to understand that Kurtz had been essentially a great musician. 'There was the making of an immense success,' said the man, who was an organist, I believe, with lank gray hair flowing over a greasy coat-collar. I had no reason to doubt his statement; and to this day I am unable to say what was Kurtz's profession, whether he ever had any – which was the greatest of his talents. I had taken him for a painter who wrote for the papers, or else for a journalist who could paint – but even the cousin (who took snuff during the interview) could not tell me what he had been – exactly. He was a universal genius – on that point I agreed with the old chap, who thereupon blew his nose noisily into a large cotton handkerchief and withdrew in senile agitation, bearing off some family letters and memoranda without importance. Ultimately a journalist anxious to know something of the fate of his 'dear colleague' turned up. This visitor informed me Kurtz's proper sphere ought to have been politics 'on the popular side.' He had furry straight eyebrows, bristly hair cropped short, an eye-glass on a broad ribbon, and, becoming expansive, confessed his opinion that Kurtz really couldn't write a bit – 'but heavens! how that man could talk! – He electrified large meetings. He had faith – don't you see? – he had the faith. He could get him-self to believe anything – anything. He would have been a splendid leader of an ex-treme party.' 'What party?' I asked. 'Any party,' answered the other. 'He was an – an – extremist.' Did I not think so? I assented. Did I know, he asked, with a sudden flash of curiosity, 'what it was that had induced him to go out there?' 'Yes,' said I, and forthwith handed him the famous Report for publication, if he thought fit. He glanced through it hurriedly, mumbling all the time, judged 'it would do,' and took himself off with this plunder.

"Thus I was left at last with a slim packet of letters and the girl's portrait. She struck me as beautiful – I mean she had a beautiful expression. I know that the sunlight can be made to lie too, yet one felt that no manipulation of light and pose could have conveyed the delicate shade of truthfulness upon those features. She seemed ready to listen without mental reservation, without suspicion, without a thought for herself. I concluded I would go and give her back her portrait and those letters my-self. Curiosity? Yes; and also some other feeling perhaps. All that had been Kurtz's had passed out of my hands: his soul, his body, his station, his plans, his ivory, his career. There remained only his memory and his Intended – and I wanted to give that up too to the past, in a way, – to surrender personally all that remained of him with me to that oblivion which is the last word of our common fate. I don't defend myself. I had no clear perception of what it was I really wanted. Perhaps it was an impulse of unconscious loyalty, or the fulfillment of one of these ironic necessities that lurk in the facts of human existence. I don't know. I can't tell. But I went.

"I thought his memory was like the other memories of the dead that accumulate in every man's life, – a vague impress on the brain of shadows that had fallen on it in their swift and final passage; but before the high and ponderous door, between the tall houses of a street as still and decorous as a well-kept alley in a cemetery, I had a vision of him on the stretcher, opening his mouth voraciously, as if to devour all the earth with all its mankind. He lived then before me; he lived as much as he had ever lived – a shadow insatiable of splendid appearances, of frightful realities; a shadow darker than the shadow of the night, and draped nobly in the folds of a gorgeous eloquence. The vision seemed to enter the house with me – the stretcher, the phan-tom-bearers, the wild crowd of obedient worshipers, the gloom of the forests, the glitter of the reach between the murky bends, the beat of the drum, regular and muffled like the beating of a heart – the heart of a conquering darkness. It was a moment of triumph for the wilderness, an invading and vengeful rush which, it seemed to me, I would have to keep back alone for the salvation of another soul. And the memory of what I had heard him say afar there, with the horned shapes stirring at my back, in the glow of fires, within the patient woods, those broken phrases came back to me, were heard again in their ominous and terrifying simplicity. I remembered his abject pleading, his abject threats, the colossal scale of his vile desires, the meanness, the torment, the tempestuous anguish of his soul. And later on I seemed to see his collected languid manner, when he said one day, 'This lot of ivory now is really mine. The Company did not pay for it. I collected it myself at a very great personal risk. I am afraid they will try to claim it as theirs though. H'm. It is a difficult case. What do you think I ought to do – resist? Eh? I want no more than justice.' ... He wanted no more than justice – no more than justice. I rang the bell before a mahogany door on the first floor, and while I waited he seemed to stare at me out of the glassy panel – stare with that wide and immense stare embracing, condemning, loathing all the universe. I seemed to hear the whispered cry, 'The horror! The horror!'

"The dusk was falling. I had to wait in a lofty drawing-room with three long windows from floor to ceiling that were like three luminous and bedraped columns. The bent gilt legs and backs of the furniture shone in indistinct curves. The tall marble fireplace had a cold and monumental whiteness. A grand piano stood massively in a corner, with dark gleams on the flat surfaces like a somber and polished sarcophagus. A high door opened – closed. I rose.

"She came forward, all in black, with a pale head, floating towardsme in the dusk. She was in mourning. It was more than a year since his death, more than a year since the news came; she seemed as though she would remember and mourn for ever. She took both my hands in hers and murmured, 'I had heard you were coming.' I noticed she was not very young – I mean not girlish. She had a mature capacity for fidelity, for belief, for suffering. The room seemed to have grown darker, as if all the sad light of the cloudy evening had taken refuge on her forehead. This fair hair, this pale visage, this pure brow, seemed surrounded by an ashy halo from which the dark eyes looked out at me. Their glance was guileless, profound, confident, and trustful. She carried her sorrowful head as though she were proud of that sorrow, as though she would say, 'I – I alone know how to mourn for him as he deserves. But while we were still shaking hands, such a look of awful desolation came upon her face that I perceived she was one of those creatures that are not the playthings of Time. For her he had died only yesterday. And, by Jove! the impression was so powerful that for me too he seemed to have died only yesterday – nay, this very minute. I saw her and him in the same instant of time – his death and her sorrow – I saw her sorrow in the very moment of his death. Do you understand? I saw them together – I heard them together. She had said, with a deep catch of the breath, 'I have survived;' while my strained ears seemed to hear distinctly, mingled with her tone of despairing regret, the summing up whisper of his eternal condemnation. I asked myself what I was doing there, with a sensation of panic in my heart as though I had blundered into a place of cruel and absurd mysteries not fit for a human being to behold. She motioned me to a chair. We sat down. I laid the packet gently on the little table, and she put her hand over it ... 'You knew him well,' she murmured, after a moment of mourning silence.

"'Intimacy grows quick out there,' I said. 'I knew him as well as it is possible for one man to know another.'

"'And you admired him,' she said. 'It was impossible to know him and not to admire him. Was it?'

"'He was a remarkable man,' I said, unsteadily. Then before the appealing fixity of her gaze, that seemed to watch for more words on my lips, I went on, 'It was impossible not to –'

"'Love him,' she finished eagerly, silencing me into an appalled dumbness. 'How true! how true! But when you think that no one knew him so well as I! I had all his noble confidence. I knew him best.'

"'You knew him best,' I repeated. And perhaps she did. But with every word spoken the room was growing darker, and only her forehead, smooth and white, remained illumined by the unextinguishable light of belief and love.

"'You were his friend,' she went on. 'His friend,' she repeated, a little louder. 'You must have been, if he had given you this, and sent you to me. I feel I can speak to you – and oh! I must speak. I want you – you who have heard his last words – to know I have been worthy of him ... It is not pride ... Yes! I am proud to know I understood him better than anyone on earth – he told me so himself. And since his mother died I have had no one – no one – to – to –'

"I listened. The darkness deepened. I was not even sure whether he had given me the right bundle. I rather suspect he wanted me to take care of another batch of his papers which, after his death, I saw the manager examining under the lamp. And the girl talked, easing her pain in the certitude of my sympathy; she talked as thirsty men drink. I had heard that her engagement with Kurtz had been disapproved by her people. He wasn't rich enough or something. And indeed I don't know whether he had not been a pauper all his life. He had given me some reason to infer that it was his impatience of comparative poverty that drove him out there.

"'... Who was not his friend who had heard him speak once?' she was saying. 'He drew men towards him by what was best in them.' She looked at me with intensity. 'It is the gift of the great,' she went on, and the sound of her low voice seemed to have the accompaniment of all the other sounds, full of mystery, desolation, and sorrow, I had ever heard – the ripple of the river, the soughing of the trees swayed by the wind, the murmurs of wild crowds, the faint ring of incomprehensible words cried from afar, the whisper of a voice speaking from beyond the threshold of an eternal darkness. 'But you have heard him! You know!' she cried.

"'Yes, I know,' I said with something like despair in my heart, but bowing my head before the faith that was in her, before that great and saving illusion that shone with an unearthly glow in the darkness, in the triumphant darkness from which I could not have defended her – from which I could not even defend myself.

69

"'What a loss to me – to us!' – she corrected herself with beautiful generosity; then added in a murmur, 'To the world.' By the last gleams of twilight I could see the glitter of her eyes, full of tears – of tears that would not fall.

"'I have been very happy – very fortunate – very proud,' she went on. 'Too fortunate. Too happy for a little while. And now I am unhappy for – for life.'

"She stood up; her fair hair seemed to catch all the remaining light in a glimmer of gold. I rose too.

"'And of all this,' she went on, mournfully, 'of all his promise, and of all his greatness, of his generous mind, of his noble heart, nothing remains – nothing but a memory. You and I –'

"'We shall always remember him,' I said, hastily.

"'No!' she cried. 'It is impossible that all this should be lost – that such a life should be sacrificed to leave nothing – but sorrow. You know what vast plans he had. I knew of them too – I could not perhaps understand, – but others knew of them. Something must remain. His words, at least, have not died.'

"'His words will remain,' I said.

"'And his example,' she whispered to herself. 'Men looked up to him, – his goodness shone in every act. His example –'

"'True,' I said; 'his example too. Yes, his example. I forgot that.'

"'But I do not. I cannot – I cannot believe – not yet. I cannot believe that I shall never see him again, that nobody will see him again, never, never, never.'

"She put out her arms as if after a retreating figure, stretching them black and with clasped pale hands across the fading and narrow sheen of the window. Never see him! I saw him clearly enough then. I shall see this eloquent phantom as long as I live, and I shall see her too, a tragic and familiar Shade, resembling in this gesture another one, tragic also, and bedecked with powerless charms, stretching bare brown arms over the glitter of the infernal stream, the stream of darkness. She said suddenly very low, 'He died as he lived.'

"'His end,' said I, with dull anger stirring in me, 'was in every way worthy of his life.'

"'And I was not with him,' she murmured. My anger subsided before a feeling of infinite pity.

"'Everything that could be done –' I mumbled.

"'Ah, but I believed in him more than anyone on earth – more than his own mother, more than – himself. He needed me! Me! I would have treasured every sigh, every word, every sign, every glance.'

"I felt like a chill grip on my chest. 'Don't,' I said, in a muffled voice.

"'Forgive me. I – I – have mourned so long in silence – in silence … You were with him – to the last? I think of his loneliness. Nobody near to understand him as I would have understood. Perhaps no one to hear …'

"'To the very end,' I said, shakily. 'I heard his very last words …' I stopped in a fright.

"'Repeat them,' she said in a heart-broken tone. 'I want – I want – something – something – to – to live with.'

70

"I was on the point of crying at her, 'Don't you hear them?' The dusk was repeating them in a persistent whisper all around us, in a whisper that seemed to swell menacingly like the first whisper of a rising wind. 'The horror! The horror!'

"'His last word – to live with,' she murmured. 'Don't you understand I loved him – I loved him – I loved him!'

"I pulled myself together and spoke slowly.

"'The last word he pronounced was – your name.'

"I heard a light sigh, and then my heart stood still, stopped dead short by an exulting and terrible cry, by the cry of inconceivable triumph and of unspeakable pain. 'I knew it – I was sure!' ... She knew. She was sure. I heard her weeping; she had hidden her face in her hands. It seemed to me that the house would collapse before I could escape, that the heavens would fall upon my head. But nothing happened. The heavens do not fall for such a trifle. Would they have fallen, I wonder, if I had rendered Kurtz that justice which was his due? Hadn't he said he wanted only justice? But I couldn't. I could not tell her. It would have been too dark – too dark altogether ..."

Marlow ceased, and sat apart, indistinct and silent, in the pose of a meditating Buddha. Nobody moved for a time. "We have lost the first of the ebb," said the Director, suddenly. I raised my head. The offing was barred by a black bank of clouds, and the tranquil waterway leading to the uttermost ends of the earth flowed somber under an overcast sky seemed to lead into the heart of an immense darkness.

Joseph Conrad

Herz der Finsternis

[Übertragung aus dem Englischen von Ernst W. Freißler, Samuel Fischer, Berlin 1926; durchgesehen, revidiert und neu bearbeitet von Georg J. Feurig-Sorgenfrei]

I

Die *Nellie*, eine seetüchtige Jolle, schwoite an ihrem Anker ohne die leiseste Regung in den Segeln und hielt Rast. Die Flut hatte begonnen, es war fast völlig windstill, und da wir stromabwärts wollten, so hatten wir weiter nichts zu tun, als liegenzubleiben, und das Kentern des Stromes abzuwarten.

Die Themsemündung dehnte sich vor uns wie der Anfang einer ungeheuren Wasserstraße. Draußen waren die See und der Himmel fugenlos zusammengeschweißt, und in dem leuchtenden Raum schienen die gegerbten Segel der Leichter, die mit der Flut herauftrieben, reglos stillzustehen, als scharf umrissene rote Leinwandstücke, vom Lackglanz der Spriete schimmernd. Ein leichter Dunst lagerte über den niedrigen Ufern, die gegen die See zu ganz flach verliefen. Die Luft über Gravesend war dunkel und schien noch weiter zurück zu einer finsteren Wolke verdüstert, die unbeweglich über der größten Stadt der Erde lagerte.

Der Direktor der Handelsgesellschaft war unser Kapitän und Gastgeber. Wir vier betrachteten wohlwollend seinen Rücken, während er im Bug stand und seewärts Ausschau hielt. Auf dem ganzen Strom war sicher nichts zu finden, das halb so seemännisch ausgesehen hätte. Er erinnerte an einen Lotsen, der für einen Seemann der Inbegriff der Vertrauenswürdigkeit ist. Es war schwierig, sich vorzustellen, dass seine Berufsarbeit nicht dort vor ihm lag, in der leuchtenden Mündung, sondern hinter ihm, in der brütenden Dunstwolke.

Zwischen uns bestand, wie ich schon irgendwo gesagt habe, das Band der See. Das hatte nicht nur die Wirkung, unsere Herzen während langer Trennung einander zugetan zu halten, sondern auch die andere, dass wir einer für des anderen Geschichten – sogar Überzeugungen – Nachsicht aufbrachten. Der Rechtsanwalt – der feinste aller alten Knaben – hatte kraft der Zahl seiner Jahre wie auch seiner Tugenden das einzige Kissen auf Deck und lag auf der einzigen Decke. Der Buchhalter hatte schon eine Dominoschachtel heraufgebracht und führte nun mit den Steinen Kunstbauten auf. Marlow saß mit gekreuzten Beinen etwas weiter zurück und lehnte sich gegen den Besanmast. Er hatte eingefallene Wangen, eine gelbliche Hautfarbe, einen geraden Rücken und das Aussehen eines Asketen; wie er nun, die Handflächen auswärtsgekehrt, die Arme hängen ließ, erinnerte er an ein Götzenbild. Der Direktor, der sich befriedigt davon überzeugt hatte, dass der Anker gut hielt, kam nun nach achtern und setzte sich zu uns. Wir tauschten träge einige Worte. Dann herrschte Schweigen an Bord der Yacht. Aus irgendeinem Grund begannen wir die Dominopartie nicht. Wir waren nachdenklich gestimmt und fühlten uns nur zu müßigem Schauen aufgelegt. Der Tag neigte sich in stillem Glanz. Die Wasserfläche leuchtete friedlich; der Himmel, fleckenlos, erweckte Gedanken, an selige, strahlende Unendlichkeit; sogar noch der Dunst über der Essexmarsch erschien als ein lichtes Schleiertuch, das von den waldigen Höhen landeinwärts niederwallte und die flachen Ufer hinter durchsichtigen Falten verbarg. Nur der Dunst im Westen, über dem Oberlauf des Flusses, wurde mit jeder Minute düsterer, als erzürnte ihn das Nahen der Sonne.

Und schließlich sank die Sonne tief ans Ende ihrer Bahn, wechselte von blenden-

dem Weiß zu tiefem Rot, ohne Strahlen und ohne Hitze, als wollte sie plötzlich ver-
löschen, zu Tode getroffen von der Berührung mit der Dunstwolke, die über einem
Menschenhaufen brütete.

Die Sonne sank, die Dämmerung brach über den Strom herein, und längs der Ufer
begannen Lichter aufzutauchen. Der Leuchtturm von Chapman, der auf seinen drei
Beinen kerzengerade auf einer Morastbank stand, gab grelles Licht. Schiffslichter
kreuzten durch das Fahrwasser – ein Gewimmel von Lichtern, die auf und ab wanderten. Und weiter weg, im Westen, gegen den Oberlauf des Flusses zu, war die ungeheure Stadt immer noch am Himmel zu merken; ein brütender Dunst im Sonnenschein, ein düsterer Glanz unter den Sternen.

»Und auch dies«, sagte Marlow plötzlich, »ist einmal einer der dunklen Orte der Erde gewesen.«

Er war der einzige unter uns, der immer noch zur See fuhr. Das Schlimmste, was
man ihm nachsagen konnte, war, dass ihm sein Beruf nicht anzumerken war. Er war
ein Seemann, aber auch ein Wanderer, während doch die meisten Seeleute, wenn
man so sagen darf, ein sesshaftes Leben führen. Ihr Sinn ist auf Häuslichkeit gerichtet, und ihre Häuslichkeit ist überall um sie – das Schiff; und so auch ihre Heimat –
die See. Ein Schiff gleicht dem anderen so ziemlich, und die See ist überall diesel-
be. An der Unveränderlichkeit ihrer Umgebung gleiten die fremden Gestade, die
fremden Gesichter, der endlos bunte Wechsel des Lebens vorbei; doch kein Geheimnis hält die Beschauer vom Eindringen ab, sondern nur die eigene gering-
schätzige Unwissenheit; denn nichts Geheimnisvolleres gibt es für einen Seemann
als die See selbst, die die Herrin seines Daseins ist und unergründlich wie das
Schicksal. Im übrigen genügt nach arbeitsreichen Tagen ein kurzer Streifzug oder
eine kurze Zecherei an Land, um ihm das Geheimnis eines ganzen Kontinents zu er-
schließen, und meist findet er das Geheimnis wenig wissenswert. Die Geschichten
der Seeleute sind von unendlicher Einfalt, und ihren ganzen Sinn könnte eine Nuss-
schale fassen. Aber Marlow war, wie gesagt, kein typischer Vertreter seines Berufs
(seine Leidenschaft, ein Garn zu spinnen, vielleicht ausgenommen), und für ihn lag
der Sinn eines Begebnisses nicht innen wie ein Kern, sondern außen, rings um die
Geschichte, die ihn hervorbrachte, wie eine Glutwelle einen Dunst hervorbringt,
oder wie etwa einer der Nebelhöfe, die mitunter durch den Mondschein sichtbar gemacht werden.

Seine Bemerkung wirkte durchaus nicht überraschend. Sie sah Marlow ganz ähnlich
und wurde schweigend aufgenommen. Keiner nahm sich auch nur die Mühe, zu
knurren; und nun fügte Marlow ganz langsam hinzu:

»Ich dachte an die uralten Zeiten, als die Römer zum ersten Mal hierher kamen,
neunzehnhundert Jahre ist es her – da neulich ... Licht ist seither von diesem Fluss
ausgegangen – Ritter sagt ihr? Ja; aber es ist nur wie ein wandernder Sonnenfleck
auf einer Ebene, wie ein Blitz in Wolken. Wir leben in diesem Aufblitzen – mag es
währen, solange die Erde rollt. Doch gestern noch herrschte Dunkelheit hier. Stellt
euch die Gefühle des Befehlshabers einer – wie nennt ihr sie – Trireme im Mittel-
meer vor, der plötzlich nach Norden versetzt wird; er durchquert die beiden Gallien
in größter Eile; dann wird ihm eines der Fahrzeuge anvertraut, wie sie die Legionä-

re – fabelhaft geschickte Leute müssen es gewesen sein – zu bauen pflegten, hundertweise, wie es scheint, in ein oder zwei Monaten, wenn das, was wir lesen, zu glauben ist. Stellt ihn euch hier vor – wahrhaft am Ende der Welt, vor einer bleifarbenen See unter einem rauchfarbenen Himmel, auf einem Schiff, gebrechlich wie eine Harmonika – wie er diesen Strom hier hinaufgeht, mit Vorräten oder Befehlen oder sonst etwas. Sandbänke, Marschen, Urwälder und Wilde – verteufelt wenig zu essen für einen zivilisierten Menschen, nichts als Themsewasser zu trinken, kein Falerner Wein hier, keine Ausflüge an Land. Da und dort ein Militärlager, in der Wildnis verloren, wie eine Nadel in einem Heuhaufen – Kälte, Nebel, Ungewitter, Krankheit, Verbannung und Tod – Tod, der in der Luft, im Wasser, im Busch lauert. Sie müssen hier wie Fliegen gestorben sein. O gewiss, der Mann tat seine Pflicht. Tat sie gut, ganz ohne Frage, und ohne viel darüber nachzudenken, höchstens, dass er später einmal mit alledem prahlte, was er zu seiner Zeit durchgemacht hatte. Sie waren Manns genug, der Finsternis ins Auge zu sehen, und vielleicht hielt ihn die Aussicht aufrecht, nach und nach zur Flotte von Ravenna versetzt zu werden, wenn er gute Freunde in Rom hatte und das schauerliche Klima überlebte. Oder denkt euch einen wohlerzogenen jungen Bürger in einer Toga – ein bisschen zu viel Würfelspiel vielleicht –, der im Gefolge eines Präfekten, eines Steuereinnehmers oder sogar eines Händlers hier herauskam, um seine Finanzen aufzubessern. In einem Morast landen, durch die Wälder marschieren und dann an irgendeinem Posten landeinwärts fühlen, dass die Wildnis, die völlige Wildnis sich um einen geschlossen hat. – Dazu all das geheimnisvolle Leben der Wildnis, das im Wald, im Dickicht und in den Herzen der wilden Männer atmet. Es führt auch kein Weg zu diesen Geheimnissen. Man hat inmitten des Unverständlichen, das im gleichen Maße verhasst ist, weiterzuleben. Allerdings hat es auch seinen Reiz, dem er sich nicht entziehen kann. Den Reiz des Grauens, wenn ihr das versteht. Stellt euch vor, wie die Reue wächst, zugleich mit der Sehnsucht, zu entrinnen, dem ohnmächtigen Widerwillen der Ergebung, dem Hass.« Er brach ab. »Bedenkt«, begann er von neuem, und hob dabei einen Arm mit nach außen gekehrter Handfläche im Ellbogengelenk hoch, so dass er, auf gekreuzten Beinen sitzend, wie ein predigender Buddha wirkte, ein Buddha allerdings in europäischen Kleidern und ohne Lotosblume – »bedenkt, keiner von uns würde genauso empfinden. Was uns rettet, ist die Leistungsfähigkeit. – Das Interesse am Nutzwert. Das nämlich fehlte den Burschen von damals völlig. Sie waren keine Kolonisatoren. Ihre Verwaltung war nichts als eine große Steuerschraube – so scheint es mir wenigstens. Sie waren Eroberer, und dazu brauchte es nichts als rohe Kraft – nichts, dessen man sich zu rühmen hätte, wenn man es besitzt, denn unsere Kraft ist ja immer nur ein Gefühl, das sich aus der Schwäche der anderen ergibt. Sie rafften zusammen, was zu kriegen war, und waren immer auf noch mehr aus. Es war richtiger Raubmord unter erschwerenden Umständen, in größerem Maßstab, und die Leute gingen blind daran – wie es sich ja auch für die schickt, die sich in die Finsternis vorwagen. Die Eroberung der Erde (ein Wort, das meistens die Bedeutung hat, dass man Leuten, die eine andere Hautfarbe oder flachere Nasen als wir selbst haben, ihr Land wegnimmt), diese Eroberung ist nichts Allzuschönes, wenn man sie sich aus der Nähe betrachtet. Was sie versöhnlich erscheinen lässt, ist nur die Idee, die Idee hinter ihr; kein gefühlsmäßiger Vorwand, sondern die Idee; und ein selbstloser Glaube an diese Idee – etwas, das man hochhalten, vor dem man sich neigen und dem man ein Opfer bringen kann ...«

Er brach ab. Flammen glitten durch den Fluss, kleine grüne Flammen, rote Flammen, weiße Flammen. Verfolgten, überholten einander, vereinigten sich, um gleich wieder langsam oder hastig sich zu trennen. Das Leben der großen Stadt ging in der sinkenden Nacht auf dem schlaflosen Strom seinen Gang. Wir sahen zu und warteten geduldig – nichts anderes war zu tun bis zum Ablaufen der Flut; doch erst nach einem langen Schweigen sagte Marlow leicht zögernd: »Ich denke, ihr erinnert euch ja, dass ich einmal eine Zeitlang Flussschiffer war«, und da wussten wir auch, dass wir, noch bevor die Ebbe einsetzte, eine von Marlows eigenartigen Geschichten anzuhören haben würden.

»Ich will euch nicht viel mit dem langweilen, was mir selbst geschah«, begann er und bewies damit die Schwäche so vieler Geschichtenerzähler, die häufig gar nicht zu wissen scheinen, was ihre Zuhörer am liebsten hören würden. »Um aber die Wirkung der Ereignisse auf mich zu verstehen, müsst ihr natürlich wissen, wie ich dort hinauskam, was ich sah und wie ich den Fluss bis zu dem Punkt hinauffuhr, wo ich den armen Kerl zum ersten Male traf. Es war der Endpunkt der Schiffahrt und der Gipfelpunkt meiner Erfahrung. Es schien ein Licht auf alles um mich zu werfen – und noch in meine Gedanken hinein. Dabei war es trübe genug und erbarmenswürdig – keineswegs bemerkenswert und auch nicht sonderlich klar. Nein, gewiss nicht sonderlich klar. Und doch schien es Licht auszustrahlen.

Ich war damals, wie ihr euch erinnert, eben nach London heimgekehrt, nachdem ich den Osten reichlich gesehen und mich etwa sechs Jahre lang im Indischen und Stillen Ozean und im Chinesischen Meer herumgetrieben hatte; nun bummelte ich herum, hinderte euch Burschen an eurer Arbeit, drang in eure Häuser ein, als hätte mich der Himmel zu der Aufgabe berufen, euch zur Gesittung zu bekehren. Eine Zeitlang schien es recht nett, aber dann wurde ich des Faulenzens müde. Ich begann nach einem Schiff Ausschau zu halten, was mir die härteste Arbeit auf Erden zu sein scheint. Doch die Schiffe sahen nicht nach mir und so wurde ich auch dieses Spieles müde.

Nun hatte ich schon als ganz kleiner Junge eine Leidenschaft für Landkarten gehabt. Ich konnte mir stundenlang Südamerika, oder Afrika, oder Australien betrachten und mich in die Wonnen der Erforschung versenken. Damals gab es noch viele weiße Flecke auf der Erde, und wenn ich auf einen stieß, der auf der Karte einladend aussah (aber das tun sie ja alle), dann legte ich den Finger darauf und sagte: ›Wenn ich groß bin, will ich dahin gehen.‹ Der Nordpol war einer dieser Orte, wie ich mich erinnere: ich bin nicht dort gewesen und will es auch jetzt nicht versuchen. Der Zauber ist verflogen. Andere Flecke waren um den Äquator herum verstreut und über alle Breiten, über beide Halbkugeln. An einigen davon bin ich gewesen und ... nun, wir wollen nicht davon reden. Aber einen gab es noch, den größten, den weißesten sozusagen, nach dem mir der Sinn stand.

Tatsächlich war es damals kein weißer Fleck mehr. Seit meiner Knabenzeit war er mit Strömen, Seen und Namen angefüllt worden. Er hatte aufgehört, ein Raum voll köstlicher Geheimnisse zu sein, ein weißer Fleck, von dem ein Knabe Ruhm erträumen konnte. Er war zu einem Ort der Finsternis geworden. Doch gab es darin einen Flusslauf, einen mächtig großen Strom, den man auf der Karte sehen konnte und der einer langgestreckten Schlange ähnelte, deren Kopf im Meer lag, während der ruhende Körper sich weit weg über weite Ländereien ringelte und der Schwanz sich tief im Innern verlor. Als ich mir in einem Auslagefenster diese Karte betrachtete, fühlte ich mich gebannt wie ein Vogel, ein ganz dummer kleiner Vogel, vom Blick einer Schlange. Dann erinnerte ich mich, dass es eine große Gesellschaft, eine Handelsgesellschaft an dem Flusse gab. Zum Teufel, dachte ich mir, sie können doch auf der Menge Süßwasser dort nicht Handel treiben ohne irgendeine Art von Fahrzeugen – Dampfer! Warum sollte ich nicht versuchen, einen davon in die Finger zu kriegen; Ich ging weiter durch Fleet Street, konnte aber den Gedanken nicht loswerden. Die Schlange hatte mich betört.

Ihr müsst wissen, dass die Handelsgesellschaft ein Festland-Konzern war; aber ich habe eine Menge Verwandte, die auf dem Festland wohnen, weil es dort, soviel man hört, billiger und nicht gar so schlimm ist, wie es aussieht.

Ich muss zu meiner Schande gestehen, dass ich den Leuten auf den Hals rückte. Für mich war es schon der zweite Schritt ins Leben. Doch war ich es nicht gewohnt, Dinge auf diese Weise zu erreichen. Ich war immer auf meinen eigenen Wegen und auf meinen eigenen Beinen dorthin gegangen, wohin ich hatte gehen wollen. Ich hätte es mir selbst gar nicht zugetraut; aber dann, seht ihr, fühlte ich plötzlich, dass ich krumm oder gerade hinkommen musste. So lief ich also den Leuten die Türen ein. Die Männer sagten: ›Mein lieber Junge‹ und taten nichts. Dann, würdet ihr es glauben, versuchte ich es bei den Frauen. Ich, Charlie Marlow, setzte die Frauen in Bewegung – um eine Stelle zu bekommen. Himmel noch mal! Ja, seht ihr, mich peinigte meine fixe Idee. Ich hatte eine Tante, eine liebe überschwängliche Seele. Sie schrieb: ›Es wird entzückend. Ich bin bereit, alles, alles für Dich zu tun. Es ist eine gloriose Idee. Ich kenne die Gemahlin einer sehr hochgestellten Persönlichkeit in der Verwaltung und auch einen Mann, der großen Einfluss hat‹, und so weiter und so weiter. Sie war entschlossen, kein Mittel unversucht zu lassen, um mir die Bestallung als Kapitän eines Flussdampfers zu verschaffen, wenn mir daran gelegen wäre.

Ich bekam den Posten – wie nicht anders zu erwarten; und überdies noch sehr schnell. Wie sich dann herausstellte, hatte die Gesellschaft die Nachricht erhalten, dass einer ihrer Kapitäne in einem Scharmützel mit den Eingeborenen getötet worden war. Das war mein Glück, und es machte mich noch versessener darauf, hinzugehen. Erst viele Monate später, bei dem Versuch, die Überreste des Leichnams zu retten, hörte ich, dass der ganze Streit durch ein Missverständnis wegen einiger Hühner entstanden war. Jawohl, wegen zwei schwarzer Hennen. Fresleven – so hieß der Bursche, ein Däne – glaubte sich in dem Handel irgendwie benachteiligt, ging also an Land und begann den Häuptling des Dorfes mit einem Stock durchzubläuen. Es überraschte mich nicht im geringsten, das zu hören und gleichzeitig auch die Versicherung zu erhalten, dass Fresleven das höflichste, ruhigste Geschöpf gewesen sei, das je auf zwei Beinen dahingegangen war. Das war ganz fraglos richtig; nur war er schon einige Jahre dort draußen gewesen, im Dienst der guten Sache, und hatte also wohl schließlich das Bedürfnis empfunden, vor sich selbst seine Selbstachtung auf irgendeine Weise zu bestätigen. Darum verprügelte er den alten Neger erbarmungslos, während eine große Menge Volks wie betäubt zusah, schließlich führte ein Mann – der Sohn des Häuptlings, wie man mir sagte – in heller Verzweiflung über das Geschrei des Alten versuchsweise einen Speerstoß nach dem weißen Mann – und natürlich drang die Spitze ganz leicht zwischen den Schulterblättern ein. Dann verschwand die gesamte Bevölkerung in den Wald, in der Befürchtung alles erdenklichen Unheils, während andererseits der Dampfer, den Fresleven befehligt hatte, gleicherweise von Panik ergriffen, unter dem Befehl eines Ingenieurs abfuhr. Hinterher schien sich niemand um Freslevens sterbliche Reste sonderliche Gedanken zu machen, bis ich hinkam und an seine Stelle trat. Ich konnte es nicht auf sich beruhen lassen; als sich mir aber endlich die Gelegenheit bot, mit meinem Vorgänger zusammenzutreffen, da war das Gras hoch genug durch seinen Körper gewachsen, um seine Knochen zu verbergen. Sie waren vollzählig da. Das übernatürliche Wesen war nach seinem Fall nicht mehr angerührt worden. Und das Dorf war verlassen, die Hütten gähnten schwarz, verfault, ganz windschief hinter den eingefallenen Zäunen. Ein Unheil war in der Tat über sie hereingebrochen. Die Einwohner waren verschwunden. Blindes Entsetzen hatte sie, Männer, Weiber und Kinder, durch den Busch gejagt, und sie waren nie wiedergekehrt. Was aus den Hennen geworden war, konnte ich auch nicht feststellen. Ich möchte aber glauben, dass sie der Sache des Fortschritts anheimfielen. Doch so oder so, infolge dieser glorreichen Angelegenheit bekam ich meine Anstellung, bevor ich sie noch richtig zu erhoffen begonnen hatte.

Ich flog wie verrückt herum, um fertig zu werden, und noch vor Ablauf von achtundvierzig Stunden fuhr ich über den Kanal, um mich meinen Arbeitgebern vorzustellen und den Vertrag zu unterschreiben. Nach ganz wenigen Stunden kam ich in eine Stadt, die mich immer an ein getünchtes Grab erinnert. Ein Vorurteil, ohne Frage. Ich hatte keine Schwierigkeiten, das Kontor der Gesellschaft zu finden. Es war die größte Unternehmung in der Stadt und ihr Name auf jedermanns Lippen. Die Leute waren eben dabei, ein überseeisches Reich zu errichten und im Handel ungeheuer viel Geld zu machen.

Eine enge, einsame Gasse im tiefen Schatten hoher Häuser, zahllose Fenster mit Jalousien, ein totes Schweigen, Gras zwischen den Pflasterfugen, mächtige Torbogen links und rechts, ungeheure zweiflügige Tore, die wuchtig offen standen. Ich schlüpfte durch eines hinein, ging ein sauberes und schmuckloses Treppenhaus, kahl wie eine Wüste, hinauf und öffnete die erste Tür, an die ich kam. Zwei Frauen, die eine fett und die andere mager, saßen auf strohgeflochtenen Stühlen und strickten schwarze Wolle. Die schwarze stand auf und kam gerade auf mich zu – wobei sie immer noch mit niedergeschlagenen Augen weiterstrickte –, und erst als ich zu erwägen begann, ob ich ihr würde aus dem Weg gehen müssen wie einer Traumwandlerin, blieb sie stehen und sah auf. Ihr Gewand war schlicht wie der Überzug eines Regenschirmes; sie drehte ohne ein Wort um und ging mir in ein Wartezimmer voran. Ich nannte meinen Namen und sah mich um. Ein Tisch aus weichem Holz in der Mitte, einfache Stühle längs der Wand, an einem Ende eine leuchtende Landkarte, mit allen Farben des Regenbogens bemalt. Es gab viel Rot darauf – gut anzusehen, weil man weiß, dass dort nützliche Arbeit geleistet wird; verteufelt viel Blau, ein wenig Grün, ein paar Streifen Orange und, an der Ostküste einen Fleck Purpur. Doch ich wollte ja in keines davon. Ich würde ins Gelbe gehen. Gerade in den Mittelpunkt. Und auch der Strom war da, berückend, toddrohend, wie eine Schlange. Uff! Eine Tür ging auf, der weißhaarige Kopf eines Sekretärs mit dem Ausdruck unverkennbaren Mitleids erschien, und ein knochiger Zeigefinger winkte mich ins Heiligtum. Die Beleuchtung darin war düster. Ein wuchtiger Schreibtisch nahm die ganze Mitte ein. Hinter dem Prunkbau war in Umrissen ein bleicher, unförmiger Leib in einem Gehrock zu erkennen. Der große Mann in Person. Er war fast sechs Fuß hoch, glaube ich, und hielt die Hand auf vielen Millionen. Er schüttelte mir die Hand, murmelte etwas, schien mit meinem Französisch zufrieden. Bon voyage!

Nach etwa fünfundvierzig Sekunden fand ich mich wieder im Wartezimmer neben dem mitleidigen Sekretär, der mich voll fassungslosen Erbarmens ein Dokument unterschreiben ließ. Soviel ich weiß, verpflichtete ich mich darin unter anderem, keine Geschäftsgeheimnisse zu verraten. Nun gut. Ich habe auch nicht die Absicht.

Ich begann, mich ein wenig ungemütlich zu fühlen; ihr wisst ja, dass ich an solche feierliche Umstände nicht gewöhnt bin, und überdies lag etwas wie eine Vorahnung von Unheil in der Luft. Es war, als wäre ich in eine Verschwörung hineingeraten – wie soll ich sagen – in irgendetwas Unerlaubtes; und ich war froh, wieder herauszukommen. In dem Vorzimmer strickten die beiden Frauen fieberhaft schwarze Wolle. Leute kamen, und die Jüngere ging hin und her, um sie einzulassen. Die Alte saß auf ihrem Stuhl. Ihre flachen Tuchpantoffeln waren fest auf einen Fußwärmer gestemmt, und eine Katze ruhte in ihrem Schoß. Sie trug ein weißes gestärktes Ding auf ihrem Kopf, hatte eine Warze auf der einen Wange und eine silbergefasste Brille auf der Nasenspitze sitzen. Sie warf mir über die Gläser hinweg einen Blick zu. Die Seelenruhe in diesem flüchtigen und gleichgültigen Blick verwirrte mich. Zwei junge Leute von munterem und leicht närrischem Aussehen wurden eben vorbeigelotst, und auch ihnen warf sie den gleichen Blick zu, voll unbeteiligten Wissens. Sie schien alles über die beiden, wie auch über mich zu wissen. Ein unbehagliches Gefühl begann in mir aufzusteigen. Sie wirkte unheimlich und schicksalhaft. Oft dachte ich weit weg dort draußen an diese beiden, die die Tür zur Finsternis hüteten und schwarze Wolle dazu strickten wie für ein warmes Leichentuch; die eine ließ unaufhörlich ein ins Unbekannte, die andere prüfte die munteren, närrischen Gesichter mit ihren teilnahmslosen alten Augen. Ave! Alte Strickerin, mit deinem schwarzen Wollknäuel. Morituri te salutant! Nicht viele von ihnen, die sie so angeblickt hat, haben sie jemals wiedergesehen. – Bei weitem nicht einmal die Hälfte.

Blieb noch der Besuch beim Arzt. ›Eine einfache Formsache‹, versicherte mir der Sekretär, immer noch mit einer Miene, als nähme er an all meinen Sorgen ungeheuren Anteil. Danach tauchte ein junger Bursche, der seinen Hut schief überm linken Auge trug, ein Beamter vermute ich – es müssen Beamte im Geschäft gewesen sein, obwohl das Haus still war, wie das einer Totenstadt –, tauchte also auf, irgendwoher aus dem oberen Stock und führte mich hinaus. Er sah schäbig und vernachlässigt aus, mit Tintenflecken auf den Rockärmeln; seine Krawatte war breit und bauschte sich unter seinem Kinn, das wie die Kappe eines alten Stiefels geformt war. Es war noch zu früh für den Doktor, darum schlug ich vor, wir sollten einen trinken, und daraufhin wurde er gemütlich. Als wir bei unserem Wermut saßen, pries er die Geschäfte der Gesellschaft, und ich äußerte im weiteren Verlauf meine Verwunderung darüber, dass er nicht auch hinausginge. ›Ich bin nicht ganz so dumm, wie ich aussehe, sagte Plato zu seinen Schülern‹, gab er vielsagend zurück, trank entschlossen sein Glas aus, und wir brachen auf.

Der alte Doktor fühlte meinen Puls und dachte offenbar dabei an etwas ganz anderes. ›Gut, gut genug für dort‹, murmelte er und fragte dann, ob er mir erlauben würde, meine Schädelmaße zu nehmen. Ich bejahte ziemlich überrascht, worauf er ein Ding, ähnlich einem Zirkel, hervorzog und die Maße rückwärts, vorne, seitlich und überall nahm und sorgfältig aufschrieb. Er war ein unrasierter kleiner Mann in einem fadenscheinigen Rock, mit Pantoffeln an den Füßen, und ich hielt ihn für einen harmlosen Narren. ›Ich bitte immer um die Erlaubnis, der Wissenschaft zuliebe, die Schädel der Leute zu vermessen, die dort hingehen‹, sagte er. – ›Auch wenn sie zurückkommen?‹ fragte ich. – ›Oh, dann sehe ich sie niemals‹, meinte er, ›und überdies gehen ja die Veränderungen innerlich vor sich, müssen Sie wissen.‹ Er lächelte, als hätte er einen kleinen Scherz gemacht. ›So, Sie gehen also dort hinaus! Famos! Auch interessant!‹ Er sah mich forschend an und machte noch eine Notiz. ›Kein Fall von Irrsinn in Ihrer Familie?‹ fragte er in trockenem Geschäftston. Ich war recht ärgerlich: ›Geschieht auch diese Frage der Wissenschaft zuliebe?‹ – ›Es wäre‹, gab er zurück, ohne meine Erregung zu beachten, ›für die Wissenschaft sehr wichtig, an Ort und Stelle die seelischen Veränderungen in den Leuten zu beobachten, aber …‹ – ›Sind Sie Irrenarzt?‹ unterbrach ich ihn. – ›Jeder Doktor sollte das sein – ein wenig‹, gab der originelle Kauz unbeirrt zurück. ›Ich habe da eine kleine Theorie, die ihr Herren, die ihr dort hinausgeht, mir zu beweisen helfen müsst. Das ist mein Anteil an den Vorteilen, die mein Land aus dem Besitz so herrlicher Ländereien ziehen soll. Den bloßen Wohlstand überlasse ich anderen. Entschuldigen Sie meine Fragen, aber Sie sind der erste Engländer, den ich beobachten kann …‹ Ich beeilte mich, ihm zu versichern, dass ich in keiner Weise typisch wäre. ›Wäre ich das‹, meinte ich, ›dann unterhielte ich mich nicht so mit Ihnen‹. – ›Was Sie sagen, ist recht tiefsinnig und wahrscheinlich auch falsch‹, meinte er lachend. Vermeiden Sie jede Erregung mehr noch als grelle Sonne. Adieu! Wie sagt ihr Engländer? Good-bye. Ach ja, good-bye. Adieu. In den Tropen muss man vor allem anderen Ruhe bewahren …‹ Er hob warnend den Zeigefinger ›Du calme, du calme. Adieu.‹

Es blieb noch eines zu tun: meiner ausgezeichneten Tante Lebwohl zu sagen. Ich fand sie frohlockend. Sie bot mir eine Tasse Tee an, die letzte anständige Tasse Tee für viele Tage – in einem Zimmer, das äußerst ansprechend, gerade so aussah, wie man es vom Wohnzimmer einer Dame gerne erwartet, hatten wir am Feuer einen guten, langen Plausch. Im Laufe dieser Herzensergüsse wurde es mir offenbar, dass ich der Gemahlin des hohen Würdenträgers und Gott weiß wie vielen Leuten sonst noch als ein begnadeter Ausnahmemensch dargestellt worden war, geradezu als ein Haupttreffer für die Gesellschaft, als ein Mann kurzum, wie er einem nicht alle Tage über den Weg läuft. Großer Gott im Himmel! Und dabei sollte ich den Befehl über einen Fünf-Pfennig-Flussdampfer übernehmen, mit einem Kinderpfeifchen daran. Darüber hinaus sollte ich scheinbar auch noch ein Arbeiter sein, ihr versteht mich schon, vom Schlage der Arbeiter im Weinberg, und etwas wie ein Sendbote des Lichts. Nicht viel weniger als ein Apostel. Gerade damals war eine Unmenge solchen Zeugs in Druck und Rede losgelassen worden, und die ausgezeichnete Frau hatte mitten im Strom des sie umgebenden Unsinns den Boden unter den Füßen verloren. Sie sprach davon, man müsste ›die unwissenden Millionen von ihrem schlimmen Wandeln abbringen‹, bis mir, Hand aufs Herz, ganz ungemütlich wurde. Ich wagte anzudeuten, dass die Gesellschaft ein rein geschäftliches Unternehmen sei.

›Du vergisst, lieber Charlie, dass der Arbeiter seines Lohnes wert ist‹, erwiderte sie strahlend. Es ist merkwürdig, wie weit entfernt die Frauen von der Wahrheit sind. Sie leben in einer Welt ihrer eigenen Schöpfung, dergleichen es nie gegeben hat und auch nie geben kann. Denn diese Welt wäre zu schön, und wollten sie sie wirklich in den Raum stellen, so würde sie vor dem ersten Sonnenuntergang in Stücke gehen. Die eine oder andere der verwünschten Tatsachen, die wir Männer vom Tag der Schöpfung an ruhig in Kauf genommen haben, würde aufstehen und alles umstürzen.

Daraufhin wurde ich umarmt, gebeten, Flanell zu tragen, ganz bestimmt oft zu schreiben und so weiter; dann ging ich. Auf der Straße ich weiß nicht, warum – überkam mich das peinliche Gefühl, ich sei ein Hochstapler. Merkwürdig genug war es, dass ich, der ich doch sonst gewohnt war, innerhalb einer Frist von vierundzwanzig Stunden zu jedem beliebigen Punkt der Welt aufzubrechen, ohne größere Hemmungen als andere Leute beim Überqueren einer Straße zu empfinden – dass ich also vor dieser doch recht alltäglichen Geschichte nicht gerade zauderte, aber doch ein gewisses Unbehagen verspürte. Ich kann es euch nicht besser erklären, als zu sagen, ich hatte ein oder zwei Sekunden lang das Gefühl, dass ich mich nicht ins Innere eines Kontinents, sondern geradezu ins Erdinnere aufmachen sollte.

Ich reiste auf einem französischen Dampfer, der jeden gesegneten Hafen anlief, den sie dort draußen haben, und zwar, soviel ich sehen konnte, zu dem einzigen Zweck, Soldaten und Zollbeamte zu landen. Ich betrachtete die Küste. Eine Küste anzuschauen, wie sie am Schiff vorüberzieht, ist wie Nachsinnen über ein Rätsel. Da liegt sie vor euch – lachend, drohend, einladend, großartig oder langweilig, hässlich, wild vielleicht, immer stumm, und doch leise lockend: ›Komm und sieh selbst.‹ Die Küste dort war fast nichts sagend, als wäre sie noch im Wachsen, und wirkte eintönig, öde. Der Rand eines ungeheuren Dschungels von so dunklem Grün, dass es fast schwarz aussah, und von einem Streifen weißer Brandung umsäumt, lief kerzengerade, wie mit dem Lineal gezogen, weit, weit einem grellblauen Meer entlang, dessen Glitzern ein kriechender Dunst verschleierte. Die Sonne war unerbittlich, das Land schien von Wasserdampf zu triefen. Da und dort tauchten grauweiße

Flecken auf, jenseits des Brandungsstreifens zusammengedrängt, mit einer wehenden Flagge darüber. Ansiedlungen, die vielleicht einige Jahrhunderte alt waren und doch auf dem ungeheuren Hintergrund kaum größer als Stecknadelköpfe wirkten. Wir stampften dahin, hielten an, landeten Truppen; fuhren weiter, landeten Beamte, die Zoll erheben sollten, in einem Landstrich, der eine gottverlassene Wildnis schien, mit einem Wellblechdach und einer Flaggenstange darin; landeten Truppen – wohl um die Zollwächter zu schützen. Wie ich hörte, ertranken einige davon in der Brandung, – doch ob so oder so, niemand schien sich sonderlich darum zu kümmern. Die Leute wurden einfach ausgesetzt, und wir fuhren weiter. Alle Tage sah die Küste gleich aus, als hätten wir uns nicht vom Fleck gerührt; doch kamen wir an mancherlei Orten vorbei, Handelsniederlassungen – mit Namen wie Groß-Bassam, Klein-Popo, Namen, wie aus einer schmutzigen Posse entlehnt, vor einem düsteren Vorhang inszeniert. Die träge Muße eines Passagiers, meine Einsamkeit unter all den Leuten, mit denen ich keinerlei Berührungspunkte hatte, die ganz langweilige See, das eintönige Dunkel der Küste schienen mich weitab von der wirklichen Welt in einer schwermütigen und sinnlosen Selbsttäuschung gefangenzuhalten. Die Stimme der Brandung, die ich dann und wann hörte, war mir eine rechte Freude, wie die Rede eines Bruders. Sie war etwas Natürliches, das seinen Grund und seinen Sinn hatte. Dann und wann gab einem ein Boot vom Ufer her eine kurzwährende Berührung mit der Wirklichkeit. Es wurde von schwarzen Kerlen gerudert, und man konnte schon von weitem das Weiß in ihren Augen blitzen sehen. Sie brüllten und sangen. Ihre Leiber waren überströmt von Schweiß, ihre Gesichter waren wie groteske Masken; doch hatten sie Knochen und Muskeln, eine wilde Lebenskraft, eine ungeheure Bewegungsenergie, das alles wirkte so natürlich und wahr wie die Brandung längs der Küste. Sie brauchten keine Entschuldigung für ihr Dasein. Es war ein großer Trost, sie anzusehen. Eine Zeitlang hatte ich dann wieder das Gefühl, in einer Welt kerniger Tatsachen zu leben; doch das Gefühl hielt nicht lange an. Irgend etwas tauchte plötzlich auf und verscheuchte es. Einmal, erinnere ich mich, kamen wir zu einem Kriegsschiff, das weitab der Küste vor Anker lag. Es war nicht einmal eine Niederlassung zu sehen, und der Panzerkreuzer beschoss den Urwald. Es ergab sich, dass die Franzosen an dieser Stelle gerade einen ihrer Kriege im Gange hatten. Die Flagge hing schlaff wie ein Fetzen am Toppmast. Die Mündungen der langen Acht-Zoll-Geschütze standen ringsherum über den niedrigen Rumpf hinaus; die träge, ölige Dünung hob und senkte das Schiff langsam und ließ die dünnen Masten schwanken. In der leeren Unendlichkeit von Land, Himmel und Wasser lag der Kreuzer da, unverständlich, und feuerte in einen Kontinent hinein. Bumm, ging eines der achtzölligen Geschütze los; eine schmale Stichflamme blitzte auf und verging, ein weißes Rauchwölkchen verwehte, ein schlankes Geschoss heulte kurz auf – und nichts geschah. Nichts konnte geschehen. Es lag etwas wie Irrsinn in dem Beginnen, eine fürchterliche Komik in dem Anblick; und es wurde nicht besser, als jemand an Bord mir ernsthaft versicherte, irgendwo, außer Sicht, befände sich ein Lager der Eingeborenen. Er nannte sie Feinde!

Wir übergaben dem Kreuzer seine Post (ich hörte, dass jeden Tag drei von den Leuten auf dem einsamen Schiff an Fieber starben) und fuhren weiter. Wir liefen noch

84

einige Orte mit lächerlichen Namen an, wo der Brauttanz von Tod und Geschäft in einer reglosen, erdigen Luft, wie der einer überhitzten Katakombe, vor sich geht. Immer weiter entlang der formlosen Küste mit ihrem Saum gefährlicher Brandung, als hätte die Natur selbst Eindringlinge fernhalten wollen, hinein und heraus aus Flüssen, die vom Tod ins Leben strömten, deren Ufer fauliger Morast bildete, deren Wasser zu Schlamm verdickt waren; verkrümmte Mangroven ragten daraus hervor, die uns wie im Übermaß hilfloser Verzweiflung anzuflehen schienen. Wir hielten nirgends lange genug, um detaillierte Eindrücke gewinnen zu können, doch ein zielloses, bedrückendes Staunen erfüllte mich mehr und mehr. Es war wie ein müdes Wandern auf Spuren böser Träume.

Mehr als dreißig Tage vergingen, bevor ich die Mündung des großen Stromes erblickte. Wir gingen vor dem Sitz der Regierung vor Anker. Meine Arbeit aber sollte erst etwa zweihundert Meilen weiter stromaufwärts beginnen. So machte ich mich also, so schnell es ging, nach einem Ort dreißig Meilen weiter oben auf den Weg. Ich fuhr auf einem kleinen seetüchtigen Dampfer. Der Kapitän war ein Schwede und lud mich, da er mich als Seemann erkannte, auf die Brücke ein. Er war ein junger Mann, schlank, blond und mürrisch, mit schlichtem Haar und schleppendem Gang. Als wir den elenden kleinen Landungssteg verließen, deutete er mit dem Kopf verächtlich zum Ufer. »Waren Sie dort gewesen?« fragte er. Ich bejahte. »Feine Gesellschaft, diese Herren von der Regierung, nicht?« fuhr er fort und sprach sein Englisch mit großer Genauigkeit und erheblicher Verbitterung. »Es ist lustig, zu sehen, was manche Leute für ein paar Francs im Monat zu tun imstande sind. Ich möchte wohl wissen, was aus den Burschen wird, wenn sie ins Innere kommen.« – Ich sagte, dass ich das bald selbst zu sehen hoffte. »Soo!« rief er aus. Er schlurfte beiseite, spähte aber dabei mit einem Auge wachsam voraus. »Seien Sie nicht allzu sicher«, meinte er. »Letzthin habe ich einen Mann an Bord gehabt, der sich dann unterwegs aufgehängt hat. Es war noch dazu ein Schwede.« – »Sich aufgehängt hat? Warum, um Gottes willen?« rief ich. Er spähte immer noch scharf voraus. »Wer weiß das? Vielleicht ist ihm die Sonne zu viel geworden, oder das Land.«

Schließlich erreichten wir eine offene Flussstrecke. Eine Felsenklippe tauchte auf, aufgewühlte Erdhaufen am Ufer, ein paar Häuser auf einem Hügel, andere, mit Blechdächern, inmitten einer Wildnis von Ausgrabungen, oder schräg an den Hängen klebend. Der anhaltende Lärm der Stromschnellen weiter oben begleitete dieses Bild unbewohnter Verwüstung. Ein paar Leute, meist schwarz und nackt, krochen wie Ameisen umher. Ein Kai ragte in den Fluss hinein. Der blendende Sonnenschein ertränkte von Zeit zu Zeit alles in einem jähen Aufwallen von Licht. »Da ist die Station Ihrer Gesellschaft«, sagte der Schwede und wies auf drei hölzerne, barackenartige Gebäude an dem felsigen Hang. »Ich will Ihre Sachen hinaufschicken; vier Kisten, sagten Sie? So. Leben Sie wohl!«

Ich kam an einem Kessel vorbei, der im Gras lag, und fand dann einen Fußpfad, der den Hügel hinanführte, in einem Bogen um die Felsblöcke herum und desgleichen um eine kleine Bahnlore, die, umgekehrt, mit den Rädern in der Luft dalag. Ein Rad fehlte. Das Ding sah tot aus wie ein Tierkadaver. Ich kam noch an einigen verrotteten Maschinenteilen vorüber, auch an einem Haufen rostiger Schienen. Zur Linken bot eine Gruppe von Bäumen ein wenig Schatten, und schwarze Gestalten schienen sich langsam darin zu bewegen. Ich blinzelte hinüber; der Weg war steil. Rechts ertönte ein Hornsignal, und ich sah die Schwarzen davonrennen. Eine schwere und dumpfe Detonation erschütterte den Boden, eine Rauchwolke kam aus der Klippe heraus, und das war alles. Keine Veränderung zeigte sich an der Oberfläche des Felsens. Sie waren dabei, eine Eisenbahn zu bauen. Die Klippe war nicht im Weg, noch sonst etwas; aber diese ziellose Schießerei war die ganze Arbeit, die überhaupt getan wurde.

Ein leises Klirren hinter mir ließ mich den Kopf wenden. Sechs Schwarze kamen hintereinander daher, keuchten den Pfad herauf. Sie gingen gerade und langsam, trugen kleine Körbe mit Erde auf den Köpfen, und das Klirren hielt mit ihren Schritten Gleichmaß. Schwarze Fetzen waren um ihre Lenden gewickelt, und die kurzen Enden wippten hinter ihnen her wie Schwänze. Ich konnte jede Rippe sehen, ihre Gelenke waren wie Knoten in einem Tau; jeder trug ein eisernes Halsband, und sie alle waren untereinander mit einer Kette verbunden, deren Glieder gleichmäßig klirrend zwischen ihnen niederhingen. Ein neuer Schuss von der Klippe her ließ mich plötzlich an das Kriegsschiff denken, das ich in einen Erdteil hineinfeuern gesehen hatte. Es war der gleiche schicksalsschwere Ton; nur konnten diese Menschen hier beim besten Willen nicht als Feinde bezeichnet werden. Sie wurden Verbrecher genannt, und das verletzte Gesetz war ebenso wie die platzenden Schrapnells von jenseits des Meeres als ein unfassbares Geheimnis zu ihnen gekommen. All die mageren Brustkästen keuchten zusammen, die heftig geblähten Nüstern zitterten, die Augen stierten krampfhaft nach oben. Sie gingen haarscharf an mir vorbei, ohne einen Blick, mit der völlig apathischen Gleichgültigkeit unglücklicher Wilder. Hinter dem Häuflein Elend kam einer der Bekehrten, die Frucht der neuen Kräfte, die am Werke waren, nachlässig einhergeschlendert und hielt ein Gewehr an der Laufmitte. Er trug eine Uniformjacke, an der ein Knopf fehlte und schulterte, als er einen weißen Mann am Weg sah, hastig seine Waffe. Das war einfache Vorsicht, da auf eine gewisse Entfernung die weißen Männer einander so ähnlich sind, dass er nicht wissen konnte, wer ich war. Er vergewisserte sich alsbald und schien mich mit einem breiten, zähneblitzenden, schuftigen Grinsen und einem Blick auf seine Schutzbefohlenen als Genossen seiner schönen Überzeugung begrüßen zu wollen. Im Grunde genommen hatte ich ja auch meinen Anteil an der heiligen Sache und den erhabenen und gerechten Vorgängen.

Anstatt weiter hinaufzugehen, wandte ich mich um und ging nach links wieder hinunter. Ich wollte die Gruppe von Gefesselten außer Sicht kommen lassen, bevor ich den Hügel erstieg. Ihr wisst ja, dass ich nicht besonders zart besaitet bin. Ich habe Schläge austeilen und abwehren müssen. Ich habe Widerstand leisten und manchmal auch angreifen müssen – was ja eine Art des Widerstands ist –, ohne allzu genau nach dem Preis zu fragen, nur den Anforderungen der Lebensweise entsprechend, die ich mir erwählt hatte. Ich habe manch einen Teufel an Gewalttätigkeit, Habsucht und heißer Gier gesehen, aber bei allen Himmeln, das waren starke, frische, rotäugige Teufel, die ihre Leute – Männer, sage ich euch – richtig schüttelten und herumjagten. Während ich aber auf dem Hügelhang stand, sah ich voraus, dass ich in dem blendenden Sonnenschein dieses Landes die Bekanntschaft des schlappen, anmaßenden, zwinkernden Teufels einer verrückten und unbarmherzigen Gier machen würde. Wie heimtückisch er überdies noch sein konnte, das sollte ich erst einige Monate später und rund tausend Meilen weiter weg erfahren. Im Augenblick stand ich bestürzt da wie vor einer Warnung. Schließlich ging ich den Hügel hinunter, schräg auf die Bäume zu, die ich gesehen hatte.

Ich wich einem großen künstlichen Loch aus, das jemand in den Hang gegraben hatte, dessen Zweck aber nicht zu erraten war. Es war weder ein Steinbruch, noch eine Sandgrube, soviel stand fest. Einfach ein Loch. Seine Entstehung konnte vielleicht mit dem menschenfreundlichen Wunsch in Verbindung sein, den Verbrechern etwas zu tun zu geben. Ich weiß es nicht. Dann stürzte ich beinahe in eine ganz enge Schlucht, die kaum mehr war als eine Hiebwunde im Hügel. Ich entdeckte, dass eine Unmenge für die Ansiedlung eingeführter Drainageröhren darin aufgehäuft worden war. Nicht eine davon war unzerbrochen. Als hätte sich jemand einen Scherz daraus gemacht. Endlich kam ich unter die Bäume. Meine Absicht war, im Schatten ein wenig zu verweilen; doch kaum war ich dort, so schien es mir schon, als wäre ich in die Düsternis irgendeines Infernos geraten. Die Stromschnellen waren nahe, und ein ununterbrochenes, eintöniges, betäubendes Geräusch erfüllte die trübe Stille des Hains, wo kein Atemzug zu hören war, kein Blatt sich rührte, mit einem geheimnisvollen Laut – als wäre das Dahinsausen des Erdballs durch den Raum plötzlich hörbar geworden.

Schwarze Gestalten kauerten, lagen, saßen zwischen den Bäumen, lehnten sich gegen die Stämme, klammerten sich an die Erde, halb im trüben Licht, halb im Schatten verborgen, in allen Stellungen des Schmerzes, der Auflösung und Verzweiflung. Wieder erdröhnte ein Sprengschuss von der Klippe her, von einem leichten Erzittern des Bodens unter meinen Füßen gefolgt. Die Arbeit ging ihren Gang. Die Arbeit! Und dies war der Ort, an den sich einige der Helfer zurückgezogen hatten, um zu sterben.

Sie starben langsam – das war klar. Sie waren keine Feinde, sie waren keine Verbrecher, sie waren nun nichts Irdisches mehr – nichts als schwarze Schatten, krank und verhungert, die durcheinander in dem grünen Dämmern lagen. Man hatte sie aus allen Winkeln der Küste auf Grund gesetzlich einwandfreier Arbeitsverträge zusammengeholt; verloren in der ungewohnten Umgebung, auf ungewohnte Nahrung gesetzt, siechten sie dahin, wurden untauglich und erhielten schließlich die Erlaubnis, beiseite zu kriechen und auszuruhen. Diese sterbenden Gestalten waren frei wie die Luft – und fast auch so dünn. Ich begann das Glitzern von Augen unter den Bäumen wahrzunehmen. Dann entdeckte ich beim Niederblicken ein Gesicht nahe an meiner Hand. Die schwarzen Gebeine lehnten der Länge nach mit einer Schulter gegen einen Baum, die Augenlider hoben sich langsam, und die eingefallenen Augen sahen zu mir auf, riesengroß und leer, mit einem blinden, weißlichen Flackern in den Tiefen der Augäpfel, das langsam erstarb. Der Mann schien jung, fast ein Knabe, – aber ihr wisst ja, wie schwer das bei den Leuten zu sagen ist. Mir fiel nichts anderes ein, als ihm einen der guten schwedischen Schiffszwiebacke anzubieten, die ich noch in der Tasche hatte. Die Finger schlossen sich langsam darum und hielten fest – es erfolgte keine andere Bewegung, kein anderer Blick. Er hatte sich ein Stück weißes Dochtgarn um den Hals gebunden. Warum? Wo hatte er es her? War es ein Abzeichen – ein Schmuck – ein Amulett – ein Talisman? Hatte es überhaupt besondere Bedeutung? Es sah überraschend genug an dem schwarzen Hals aus, das kleine Stück weißen Fadens von jenseits der See.

Nahe beim gleichen Baum hockten noch zwei scharfkantige Menschenbündel auf hochgezogenen Beinen. Der eine hielt das Kinn auf die Knie gestützt und starrte ins Leere, in einer unerträglichen, quälenden Art; sein Unglücksgefährte stützte sich die Stirn wie in übergroßer Müdigkeit, und ringsherum lagen andere in allen Stellungen jähen Zusammenbruchs, wie auf der Abbildung eines Massenmordes oder einer Pest. Während ich starr vor Entsetzen davorstand, erhob sich eines der Geschöpfe auf Hände und Knie und kroch auf allen vieren zum Fluss, um zu trinken. Es schlabberte aus freier Hand, setzte sich dann im Sonnenlicht auf, kreuzte die Schienbeine und ließ nach einer Weile den Wollkopf auf sein Brustbein sinken.

Ich hatte keine Lust mehr, im Schatten herumzulungern, und ging hastig zur Station. In der Nähe der Gebäude traf ich einen Weißen von so unerwarteter Eleganz, dass ich ihn im ersten Augenblick für eine übernatürliche Erscheinung hielt. Ich bemerkte einen hohen, gestärkten Kragen, weiße Manschetten, eine Jacke aus leichtem Wollstoff, schneeweiße Beinkleider, einen hellen Selbstbinder und Lackschuhe. Keinen Hut. Das Haar gescheitelt, gebürstet, geölt, unter einem grüngestreiften Sonnenschirm, den eine große, weiße Hand hielt. Er wirkte einfach unglaublich und trug einen Federhalter hinter seinem Ohr.

Ich wechselte mit dem Mirakel einen Händedruck und erfuhr, dass er der Oberbuchhalter der Gesellschaft sei und dass die gesamte Buchhaltung auf dieser Station erfolge. Er sei, so sagte er, für einen Augenblick herausgekommen, ›um ein wenig frische Luft zu schnappen.‹ Der Ausdruck mit seinem Hinweis auf einen Stubenhockerberuf klang wunderlich genug. Ich hätte den Burschen vor euch gar nicht erwähnt, hätte ich nicht von seinen Lippen zuerst den Namen des Mannes gehört, der für mich mit den Erinnerungen an jene Zeit unauslöschlich verbunden ist. Überdies empfand ich auch Hochachtung vor dem Menschen. Jawohl, ich achtete seinen Kragen, seine breiten Manschetten, sein gebürstetes Haar. Gewiss sah er wie die Attrappe eines Haarkünstlers aus, aber er hielt doch in der allgemeinen Verwahrlosung des Landes auf sein Äußeres. Das nennt man Rückgrat. Sein gestärkter Kragen und die gut gebügelte Hemdbrust waren Energieleistungen. Er war schon seit fast drei Jahren draußen; und später einmal konnte ich nicht umhin, ihn zu fragen, wie er es fertigbrachte, so gutgepflegte Wäsche zu haben. Er errötete ein ganz klein wenig und sagte bescheiden: ›Ich habe mir eines der eingeborenen Weiber von der Station abgerichtet. Es war nicht leicht. Sie hatte eine Abneigung gegen die Arbeit.‹ So hatte also dieser Mann tatsächlich etwas fertiggebracht. Auch hatte er eine Leidenschaft für seine Bücher, die in peinlichster Ordnung waren.

Alles andere in der Station war ein großer Wirrwarr – Köpfe, Dinge, Gebäude. Scharen von staubigen Negern mit schwieligen Füßen kamen und gingen; ein Strom von Waren, elendes Baumwollzeug, Glasperlen und Kupferdraht ergoss sich in die Tiefen der Finsternis, und von dort sickerte Elfenbein in die Station herein. Ich musste in der Station zehn Tage warten – eine Ewigkeit. Ich lebte in einer Hütte im Garten, um aber dem Chaos zu entrinnen, flüchtete ich mich manchmal in das Kontor des Buchhalters. Es war aus waagrechten Brettern erbaut und so schlecht zusammengefügt, dass er, wenn er sich über seinen hohen Tisch beugte, von Kopf bis Fuß von schmalen Sonnenstreifen übersät war. Es war unnötig, den großen Fensterladen aufzumachen, wenn man sehen wollte. Auch war es dort heiß; große Fliegen surrten feindselig und stachen nicht nur einfach, sondern versetzten Dolchstöße. Ich saß gewöhnlich auf dem Fußboden, während der Buchhalter tadellos gepflegt (und sogar leicht parfümiert) auf einem hohen Drehstuhl hockte und dauernd schrieb. Mitunter erhob er sich, um ein paar Schritte zu gehen. Als ein Rollbett mit einem Kranken (irgendeinem Agenten aus dem Innern) hereingeschoben wurde, zeigte er höfliche Ablehnung. ›Das Stöhnen dieses kranken Individuums stört meine Aufmerksamkeit. Ohnedies ist es in diesem Klima unendlich schwierig, Rechenfehler zu vermeiden.‹

Eines Tages bemerkte er, ohne den Kopf zu heben: ›Im Innern werden Sie zweifellos auch Herrn Kurtz treffen!‹ Auf meine Frage, wer Herr Kurtz sei, meinte er, er sei ein ganz erstklassiger Agent; und angesichts meiner Enttäuschung über diese Auskunft fügte er langsam, während er seine Feder hinlegte, hinzu: ›Er ist eine außergewöhnliche Persönlichkeit.‹ Durch weitere Fragen brachte ich aus ihm heraus, dass Herr Kurtz augenblicklich an der Spitze einer Niederlassung stände, und zwar einer äußerst wichtigen im wahren Elfenbeinland, ›mitten im Speck‹. ›Schickt allein so viel Elfenbein wie all die anderen zusammen …‹ Er machte sich wieder ans Schreiben. Dem Kranken ging es so schlecht, dass er nicht einmal mehr achzen konnte. Die großen Fliegen surrten ungestört.

Plötzlich gab es ein wachsendes Stimmengesumm und großes Fußgetrampel. Eine Karawane war hereingekommen. Ein wüstes Durcheinander ungefüger Laute brach jenseits der Plankenwand los. All die Träger sprachen auf einmal, und inmitten des Aufruhrs hörte man die klägliche Stimme des Hauptagenten, der es in Jammertönen ›aufgab‹, zum zwanzigsten Mal an jenem Tag … Der Buchhalter stand langsam auf. ›Was für ein schauerlicher Lärm‹, sagte er. Er überquerte leise das Zimmer, um nach dem Kranken zu sehen, und sagte mir beim Zurückkommen: ›Er hört nichts!‹ – ›Was! tot?‹ fragte ich bestürzt. ›Nein, noch nicht‹, antwortete er seelenruhig. Dann wies er mit einer Kopfbewegung auf das Getöse im Stationsgarten und meinte: ›Wenn man richtige Eintragungen zu machen hat, dann fängt man an, diese Wilden zu hassen – sie bis auf den Tod zu hassen.‹ Er blieb einen Augenblick nachdenklich und fuhr dann fort: ›Wenn Sie Herrn Kurtz sehen, richten Sie ihm von mir aus, dass alles hier‹ – dies mit einem Blick über den Tisch weg – ›sehr zufriedenstellend läuft. Ich möchte ihm nicht gern schreiben – denn bei den Boten, die wir hier haben, weiß man nie, wer dort auf der Station den Brief in die Hände bekommt.‹ Er starrte mich eine Weile aus seinen milden, vorquellenden Augen an. ›Oh, er wird es weit, sehr weit bringen‹, begann er dann wieder. ›Er wird in nicht allzulanger Zeit in der Verwaltung sein Wörtlein mitzureden haben. Die dort oben – der Aufsichtsrat in Europa, Sie verstehen schon – haben manches mit ihm vor.‹ Er wandte sich wieder seiner Arbeit zu. Der Lärm draußen hatte aufgehört, und als ich nun hinausging, blieb ich an der Tür stehen. Mitten im stetigen Fliegengesumm lag der für die Heimat bestimmte Agent bewusstlos, mit rotem Gesicht; der andere, über seine Bücher gebeugt, trug einwandfreie Geschäfte korrekt in seine Bücher ein; und fünfzig Fuß unterhalb der Schwelle konnte ich die stillen Baumwipfel des Totenhaines sehen.

Am nächsten Tag verließ ich endlich, an der Spitze einer Karawane von sechzig Mann, die Station zu einem Marsch von zweihundert Meilen.

Es hat keinen Wert, euch viel davon zu erzählen. Pfade, Pfade überall. Ein festgetretenes Netzwerk von Fußpfaden, das sich über das unbewohnte Land breitete, durch hohes Gras, durch verbranntes Gras, durch Dickicht, durch kühle Schluchten rauf und runter, runter und rauf über felsige Hügel, die vor Hitze kochten; und Einsamkeit, Einsamkeit, niemand, nicht eine Hütte. Die Bevölkerung war längst ausgewandert. Nun, wenn eine Schar geheimnisvoller Neger, mit allerlei fürchterlichen Waffen behängt, es sich plötzlich einfallen ließe, auf der Straße zwischen Deal und Gravesend hin und her zu marschieren und die Burschen links und rechts einzufangen, um sie schwere Lasten tragen zu lassen, so wäre wohl, denke ich mir, jedes Bauernhaus und jedes Dorf in der Gegend sehr schnell leer. Nur waren hier auch die Wohnstätten verschwunden. Ich kam zwar noch durch einige verlassene Dörfer. Es liegt etwas ergreifend Kindliches über Ruinen von Graswänden. Tagelang ging es weiter, mit dem Stampfen und Scharren von sechzig Paar nackter Füße hinter mir, jedes Paar unter einer Sechzig-Pfund-Last. Lagern, kochen, schlafen, Lager abbrechen, marschieren. Da und dort ein Träger tot im Geschirr, der im langen Gras am Weg ruhte, eine leere Wasserflasche und seinen langen Stab neben sich. Große Stille ringsum und über uns. Nur in einer ruhigen Nacht vielleicht einmal das Dröhnen großer Trommeln, weit weg, abschwellend, anschwellend, ein dumpfer, ferner Laut, unheimlich, packend, wild – und vielleicht von ebenso tiefsinniger Bedeutung wie Glockenklänge in einem christlichen Land. Einmal auch ein weißer Mann in aufgeknöpfter Uniform, der längs des Wegs inmitten einer bewaffneten Eskorte schlanker Sansibarer lagerte, äußerst gastlich und festlich lustig – um nicht zu sagen betrunken. Er sei dabei, die Instandhaltung der Straße zu beaufsichtigen. Ich kann nicht sagen, dass ich irgendetwas von Instandhaltung gesehen hätte, es sei denn, der Leichnam eines älteren Negers mit einem Einschuss in der Stirn, über den ich etwa drei Meilen weiter geradezu stolperte, hätte als bleibende Verbesserung zu gelten. Ich hatte auch einen weißen Gefährten, keinen üblen Menschen soweit, doch etwas zu fleischig, und mit der niederträchtigen Gewohnheit, auf den heißen Hügelhängen in Ohnmacht zu fallen, meilenweit fern vom kleinsten bisschen Schatten und Wasser. Es ist recht langweilig, müsst ihr wissen, den eigenen Rock wie einen Sonnenschirm über eines Mannes Haupt halten zu müssen, während er langsam wieder zu sich kommt. Einmal konnte ich mich nicht enthalten, ihn zu fragen, was er sich gedacht habe, als er hierhergekommen sei. ›Um Geld zu machen, natürlich, was denn sonst?‹ gab er geringschätzig zurück. Dann bekam er Fieber und musste in einer Hängematte getragen werden, die an einer Stange befestigt war. Da er fast zwei Zentner wog, kam ich aus dem Ärger mit den Trägern nicht heraus. Sie wurden störrisch, rannten davon, rissen mit ihrer Last während der Nacht aus – eine regelrechte Meuterei. So hielt ich eines Abends eine Ansprache, auf englisch, von Gebärden begleitet, von denen keine den sechzig Augenpaaren vor mir entging, und setzte am nächsten Morgen die Hängematte an der Spitze in Marsch. Eine Stunde später stieß ich auf das ganze Zeug, das verknäuelt im Gebüsch lag – den Mann, die Hängematte, die Decke, Wehgeschrei und allerhand Grausen. Die schwere Tragstange hatte ihm die Nase zerschunden. Er drang heftig in mich, ich sollte jemand umbringen, doch war weit und breit nicht der Schatten eines Trägers zu sehen. Mir fiel der alte Doktor ein: ›Es wäre für die Wissenschaft wünschenswert, an Ort und Stelle die seelischen Veränderungen in den Leuten beobachten zu können.‹ Ich fühlte, wie ich langsam für die Wissenschaft interessant wurde. Aber das alles hat ja keinen Zweck. Am fünfzehnten Tag bekam ich wieder den großen Strom zu Gesicht und hinkte in die Hauptstation. Sie war an einem Nebenarm angelegt, von Busch und Wald umgeben, mit einem netten Gürtel übelriechenden Morastes auf einer Seite und auf den drei anderen von einem wackeligen Schilfzaun umschlossen. Als Eingangstor diente eine Art Bresche, und der erste Blick auf das Ganze bewies zur Genüge, dass die unerhörteste Schlamperei herrschte. Weiße Männer mit langen Stöcken in den Händen tauchten träge zwischen den Gebäuden auf, schlenderten daher, um einen Blick auf mich zu werfen und verzogen sich dann wieder irgendwohin. Einer von ihnen, ein stämmiger, jähzorniger Mensch mit schwarzem Schnurrbart, teilte mir, sobald ich mich ihm vorgestellt hatte, mit großer Zungenfertigkeit mit, dass mein Dampfer auf dem Grund des Flusses liege. Ich war wie vom Donner gerührt. ›Was, wieso, warum?‹ – ›Oh, es war all right‹, der Manager persönlich sei dabeigewesen. Alles in Ordnung, jedermann hat sich großartig benommen. Großartig! Sie müssen‹, sagte er mir aufgeregt, ›sofort den Direktor aufsuchen, er erwartet Sie!‹

Damals sah ich die tatsächliche Bedeutung dieses Schiffbruchs nicht sofort ein. Heute glaube ich sie zu sehen, bin dessen aber durchaus nicht recht sicher – durchaus nicht. Sicherlich war die ganze Geschichte, wenn ich sie heute nochmals überlege, zu dumm, als dass dabei alles ganz natürlich hätte zugehen können. Gut ... Damals aber, im ersten Augenblick, stellte es sich einfach als niederträchtiges Pech dar. Der Dampfer war gesunken. Sie waren zwei Tage zuvor in plötzlicher Hast mit dem Direktor an Bord stromaufwärts losgefahren, unter dem Kommando irgendeines freiwilligen Kapitäns, der, bevor sie noch drei Stunden fortgefahren waren, dem Schiff auf steinigem Grund den Boden eingedrückt hatte, sodass es nahe dem Südufer gesunken war. Ich fragte mich, was ich da zu suchen hatte, da doch mein Schiff verloren war. Tatsächlich hatte ich Arbeit in Fülle, um mein Boot aus dem Fluss herauszufischen. Ich musste mich sofort am nächsten Tag daranmachen. Das und die Ausbesserung, als ich endlich die Stücke in die Station gebracht hatte, nahm mehrere Monate in Anspruch.

Meine erste Unterredung mit dem Direktor war merkwürdig. Er bot mir nach meinem Morgenmarsch von zwanzig Meilen keinen Platz an. Seine Gesichtsfarbe war so alltäglich wie seine Züge, sein Benehmen und seine Stimme. Er war mittelgroß und durchaus gewöhnlich gebaut. Seine Augen, vom üblichen Blau, waren vielleicht bemerkenswert wegen ihrer Kälte, und tatsächlich konnte er seinen Blick schneidend und schwer wie ein Axthieb auf einem ruhen lassen. Doch selbst dann schien der Rest seiner Persönlichkeit die Absicht Lügen zu strafen. Im übrigen war da noch ein unbeschreiblich flüchtiger Ausdruck auf seinen Lippen, etwas Verstohlenes – ein Lächeln – kein Lächeln – ich sehe es noch vor mir, kann es aber nicht beschreiben. Es war augenscheinlich unbewusst, dieses Lächeln, obwohl es sich nach jedem seiner Sätze für einen Augenblick verstärkte. Es stellte sich am Ende seiner Reden ein und wirkte wie ein Siegel, das den Worten aufgedrückt wurde, um den Sinn noch des alltäglichsten Satzes unergründlich erscheinen zu lassen. Er war ein gewöhnlicher Händler, der von Jugend an in diesen Gegenden gearbeitet hatte – nichts weiter. Man gehorchte ihm, doch flößte er weder Liebe noch Furcht ein, nicht einmal Achtung. Unbehagen war es, was er einflößte. Das war es, Unbehagen. Nicht ausgesprochenes Misstrauen nur Unbehagen. Nicht mehr. Ihr macht euch keine Vorstellung, wie wirksam eine solche … Fähigkeit sein kann. Ihm fehlte die Gabe, aus sich heraus etwas zu schaffen, Anordnungen zu geben oder auch nur, Vorhandenes in Ordnung zu halten. Das zeigte sich unter anderem zur Genüge in dem trostlosen Zustand der Station. Er hatte keine Vorbildung, keine Intelligenz. Auf seinen Posten war er gekommen – wodurch? Vielleicht, weil er niemals krank war … Er hatte dort draußen drei Dreijahresfristen abgedient … Denn strotzende Gesundheit inmitten allgemeinen körperlichen Verfalls bildet in sich selbst eine Art Macht. Wenn er auf Urlaub heimfuhr, dann lebte er auf großem Fuß, in Saus und Braus, wie irgendein Matrose auf Landurlaub – der Unterschied lag nur im rein Äußerlichen. Das konnte man aus seinen gelegentlichen Bemerkungen entnehmen. Er schuf nichts, er konnte einfach nur die Arbeit in Gang halten. Sonst nichts. Doch er war groß. Er war groß infolge der einen Kleinigkeit, dass es unmöglich zu sagen war, was über einen solchen Mann Gewalt haben könnte. Dieses Geheimnis gab er nie aus der Hand. Vielleicht war gar nichts in ihm. Diese Vermutung musste einen nachdenklich stimmen – denn äußere Hemmungen gab es ja dort draußen nicht. Einmal, als verschiedene Tropenkrankheiten so ziemlich jeden einzelnen ›Agenten‹ in der Station umgelegt hatten, hörte man ihn sagen: ›Leute, die hierherkommen, sollten keine Eingeweide haben.‹ Er besiegelte den Ausspruch mit seinem gewissen Lächeln, als hätten die Worte die Tür zu einer Finsternis gebildet, die er in persönlicher Verwahrung hatte. Man konnte sich einbilden, Dinge gesehen zu haben – aber das Siegel stand davor. Als ihn bei den Mahlzeiten die ewigen Stänkereien der Weißen über den Vortritt geärgert hatten, ließ er einen riesigen runden Tisch machen, für den eigens ein Haus gebaut werden musste. Das war dann der Messraum der Station. Wo der Direktor saß, war der erste Platz – der Rest war nirgends. Man fühlte, dass dies seine unumstößliche Überzeugung war. Er war weder höflich noch unhöflich. Er war ruhig. Er erlaubte seinem Boy – einem überfütterten jungen Neger von der Küste –, vor seinen Augen den Weißen mit herausfordernder Frechheit zu begegnen.

Sobald er meiner ansichtig wurde, begann er zu sprechen. Ich sei recht lange unterwegs gewesen, er habe nicht warten können. Habe ohne mich aufbrechen müssen. Die Stationen stromaufwärts hätten frisch versorgt werden müssen. Es habe bis dahin schon so viel Aufschub gegeben, dass er gar nicht mehr wisse, wer schon tot

92

und wer noch am Leben sei, was sie alle trieben und so weiter und so weiter. Meine Erklärung beachtete er nicht, sondern wiederholte mehrmals, während er mit einer Stange Siegellack spielte, dass die Lage ›sehr, sehr ernst‹ sei. Es liefen Gerüchte um, dass eine äußerst wichtige Station in Gefahr sei und ihr Chef, Herr Kurtz, erkrankt. Er hoffe, dass es nicht wahr sei. Herr Kurtz sei … Ich fühlte mich müde und gereizt. Zum Teufel mit Kurtz, dachte ich. Ich unterbrach ihn mit der Mitteilung, dass ich von Kurtz an der Küste gehört hätte. ›Oh! So sprechen die da unten schon von ihm!‹ murmelte er vor sich hin. Dann sprach er weiter und versicherte mir, dass Herr Kurtz sein bester Agent sei, ein Ausnahmemensch, von größter Wichtigkeit für die Gesellschaft; darum würde ich wohl seine Sorge begreifen können. Er war, wie er mir sagte, ›sehr, sehr besorgt!‹, zerbrach die Stange Siegellack und schien über diesen Zwischenfall wie vom Donner gerührt. Als nächstes wünschte er zu wissen, wie viel Zeit es wohl brauchen würde, um … Ich unterbrach ihn abermals. Da ich hungrig war, versteht ihr, und er mich stehen ließ, so wurde ich allmählich wild. ›Wie könnte ich das sagen‹, warf ich hin. ›Ich habe das Wrack noch nicht einmal gesehen – ein paar Monate zweifellos.‹ Das ganze Gerede schien mir so nichtig. ›Ein paar Monate‹, sagte er. ›Nun, sagen wir drei Monate, bevor wir wieder aufbrechen können. Ja. Das sollte für die Geschichte wohl genügen.‹ Ich rannte aus seiner Hütte hinaus (er lebte ganz allein in einer Lehmhütte mit einer Art Veranda) und murmelte dabei meine Ansicht über ihn vor mich hin. Er war ein geschwätziger Trottel. Das nahm ich später zurück, als sich mir die Erkenntnis aufdrängte, mit wie ungewöhnlicher Genauigkeit er die Zeitspanne für die ›Geschichte‹ abgeschätzt hatte.

Ich ging am nächsten Tag an die Arbeit und wandte sozusagen der Station den Rücken. Nur so erschien es mir möglich, meinen Anteil am werktätigen Leben weiter zu sichern. Immerhin muss man sich ja mitunter umsehen; und dann sah ich diese Station, diese Männer, die ziellos im Sonnenschein des Gartens herumschlenderten. Bisweilen fragte ich mich, was das alles wohl bedeuten sollte. Sie wanderten da- und dorthin, mit ihren lächerlichen langen Stäben in den Händen, wie eine Schar ungläubiger Pilger in die baufällige Umzäunung gebannt! Das Wort ›Elfenbein‹ zitterte in der Luft, wurde geflüstert, wurde geseufzt. Man hätte glauben können, sie beteten es an. Ein Hauch törichter Raffsucht wehte durch all das, wie die Ausdünstung eines Kadavers. Bei Gott! Nie in meinem Leben habe ich etwas so Unwirkliches gesehen. Und die stille Wildnis außerhalb, die diesen eingeheimsten Flecken umgab, sprach mich wie etwas unbesiegbar Großes an, wie das Böse oder die Wahrheit schlechthin, ruhig wartend, dass der verrückte Einbruch sein Ende finden möge.

Oh, diese Monate! Reden wir nicht davon! Verschiedenes ereignete sich. Eines Abends brach in einem Schilfschuppen voll Kaliko, bedrucktem Kattun, Glasperlen und ich weiß nicht, was sonst noch, ein Brand aus, und zwar so plötzlich, dass man hätte glauben können, die Erde habe sich geöffnet, um ein rächendes Feuer den ganzen Plunder verzehren zu lassen. Ich rauchte eben ruhig meine Pfeife neben meinem abgetakelten Dampfer und sah sie alle mit hochgeworfenen Armen vor dem Lichtschein herumtanzen, als der stämmige Mann mit dem Schnurrbart zum Fluss gesaust kam, mit einem Blechkübel in der Hand mir versicherte, dass alle sich ›großartig, großartig hielten‹, etwa einen viertel Liter Wasser schöpfte und wieder zurückrannte. Ich bemerkte auch, dass sein Eimer ein Loch im Boden hatte. Ich schlenderte hinauf. Eile war unnötig. Das Ding war ja abgebrannt wie eine Streichholzschachtel. Hoffnungslos vom ersten Augenblick an. Die Flamme war hochgeschossen, hatte alles zurückgetrieben, alles beleuchtet – und war wieder zusammengesunken. Der Schuppen war nur noch ein Haufen glühender Asche. Nahebei wurde ein Neger geprügelt. Man sagte mir, er habe den Brand auf irgendeine Weise verschuldet; ob das nun stimmte oder nicht, jedenfalls schrie er ganz fürchterlich. Ich sah ihn später einige Tage lang in einem kleinen Schattenwinkel sitzen; er sah recht elend aus und versuchte, sich zu erholen; schließlich erhob er sich, ging weg – und die Wildnis nahm ihn lautlos wieder an ihre Brust. Als ich mich aus dem Dunkel der Glut näherte, fand ich mich plötzlich gerade hinter zwei Männern, die miteinander sprachen. Ich hörte den Namen Kurtz, dann die Worte ›Vorteil aus dem unglücklichen Vorfall ziehen‹. Einer der Männer war der Direktor. Ich wünschte ihm einen guten Abend. ›Haben Sie jemals so was gesehen, wie? Es ist unglaublich‹ sagte er und ging fort. Der andere blieb. Er war ein erstklassiger Agent, jung, elegant, ein wenig verschlossen, mit einem kleinen Spitzbart und einer Hakennase. Er war zurückhaltend gegen die anderen Agenten, die ihrerseits behaupteten, er sei vom Direktor bestellt, um sie zu bespitzeln. Ich selbst hatte kaum je zuvor mit ihm gesprochen. Wir kamen ins Gespräch und schlenderten allmählich von den zischenden Trümmern weg. Dann lud er mich auf sein Zimmer ein, das im Hauptgebäude der Station lag. Er strich ein Zündholz an, und ich konnte feststellen, dass der junge Aristokrat nicht nur silbernes Toilettenzeug, sondern auch eine ganze Kerze für sich allein hatte. Gerade damals wurde allgemein angenommen, dass einzig der Direktor ein Recht auf Kerzen hätte. Matten in Negerarbeit bedeckten die Lehmwände; eine Sammlung von Speeren, Assagaien, Schilden und Messern war zur Trophäe zusammengestellt. Das Amt, das diesem Burschen anvertraut war, war die Herstellung von Ziegeln – so hatte man mir gesagt; doch war nirgends in der Station das kleinste Stückchen Ziegel zu sehen, und er war länger als ein Jahr da – und wartete. Anscheinend konnte er Ziegel nicht ohne irgendetwas machen, ich weiß nicht was – Stroh vielleicht. Jedenfalls war es dort draußen nicht zu finden, und da kaum anzunehmen war, dass es aus Europa geschickt werden würde, so schien es mir nicht ganz klar, worauf er wartete. Vielleicht auf einen besonderen Schöpfungsakt. Doch warteten sie ja alle – all die sechzehn oder zwanzig Pilger – auf irgendetwas; und fürwahr, nach der Art, wie sie es taten, schien es keine üble Beschäftigung, wenn auch, soviel ich sehen konnte, keinem von ihnen etwas anderes zuteil wurde, als irgendeine Krankheit. Sie schlugen die Zeit damit tot, indem einer gegen den anderen in der kindischsten Weise hetzte und wühlte. In der ganzen Station herrschte geradezu Verschwörerstimmung; aber natürlich kam es nie zu einem greifbaren Ergebnis. Das eine war so unwirklich wie alles andere – wie die menschenfreundlichen Vorwände des ganzen Unternehmens, wie ihr Gerede, ihre Herrschaft, ihre angebliche Arbeit. Das einzig echte Gefühl war die Sehnsucht, auf eine Faktorei im Innern zu kommen, wo Elfenbein zu holen, also auf Prozente zu rechnen war. Sie verklatschten, verleumdeten und hassten einander einzig deswegen; aber wirklich einen kleinen Finger rühren, o nein! Bei Gott – schließlich gibt es in der Welt doch eine Art Gesetz, das einem Mann erlaubt, ein Pferd zu stehlen, während ein anderer nicht einmal nach dem Halfter sehen darf. Geradewegs ein Pferd stehlen. Ganz recht. Er hat es getan, vielleicht kann er reiten. Aber es gibt eine Art, nach einem Halfter zu sehen, die den mitleidigsten aller Heiligen dazu bringen könnte, einfach dreinzuschlagen.

Ich hatte keine Ahnung, warum es ihm passte, sich gesellig zu zeigen. Als wir aber in seinem Zimmer plauderten, merkte ich plötzlich, dass der Bursche etwas herausbringen, mich wirklich aushorchen wollte. Er spielte unaufhörlich auf Europa an, auf die Leute, die ich nach allgemeiner Ansicht dort kannte, fragte auch geradezu nach meinen Bekannten in der Grabesstadt, und so weiter. Seine kleinen Augen glitzerten wie Glimmerschein vor Neugierde, obwohl er sich mühte, wenigstens einen Rest von Hochmut beizubehalten. Zuerst war ich erstaunt, doch sehr bald wurde ich höchst neugierig, zu erfahren, was er eigentlich aus mir herausholen wollte. Ich konnte mir beim besten Willen nicht vorstellen, was an mir ihm der Mühe wert scheinen mochte. Es war lustig, zu sehen, wie er sich vergeblich abmühte. Denn tatsächlich hatte ich ja nichts als Fieberschauer im Leib, und im Kopf nichts weiter als die verteufelte Sache mit meinem Dampfer. Es war offensichtlich, dass er mich für einen ausgemachten Ränkeschmied hielt. Schließlich wurde er böse und gähnte, um eine Bewegung wütenden Ärgers zu verbergen. Ich erhob mich. Dann bemerkte ich eine kleine Ölskizze, auf Holz gemalt; sie stellte eine verhüllte Frau mit verbundenen Augen dar, die eine brennende Fackel trug. Der Hintergrund war dunkel, fast schwarz, die Bewegung der Frau war gemessen und die Wirkung des Fackellichtes auf dem Gesicht unheimlich.

Das fesselte mich, und der Hausherr stand höflich dabei, hielt eine Champagnerflasche (medical comforts) hoch, in deren Hals die Kerze steckte. Auf meine Frage sagte er mir, dass Herr Kurtz das gemalt habe, in ebendieser Station, vor mehr als einem Jahr, während er auf eine Gelegenheit wartete, zu seiner Faktorei zu reisen. ›Sagen Sie mir bitte‹, fragte ich, ›wer ist dieser Herr Kurtz?‹

›Der Chef der Station im Innern‹, gab der andere kurz zurück und sah weg. ›Sehr verbunden‹, sagte ich. ›Und Sie sind der Ziegelmacher der Hauptstation, jedes Kind weiß das.‹ Er schwieg eine Weile. ›Er ist ein Wunder‹, meinte er schließlich, ›ein Sendbote des Erbarmens, der Wissenschaft, des Fortschritts und weiß der Teufel was sonst noch. Wir brauchen‹, begann er plötzlich zu deklamieren, ›zur Durchführung der gerechten Sache, die uns von Europa anvertraut wurde, wenn wir so sagen wollen, höhere Intelligenz, ein weites Herz und Zielfestigkeit.‹ – ›Wer sagt das‹, fragte ich. – ›Viele von ihnen‹, sagte er. ›Manche schreiben es sogar; und so kommt er also hierher, ein besonderes Wesen, wie Sie ja wissen werden.‹ – ›Warum sollte ich das wissen‹, fiel ich ehrlich überrascht ein. Er beachtete es nicht. ›Ja, heute ist er Chef der besten Station, im nächsten Jahr wird er stellvertretender Direktor sein, nach weiteren zwei Jahren ... aber ich denke, Sie wissen ja selbst am besten, was er in zwei Jahren sein wird. Sie sind auch von dem neuen Schlag – von den Tugendhaften. Dieselben Leute, die ihn hergeschickt, haben auch Sie besonders empfohlen.

Oh, sagen Sie nicht nein, ich habe es mit eigenen Augen gesehen.‹ Mir ging ein Licht auf. Die einflussreichen Bekannten meiner lieben Tante erzeugten eine unerwartete Wirkung auf diesen Mann. Fast wäre ich in Gelächter ausgebrochen. ›Lesen Sie die Geheimkorrespondenz der Gesellschaft?‹ fragte ich. Er konnte nichts darauf erwidern. Es war ungeheuer lustig. ›Wenn Herr Kurtz Generaldirektor ist‹, fuhr ich streng fort, ›werden Sie keine Gelegenheit mehr dazu haben.‹

Er blies plötzlich die Kerze aus, und wir traten hinaus. Der Mond war aufgegangen. Schwarze Gestalten spazierten lautlos herum und gossen Wasser auf die zischende Glut; Dampf wallte im Mondlicht, der geprügelte Neger stöhnte irgendwo. ›Welch Lärm das Vieh macht‹, sagte der rührige Mann mit dem Schnurrbart, der neben uns auftauchte. ›Recht ist ihm geschehen. Vergehen – Strafe – Punktum! – erbarmungslos. Das ist der einzige Weg. Das wird in Zukunft alle Brände verhüten. Ich habe eben dem Direktor gesagt …‹ Er bemerkte meinen Gefährten und wurde sofort kleinlaut. ›Noch nicht zu Bett‹, sagte er mit kriecherischer Herzlichkeit. ›Es ist so natürlich! – Gefahr – Aufregung.‹ Damit verschwand er. Ich ging zum Flussufer hinunter, und der andere folgte mir. Ich hörte ein böses Zischen an meinem Ohr. ›Diese Dummköpfe – mögen sie zum Teufel gehen!‹ Man konnte die Pilger in Gruppen zusammenstehen und mit eifrigen Gebärden sprechen sehen. Viele hatten noch ihre Stäbe in den Händen. Ich glaube wirklich, sie nahmen diese Stäbe mit ins Bett. Jenseits der Umzäunung ragte der Wald gespenstisch im Mondlicht empor, und über die leise Bewegung, die schwachen Laute des jämmerlichen Gartenplatzes hinweg drang einem die Stille des Landes ins Herz: sein Geheimnis, seine Größe, die packende Tatsächlichkeit seines verborgenen Lebens. Der verprügelte Neger stöhnte leise irgendwo in der Nähe und stieß dann einen tiefen Seufzer aus, der mich zu schleunigem Weitergehen veranlasste. Ich fühlte, wie sich eine Hand unter meinen Arm schob.

›Mein lieber Herr‹, sagte der Bursche, ›ich möchte nicht missverstanden werden und besonders nicht von Ihnen, der Sie ja Herrn Kurtz sehen werden, lange bevor mir das Vergnügen beschieden sein wird. Ich möchte nicht, dass er einen falschen Begriff von meiner Sinnesart bekommt …‹

Ich ließ ihn weitermachen, diesen Mephisto aus Pappdeckel, und hatte dabei den Eindruck, dass ich, wenn ich nur wollte, meinen Zeigefinger glatt durch ihn durchstecken und dabei auf nichts als vielleicht ein wenig losen Unrat stoßen würde. Ihr seht schon, er hatte sich ausgedacht, nach und nach unter dem gegenwärtigen Mann stellvertretender Direktor zu werden, und ich konnte wohl sehen, dass die Ankunft dieses Kurtz sie beide nicht wenig beunruhigt hatte. Er sprach überstürzt, und ich machte keinen Versuch, ihm Einhalt zu gebieten. Ich lehnte mit den Schultern gegen das Wrack meines Dampfers, der wie der Kadaver irgendeines großen Flusstieres auf das Ufer heraufgezogen war. Der Geruch von Schlamm, von Urschlamm, bei Gott, war in meinen Nüstern, die tiefe Stille des Urwalds breitete sich vor meinen Augen; Lichtflecke tanzten auf der schwarzen Wasserfläche. Der Mond hatte alles mit einem leisen Silberglanz überzogen – das hohe Gras, den Schlamm, die Mauern wuchernden Pflanzenwuchses, die höher als eine Tempelmauer emporragten; und auch den großen Strom selbst, den ich da und dort aufblitzen sah, während

er lautlos, breit dahinfloss. All dies war groß, erwartungsvoll, stumm, während der Mann über sich selbst schwatzte. Ich fragte mich, ob die Ruhe auf dem Antlitz der Unendlichkeit, die uns anblickte, als Bitte oder als Drohung gemeint war. Wer waren wir, die wir hier eingedrungen waren? Konnten wir das ungefüge Ding handhaben oder würde es uns handhaben? Ich fühlte plötzlich, wie groß, wie unheimlich groß das Ding war, das nicht sprechen konnte und vielleicht ebensowenig hören. Was war dort drin? Ich konnte sehen, dass ein wenig Elfenbein von da herauskam, und hatte gehört, dass Herr Kurtz dort drin war. Ich hatte sogar reichlich genug davon gehört – weiß Gott! Und doch hatte ich mir noch kein rechtes Bild machen können. Nicht mehr, als hätte man mir gesagt, ein Engel oder ein Teufel sei dort drin. Ich glaubte es einfach, so wie einer von euch etwa glauben könnte, dass der Mars bewohnt ist. Ich habe einmal einen schottischen Segelmacher gekannt, der sicher, einfach totsicher wusste, dass Leute auf dem Mars wohnten. Fragte man ihn, wie sie seiner Meinung nach aussähen und sich benähmen, dann wurde er verlegen und murmelte irgendetwas von ›auf allen vieren gehen‹. Zeigte man daraufhin auch nur das leiseste Lächeln, so trug er einem, obwohl über Sechzig, einen Boxkampf an. Ich wäre natürlich nicht so weit gegangen, für Kurtz einen Kampf zu wagen, aber doch ging ich fast bis zu einer Lüge. Ihr wisst ja, dass ich jede Lüge hasse, verabscheue und unerträglich finde. Nicht etwa, weil ich geradsinniger bin als die meisten von uns, sondern einfach, weil sie mich erschreckt. Ich wittere darin einen Hauch von Tod und Verwesung – von eben dem, was ich in der Welt am meisten verabscheue und zu vergessen wünsche. Es macht mir Übelkeit, als kriegte ich etwas Verdorbenes zwischen die Zähne. Eine Temperamentsfrage, nehme ich an. Nun also, ich ging hart bis zur Lüge, indem ich den jungen Narren, so viel wie er nur Lust hatte, an meine Beziehungen in Europa glauben ließ. Im Handumdrehen wurde ich genauso zum Heuchler wie der Rest der Pilger. Und das alles einfach aus dem Grund, weil ich das dunkle Gefühl hatte, als könnte es für jenen Herrn Kurtz, von dem ich mir damals noch kein Bild machen konnte, von Nutzen sein. Er war für mich nur ein Wort. Ich sah den Mann hinter dem Namen nicht besser, als ihr es tut. Seht ihr ihn? Seht ihr die Geschichte? Seht ihr irgendetwas? Mir kommt es vor, als versuchte ich euch einen Traum zu erzählen, versuchte es vergebens, denn niemals kann die Erzählung eines Traums das Traumhafte wiedergeben. Dieses Gefühl, aus widersinniger Überraschung und bestürzter Gegenwehr, das Bewusstsein, vom Unglaublichen gefangen zu sein, das ja das Wesentliche an allen Träumen ist ...«
Er schwieg eine Weile.
»... Nein, es ist unmöglich; es ist unmöglich, die Lebendigkeit irgendeines Abschnittes aus unserem Dasein wiederherzustellen, – das, was die Wahrheit, den Sinn und das innerste Wesen eines Erlebnisses ausmacht. Es ist unmöglich. Wir leben wie wir träumen – allein ...«
Wieder unterbrach er sich, als müsste er nachdenken, und fügte dann hinzu: »Natürlich seht ihr in dieser Geschichte jetzt schon mehr, als ich es damals tun konnte. Ihr seht mich, den ihr ja kennt ...«
Es war so stockdunkel geworden, dass wir Zuhörer einander kaum mehr sehen konnten. Seit langem schon war Marlow, der abseits saß, für uns nur noch eine

Stimme gewesen. Niemand sprach ein Wort. Die anderen mochten eingeschlafen sein, doch ich war wach. Ich lauschte, lauschte und lauerte auf die Moral, auf das letzte Wort, auf die Erklärung für das leichte Unbehagen, das mir diese Geschichte einflößte, diese Geschichte, die sich allein, ohne Menschenlippen, aus der schweren Nachtluft des Flusses zu formen schien.

»... Ja, ich ließ ihn weitermachen«, hob Marlow wieder an, »und bezüglich der Gewalten, die hinter mir standen, glauben, was er wollte. Das tat ich! Und doch war gar nichts hinter mir! Nichts, als das wracke, alte, verstümmelte Dampfboot, gegen das ich mich lehnte, während er fließend davon sprach, jeder Mann müsse ›trachten, vorwärtszukommen‹ – ›und wenn einer hierher geht, dann geschieht es nicht, um den Mond anzuglotzen, wie Sie sich wohl denken können.‹ Herr Kurtz war ›ein Universalgenie‹, doch auch ein Genie musste es wohl leichter finden, mit ›richtigen Werkzeugen – intelligenten Leuten‹ zu arbeiten. Er mache keine Ziegel – nun, dem stand eben ein ungewöhnliches Hindernis entgegen, wie ich mich überzeugen konnte. Und wenn er für den Manager Sekretärarbeit tat, so geschah das, weil ›kein vernünftiger Mensch unnötig das Vertrauen seiner Vorgesetzten zurückweist.‹ Ob ich das verstünde? Ich verstand es. Was ich sonst noch wünschte? Was mir wirklich fehlte, waren Nieten, bei Gott! um mit der Arbeit fortfahren, das Leck ausbessern zu können. Nieten brauchte ich. Drunten an der Küste standen Kisten voll davon. Kisten übereinandergetürmt, zerbrochen und zertrümmert. In dem Garten jener Station an dem Hügelhang stieß man bei jedem zweiten Schritt auf eine lose Niete. Nieten waren bis in den Todeshain gerollt. Man konnte sich die Taschen mit Nieten füllen, wenn man sich nur die Mühe nahm, sich zu bücken – hier aber, wo sie gebraucht wurden, war nicht eine einzige Niete zu finden. Wir hatten brauchbare Platten, aber nichts, um sie zu befestigen. Und jede Woche ging der Bote, ein einzelner Neger, den Postbeutel auf der Schulter und den Stab in der Hand, von der Station zur Küste. Mehrmals in der Woche kam eine Küstenkarawane mit Tauschwaren. Schauerlich gestärkter Kaliko, dass einen schauderte, wenn man ihn nur ansah, Glasperlen, von denen ein paar Hundert auf einen Penny gingen, dazu höllisch bunte baumwollne Taschentücher. Und keine Nieten. Drei Träger hätten alles bringen können, was für die Instandsetzung des Schiffes notwendig war.

Nun wurde der Bursche vertraulich, aber ich glaube, mein hartnäckiges Schweigen muss ihn schließlich aufgebracht haben, denn er hielt es für nötig, mir mitzuteilen, dass er weder Gott noch Teufel fürchtete, geschweige denn einen bloßen Menschen. Ich sagte, dass ich das recht gut sähe, dass aber das, was mir eigentlich fehlte, eine gewisse Anzahl von Nieten wäre – und Nieten wären es auch, die Herr Kurtz hauptsächlich wünschen würde, wenn er davon wüsste. Nun gingen ja wöchentlich Briefe zur Küste ... ›Mein lieber Herr‹, rief er, ›ich schreibe unter Diktat.‹ Ich verlangte Nieten. Da gab es einen Weg – für einen intelligenten Menschen. Er änderte den Ton; wurde ganz kühl und begann plötzlich von Flusspferden zu sprechen. Erkundigte sich auch, ob es mir nicht unheimlich sei, an Bord des Schiffes zu schlafen (ich trennte mich bei Tag und bei Nacht nicht von meiner Bergung). Es gab da ein altes Flusspferd, das die üble Angewohnheit hatte, nachts aufs Ufer zu klettern und die Umgebung der Station abzuwandern. Die Pilger pflegten in geschlossenem

Haufen herauszutreten und alle Gewehre, deren sie habhaft werden konnten, auf das Tier leer zu schießen. Einige waren sogar nächtelang deswegen aufgeblieben. Doch war all dieser Aufwand vergeblich gewesen. ›Das Vieh hat ein Zauberleben‹, sagte er. ›Doch kann man das in diesem Land nur von Tieren sagen. Keines, verstehen Sie mich, keines Mannes Leben hier ist durch Zauber geschützt.‹ Er stand einen Augenblick lang im Mondlicht, die feine Adlernase ein wenig hochgereckt, ein lichtes Flackern in den Glimmeraugen; dann ging er mit einem ›Gute Nacht‹ davon. Ich konnte sehen, dass er aufgeregt und ziemlich bestürzt war. Und das machte mich hoffnungsfroher, als ich mich seit Tagen gefühlt hatte. Es war ein rechter Trost, von dem Kerl weg zu meinem einflussreichen Freund, dem schwergeprüften, verstümmelten Kaffeetopfdampfer zurückzukehren. Ich kletterte an Bord. Das Schiff dröhnte unter meinen Füßen wie eine leere Blechbüchse, die man in der Gosse vor sich her schiebt. Es war nicht sonderlich solid gebaut und noch weniger schön geformt, doch hatte ich genug harte Arbeit darauf verwandt, um es nun zu lieben. Kein noch so einflussreicher Freund hätte mir nützlicher sein können. Das Schiff hatte mir die Möglichkeit gegeben, ein bisschen herauszukommen und zu entdecken, zu was ich eigentlich imstande war. Nein, ich liebe die Arbeit nicht, mir gefällt es viel besser, herumzuliegen und all die schönen Dinge zu überdenken, die getan werden könnten. Ich liebe die Arbeit nicht – kein Mann tut das – aber ich liebe das, was in der Arbeit drinsteckt – die Möglichkeit, sich selbst zu finden. Die eigene Wirklichkeit – für einen selbst, nicht für andere – die kein anderer Mensch jemals erkennen kann. Die anderen können immer nur die bloße Leistung sehen und nie begreifen, was eigentlich dahintersteckt.

Ich war nicht überrascht, jemand auf dem Achterdeck sitzen zu sehen, die Beine über Bord gehängt. Ihr müsst wissen, dass ich mit den wenigen Mechanikern, die sich in der Station befanden, ziemlich Kameradschaft geschlossen hatte, während die anderen Pilger sie natürlich verachteten – auf Grund ihres unfeinen Benehmens, denke ich mir. Dieser war der Vormann – ein gelernter Kesselschmied, ein guter Arbeiter. Er war ein langer, knochiger Mann mit einem gelben Gesicht und großen, eindringlichen Augen. Er sah müde aus, und sein Kopf war kahl wie meine Handfläche; doch schienen sich seine Haare beim Ausfallen an seinem Kinn gesammelt zu haben und in der neuen Umgebung gediehen zu sein, denn sein Bart hing ihm bis zum Gürtel herab. Er war ein Witwer mit sechs jungen Kindern (er hatte sie in der Obhut seiner Schwester gelassen, die ihm hierher nachkommen sollte), und seine ganze Passion waren Brieftauben. Darin war er begeisterter Kenner. Über Tauben konnte er ganz außer sich geraten. Nach den Arbeitsstunden kam er manchmal von seiner Hütte herüber, zu einem Plausch über seine Kinder und seine Tauben. Während der Arbeit, wenn er im Schlamm unter dem Kiel des Dampfers herumzukriechen hatte, pflegte er seinen Bart in einer Art Serviette aufzubinden, die er immer bei sich hatte. Sie hatte Schlingen, die er sich über die Ohren zog. Abends konnte man ihn am Ufer kauern, das Tuch mit größter Sorgfalt im Fluss waschen und dann zum Trocknen feierlich über einen Busch hängen sehen.

Ich klatschte ihm auf den Rücken und brüllte: ›Wir bekommen Nieten!‹ Er sprang auf die Füße und rief: ›Nein, Nieten!‹ als könnte er seinen ›Ohren nicht trauen. Dann fügte er leise hinzu: ›Sie ... Was?‹ – Ich weiß nicht, warum wir uns wie die Narren gebärdeten. Ich hielt den Finger an die Nase und nickte geheimnisvoll. ›Gut gemacht‹, schrie er, schnalzte mit den Fingern über dem Kopf und hob einen Fuß. Ich versuchte einen Solotanz. Wir sprangen auf dem Eisendeck herum. Ein furchtbares Getöse dröhnte aus dem Schiffsrumpf, und der Urwald jenseits des Flussarmes warf es mit Donnerrollen über die schlafende Station zurück. Mehr als einer der Pilger mag davon wohl in seinem Unterschlupf aufgefahren sein. Eine dunkle Gestalt verfinsterte die beleuchtete Türöffnung der Hütte des Direktors, dann verschwand, etwa eine Sekunde später, auch die Türöffnung selbst. Wir hielten inne, und die Stille, die vor unserem Getrampel geflohen war, flutete nun aus dem Landinneren wieder zurück. Die große Pflanzenmauer, die wuchernde, ineinander verstrickte Masse von Stämmen, Zweigen, Blättern, Ästen und Schlingpflanzen, reglos im Mondlicht, wirkte wie eine Springflut stummen Lebens. Eine Woge aus Pflanzen, hochgereckt, schien über das Ufer hereinbrechen, jeden einzelnen von uns aus seinem kümmerlichen Leben fortfegen zu wollen. Und sie rührte sich nicht. Von weit her drang gedämpft ein mächtiges Plätschern und Schnauben zu uns, als nähme ein Ichthyosaurus ein Prunkbad im großen Strom. ›Schließlich‹, sagte der Kesselschmied, wieder vernünftig, ›warum sollten wir die Nieten nicht bekommen?‹ Warum in aller Welt nicht? Mir fiel kein Grund ein, warum es nicht hätte sein dürfen. ›In drei Wochen sind sie da‹, sagte ich zuversichtlich.

Das stimmte aber nicht. Anstatt der Nieten kam ein Einmarsch, eine Heimsuchung, eine Plage. Sie kam in Abständen, während der nächsten drei Wochen, jede Abteilung von einem Esel angeführt, mit einem weißen Mann in neuen Kleidern und braunen Schuhen auf dem Rücken, der von seiner Höhe herunter nach links und rechts die ehrfurchtsvollen Pilger grüßte. Eine Schar mürrischer, fußwunder Neger trottete hinter dem Esel drein. Eine Unmenge von Zelten, Feldstühlen, Blechbüchsen, weißen Kisten, braunen Ballen wurden auf einem Hof niedergesetzt, und die geheimnisvolle Atmosphäre, die über der Station lagerte, vertiefte sich. Fünf solcher Unternehmungen erschienen, und jede von ihnen erweckte den Eindruck, als wäre sie mit der Beute aus zahllosen Ausrüstungshäusern auf ungeordneter Flucht, um dann in tiefster Wildnis die Teilung vorzunehmen. Es war ein unentwirrbares Sammelsurium von Dingen, die an sich gut waren, durch die menschliche Torheit aber wie Diebsbeute wirkten.

Die fromme Schar nannte sich die Eldorado-Forschungs-Expedition, und ich nehme an, dass sie sich eidlich zur Geheimhaltung ihrer Ziele verpflichtet hatte. Ihre Reden allerdings waren die Reden unflätiger Freibeuter: rücksichtslos, ohne tapfer, gierig, ohne kühn und grausam, ohne mutig zu sein. Kein kleinstes bisschen Voraussicht oder ernsthaftes Wollen fand sich in der Bande. Und sie schienen auch nicht zu wissen, dass diese Eigenschaften für die Arbeit in dieser Welt erforderlich sind. Schätze dem Land abzupressen, war ihr Begehren, mit dem gleichen sittlichen Rückhalt wie ihn Räuber haben mögen, die ein Banksafe aufbrechen. Wer die Kosten des hochherzigen Unternehmens bestritt, weiß ich nicht; aber der Onkel unseres Direktors war der Anführer.

Äußerlich sah er wie ein Vorstadtmetzger aus, und der Blick seiner Augen zeigte eine schläfrige Heimtücke. Er trug seinen fetten Bauch aufdringlich auf kurzen Beinen und sprach während der ganzen Zeit, in der seine Horde die Station verpestete, zu niemand als zu seinem Neffen. Man konnte die beiden den ganzen Tag herumwandern und in endlosem Geplauder die Köpfe zusammenstecken sehen. Ich hatte es aufgegeben, mich wegen der Nieten zu ärgern. Die Fähigkeit eines Menschen zu dieser Art Verrücktheit ist beschränkter, als man glauben möchte. Ich sagte ›Pest!‹ und ließ die Dinge laufen. Mir blieb Zeit genug zum Nachdenken, und dann und wann pflegte ich Kurtz einen Gedanken zu widmen. Er interessierte mich nicht besonders, nein. Doch ich war immerhin etwas neugierig, ob der Mann, der mit irgendwelchen sittlichen Ideen hier heraus gegangen war, schließlich auf die Höhe gelangt, und wie er sich zu seinem Amt stellen würde, wenn er es erst einmal erreicht hatte.

II

Eines Abends, als ich flach auf dem Deck meines Dampfbootes lag, hörte ich Stimmen sich nähern; Neffe und Onkel schlenderten am Ufer entlang. Ich legte meinen Kopf wieder auf den Arm und war eben am Einschlummern, als jemand, mir beinahe ins Ohr, die Worte sprach: ›Ich bin harmlos wie ein kleines Kind, aber ich lasse mich nicht gerne herumkommandieren. Bin ich der Direktor, oder bin ich es nicht? Mir wurde befohlen, ihn dort hinzusenden. Es ist unglaublich ...‹ Ich bemerkte, dass die beiden am Ufer längsseits des Dampferbugs standen, gerade unter meinem Kopf. Ich rührte mich nicht; es fiel mir nicht ein, mich zu rühren: ich war schläfrig. ›Es ist unerfreulich‹, grunzte der Onkel. ›Er hatte die Verwaltung gebeten, dorthin gesandt zu werden‹, sagte der andere, ›in der Absicht, zu zeigen, was er konnte; und ich bekam die entsprechenden Weisungen. Es ist unglaublich, welchen Einfluss der Mensch haben muss. Ist es nicht schrecklich?‹ Sie beide stimmten darin überein, dass es schrecklich sei, und machten dann verschiedene eigenartige Bemerkungen: ›Regen und Sonne machen – ein Mann – den Aufsichtsrat – an der Nase ...‹ – Bruchstücke lächerlicher Aussprüche, die schließlich meine Schläfrigkeit verscheuchten, sodass ich beinahe schon im Vollbesitz meiner Geisteskraft war, als der Onkel sagte: ›Das Klima wird dir vielleicht diese Schwierigkeit aus dem Weg räumen. Ist er allein dort oben?‹ – ›Ja‹, antwortete der Direktor. ›Er schickte seinen Assistenten den Fluss hinab mit einem Brief an mich, der etwa so gehalten war: ›Bringen Sie den armen Teufel aus dem Land hinaus und ersparen Sie sich die Mühe, mir noch jemand dieses Schlages zu senden. Ich bin lieber allein, als dass ich die Leute bei mir hätte, wie Sie sie zu vergeben haben.‹ Das ist mehr als ein Jahr her. Kannst du dir eine ärgere Unverschämtheit vorstellen?‹ – ›Seither nichts mehr?‹ fragte der andere heiser. ›Elfenbein‹, bellte der Neffe, ›ganze Mengen – erstklassig – Haufen – sehr peinlich.‹ – ›Was ist dabei?‹ forschte die knurrige Stimme. ›Begleitschein‹, schallte heftig die Antwort. Dann Schweigen. Sie hatten über Kurtz gesprochen. Sodann war ich schon ganz wach. Da ich aber sehr bequem lag, verhielt ich mich ruhig, denn ich sah keinen Anlass, meine Stellung zu verändern. ›Wie kam denn das

Elfenbein den ganzen Weg herunter?‹ murrte der alte Mann, der recht verärgert schien. Der andere erklärte, dass es mit einer Kanuflotte unter dem Befehl eines englischen Mischlings heruntergekommen sei, den Kurtz bei sich gehabt hatte; dass Kurtz augenscheinlich die Absicht gehabt habe, selbst zurückzukehren, da seine Station eben ohne Waren und Vorräte gewesen sei, dass er sich aber nach dreihundert Meilen plötzlich entschlossen habe, zurückzugehen; das habe er dann auch durchgeführt, sei in einem kleinen Einbaum mit vier Ruderern stromaufwärts gefahren und habe es dem Mischling überlassen, die Reise stromabwärts mit dem Elfenbein fortzusetzen. Die beiden Burschen dort unten schienen verblüfft, dass irgend jemand so etwas gewagt haben sollte. Sie waren in Verlegenheit, einen Beweggrund dafür zu finden. Mir aber schien es, als sähe ich Kurtz zum ersten Male. Es war ein deutliches Bild: der Einbaum, vier paddelnde Wilde – der einsame weiße Mann, der plötzlich dem Hauptquartier den Rücken kehrte und damit auch der Ablösung und allen Gedanken an die Heimat – vielleicht; das Gesicht den Tiefen der Wildnis zugekehrt, seiner leeren und trostlosen Station. Ich kannte den Beweggrund nicht. Vielleicht war er einfach nur ein schneidiger Mann, der um seiner selbst willen an seiner Arbeit hing. Sein Name, müsst ihr übrigens wissen, war kein einziges Mal ausgesprochen worden. Er war ›der Mann‹. Der Mischling, der, soviel ich sehen konnte, eine schwierige Reise mit großer Vorsicht und Entschlossenheit durchgeführt hatte, wurde beständig unter der Bezeichnung ›der Schuft‹ erwähnt. ›Der Schuft‹ hatte gemeldet, dass ›der Mann‹ recht krank sei – sich ungenügend erholt hatte ... Die beiden unter mir gingen ein paar Schritte weiter und schlenderten in kleinem Abstand auf und ab. Ich hörte: ›Militärposten – Doktor – zweihundert Meilen – jetzt ganz allein – unvermeidliche Verzögerung – neun Monate – keine Nachrichten – merkwürdige Gerüchte.‹ Sie näherten sich wieder, gerade als der Direktor sagte: ›Niemand, soviel ich weiß. Nur eine Art von herumziehendem Händler – ein ekelhafter Kerl, der den Eingeborenen Elfenbein herauslockt.‹ Von wem sprachen sie jetzt? Aus Bruchstücken entnahm ich, es müsse ein Mann sein, von dem es hieß, dass er sich im Distrikt aufhalte, und mit dem der Direktor nicht einverstanden war. ›Wir werden die unsaubere Konkurrenz nicht los sein, bis nicht einer der Burschen zum warnenden Beispiel gehängt ist‹, sagte er. ›Gewiss‹, knurrte der andere. ›Lass ihn hängen! Warum nicht? Alles – alles kann man in diesem Land tun. Das sage ich ja; niemand hier, du verstehst, hier, kann deiner Stellung gefährlich werden. Und warum? Du hältst das Klima aus, du überdauerst sie alle. Die Gefahr ist in Europa; aber dort habe ich vor meiner Abreise Vorkehrungen getroffen ...‹ Sie gingen von mir weg und flüsterten, dann wurden die Stimmen wieder laut. ›Die ungewöhnliche Reihe von Verzögerungen ist nicht meine Schuld. Ich tat mein möglichstes.‹ Der Dicke seufzte: ›Sehr betrübliche.‹ – ›Und sein gottverlassenes dummes Geschwätze‹, fuhr der andere fort. ›Er hat mich genug damit geärgert, als er hier war. Jede Station sollte ein Leuchtturm auf dem Weg zu einer besseren Zukunft sein. Ein Mittelpunkt für den Handel, natürlich aber auch aller Bestrebungen, die auf Belehrung, Verbesserung, Verbrüderung abzielen.‹ Begreifst du – der Esel! Und der möchte Direktor sein! Nein, es ist ... ›Hier schien ihn das Übermaß an Entrüstung zu ersticken, und ich hob meinen Kopf ein wenig. Ich war überrascht, zu sehen, wie nahe sie waren – gerade unter mir. Ich hätte ihnen auf die Hüte spucken können. Sie sahen gedankenvoll vor sich auf den Boden. Der Direktor klatschte sich mit einer dünnen Rute ans Bein. Sein weltkluger Verwandter hob den Kopf. ›Du hast dich die ganze Zeit, seit du zum letzten Male hierherkamst, wohl gefühlt?‹ fragte er. Der andere fuhr auf. ›Wer? Ich? Oh! wundervoll – ganz wundervoll. Aber die andern – du mein Gott! Alle krank!‹ – ›Hm, ja, ja‹, grunzte der Onkel. ›Oh, mein Junge, verlass dich darauf – ich sage dir, verlass dich darauf!‹ Ich sah ihn seine kurze Flosse von Arm in einer Gebärde ausstrecken, die den Wald, den Flussarm, den Schlamm und den Strom umfasste und angesichts des sonnenüberglänzten Landes verräterisch das Böse, den Tod herbeizuwinken schien, der tief im Innern lauerte. Der Eindruck war so zwingend, dass ich auf meine Füße sprang und zur Waldkante zurücksah, als hätte ich erwartet, dass von dorther irgendeine Antwort auf das geheime Zeichen erfolgen würde. Ihr wisst ja, was für närrische Gedanken einem mitunter plagen. Das große Schweigen zeigte sich geduldig mit den beiden Gestalten und wartete wohl, dass der gespenstische Einfall sein Ende finden möge.

Die beiden fluchten laut – aus blanker Furcht, glaube ich –, gingen dann auf die Station zu und gaben vor, meine Anwesenheit nicht bemerkt zu haben. Die Sonne stand niedrig; und wie sie so nebeneinander vorgebeugt hinschritten, schienen sie mühsam ihre beiden lächerlichen Schatten von ungleicher Länge, die langsam hinter ihnen über das hohe Gras glitten, ohne einen Halm zu beugen, den Hügel hinaufzuschleppen.

Wenige Tage darauf ging die Eldorado-Expedition in die geduldige Wildnis, die sich darüber schloss, wie die See über einem Taucher. Lange nachher kam die Nachricht, dass alle Esel tot waren. Über das Schicksal der weniger wertvollen Tiere weiß ich nichts. Sie alle haben wohl, wie wir anderen auch, das Schicksal gefunden, das sie verdienten. Ich forschte nicht nach. Ich war gerade damals ziemlich erregt über die Aussicht, Kurtz bald zu begegnen. Wenn ich bald sage, so meine ich das verhältnismäßig. Es waren genau zwei Monate seit dem Tage vergangen, an dem wir den Flussarm verlassen hatten, als wir am Ufer unterhalb der Station von Kurtz anlegten.

Die Reise den Strom hinauf war wie eine zu den frühesten Anfängen der Welt, als der Pflanzenwuchs noch auf der Erde wucherte und die großen Bäume Könige waren. Ein leerer Strom, ein großes Schweigen, ein undurchdringlicher Wald. Die Luft war warm, dick, schwer und drückend. Der Glanz des Sonnenscheins brachte keine Freude. Das Fahrwasser erstreckte sich weithin, in überschattete Ferne. Auf silbrigen Sandbänken sonnten sich Flusspferde und Alligatoren nebeneinander, an breiteren Stellen strömten die Wasser zwischen unzähligen bewaldeten Inseln dahin; man verlor auf dem Strom seinen Weg, wie man es in einer Wüste tun kann, plagte sich den ganzen Tag lang mit Untiefen herum, versuchte, das Fahrwasser zu finden und hielt sich schließlich für behext und für immer von allem, was man je gekannt, abgeschnitten, weit weg, vielleicht in ein anderes Land versetzt. Es gab Augenblicke, da einem die Vergangenheit vor Augen stand, wie es manchmal geschieht, wenn man gerade keinen Augenblick Zeit für sich selbst übrig hat; doch die Vergangenheit kam in der Gestalt eines unruhigen, lauten Traumes und weckte Verwunderung, im Vergleich zu der überwältigenden Wirklichkeit dieser fremden Welt aus Pflanzen, Wasser und Schweigen. Die Stille dieses Lebens hatte mit Frieden nicht das Geringste zu tun. Es war die Ruhe einer unversöhnlichen Kraft, die über unerforschlichen Ratschlüssen brütete. Sie blickte einem rachedurstig entgegen. Später gewöhnte ich mich daran; ich sah es nicht mehr; hatte keine Zeit dazu. Ich musste auf das Fahrwasser achten; ich musste meist rein gefühlsmäßig die Anzeichen verborgener Untiefen herausfinden; ich schaute nach versunkenen Felsen aus; ich lernte schnell die Zähne zusammenbeißen, bevor mir das Herz dazwischen herausflog, wenn ich um eines Haares Breite an irgendeinem heimtückischen, alten Baumstamm vorbeifuhr, der meinem Kaffeetopf von Dampfer die Seele aus dem Leib gerissen und alle Pilger ersäuft hätte; ich musste nach totem Holz Ausschau halten, das wir während der Nacht schneiden konnten, um am nächsten Tag den Kessel damit zu heizen. Wenn man auf Dinge dieser Art zu achten hat, auf die Zufälle der Oberfläche, dann verliert die Wirklichkeit – die Wirklichkeit, sage ich euch – an Kraft. Die innere Wahrheit ist verborgen – zum guten Glück. Doch ich empfand sie trotzdem; ich fühlte oft, wie das geheimnisvolle Schweigen mich bei meinen Affenkünsten beobachtete, genauso wie es auch euch Burschen beobachtet bei eurem jeweiligen Seiltanzen um – na, um was; um einen Silberling für einen Purzelbaum ...«

»Versuche, höflich zu bleiben, Marlow«, brummte eine Stimme, und ich wusste, dass außer mir selbst noch mindestens ein Zuhörer wach war.

»Verzeihung! Ich habe den Kummer vergessen, der den Rest des Preises ausmacht. Und was macht schließlich der Preis überhaupt aus, wenn das Kunststück gut gelungen ist; Ihr macht eure Kunststücke gut, und auch ich tat es nicht schlecht, da ich es fertigbrachte, das Dampfboot auf meiner ersten Reise nicht gleich zu versenken. Das scheint mir heute noch ein Wunder. Stellt euch vor, dass ein Mann mit verbundenen Augen einen Frachtwagen über eine schlechte Straße zu führen hätte. Ich schwitzte und zitterte genug über der Aufgabe, kann ich euch versichern. Schließlich ist es ja für einen Seemann die unverzeihlichste Sünde, gerade dem Ding, das unter seiner Obhut ständig schwimmen sollte, den Boden aufzureißen. Niemand mag es wahrhaben, aber man vergisst den dumpfen Stoß niemals, – wie? Ein Schlag aufs Herz. Man erinnert sich daran, träumt davon, erwacht in der Nacht und denkt daran noch Jahre nachher, und es überläuft einen heiß und kalt. Ich will nicht behaupten, dass der Dampfer die ganze Zeit schwamm. Mehr als einmal musste er ein Stück weit auf dem Bauch rutschen, während ringsum zwanzig Kannibalen im Wasser plätscherten und schoben. Wir hatten unterwegs einige dieser Kerle als Besatzung angemustert. Feine Burschen – Kannibalen – in ihrer Art. Es waren Männer, mit denen man arbeiten konnte, und ich denke mit Dankbarkeit an sie. Und schließlich fraßen sie einander ja nicht vor meinen Augen auf. Sie hatten einen Vorrat von Nilpferdfleisch mitgebracht, das faulig wurde und mir das Geheimnis der Wildnis in die Nase wehte. Puh! Ich kann es jetzt noch wittern. Ich hatte den Direktor an Bord und drei oder vier Pilger mit ihren Stäben – ganz vollzählig. Mitunter kamen wir zu einer Station hart am Ufer, am Schürzenzipfel des Unbekannten; die Weißen stürzten aus ihren verfallenen Hütten heraus mit großen Gebärden von Freude, Überraschung und Willkomm und wirkten sonderbar – als würden sie dort durch einen Zauber gefangengehalten. Das Wort Elfenbein zitterte eine Weile durch die Luft – dann fuhren wir weiter, in das große Schweigen hinein, öden Ufern entlang, um stille Biegungen herum, zwischen den hohen Mauern zu beiden Seiten, von denen die schweren Schläge des Heckrades hohl widerhallten. Bäume, Bäume, Millionen von Bäumen, massig, ungeheuer, himmelanstrebend; und zu ihren Füßen, hart am Ufer, kroch das kleine rußige Dampfboot stromaufwärts, wie ein träger Käfer auf dem Fußboden einer hohen Halle. Man fühlte sich ganz allein, ganz verloren, und doch war das Gefühl auch nicht nur niederdrückend. Schließlich, wenn man auch klein war, so kroch der rußige Käfer doch vorwärts – und das war genau das, was man von ihm wollte. Wohin er nach Meinung der Pilger kroch, weiß ich nicht. Wohl an irgendeinen Ort, wo sie etwas zu erfahren hofften, wette ich. Für mich kroch er auf Kurtz zu – ausschließlich. Als aber die Dampfrohre zu lecken begannen, krochen wir nur sehr langsam weiter. Die Stromstrecken taten sich vor uns auf und schlossen sich hinter uns, als wäre der Urwald lautlos ins Wasser getreten, um uns den Weg zu versperren. Tiefer und tiefer drangen wir in das Herz der Finsternis ein. Es war sehr still dort. Nachts lief mitunter das Dröhnen der Trommeln hinter dem Vorhang der Bäume den Fluss herauf und verharrte bis Tagesanbruch, als würde es in der Luft über unseren Köpfen schweben. Ob es Krieg meinte, Frieden oder Gebet, konnten wir nicht sagen. Das Morgengrauen kündigte sich durch den Einfall einer feuchten Kühle an. Die Holzfäller schliefen an ihren niedergebrannten Feuern. Ein schnellender Zweig ließ einen auffahren. Wir waren Wanderer auf einer vorgeschichtlichen Erde, auf einer Erde, die das Aussehen eines unbekannten Planeten hatte. Wir hätten uns als die ersten Menschen fühlen können, die von einem verfluchten Erbe Besitz ergriffen; von einem Etwas, das nur um den Preis von Todesangst und unerbittlicher Arbeit zu erringen war. Plötzlich aber, wenn wir um eine Biegung herumfuhren, konnte sich auch ein kurzer Blick auf Binsenwände bieten, auf spitze Glasdächer; dazu ein Aufheulen, ein Gewimmel schwarzer Glieder, viele Hände, die klatschten, Füße, die stampften, wirbelnde Körper, rollende Augen, unter dem schweren reglosen Blätterdach. Der Dampfer arbeitete sich langsam an diesem dunklen, unverständlichen Gefühlsausbruch vorbei. Der vorgeschichtliche Mann verfluchte uns, betete uns an, hieß uns willkommen – wer mochte es sagen? Wir waren vom Verständnis unserer Umgebung abgeschnitten; wir glitten dahin wie Gespenster, erstaunt und heimlich entsetzt, wie es gesunde Menschen wohl vor einem Ausbruch der Begeisterung in einem Irrenhaus sind. Wir konnten nichts verstehen, weil wir zu weit weg waren, und konnten uns nicht erinnern, weil wir durch die Nacht der ersten Zeitalter dahinfuhren, der Zeitalter, die dahingegangen sind, kaum ein Merkmal hinterlassen haben – und keine Erinnerung.

Die Erde wirkte unirdisch. Wir mögen es gewohnt sein, die hingestreckte Gestalt eines besiegten Untiers zu betrachten – hier aber sah man einem Ding ins Auge, das ungeheuerlich und frei war. Es war unirdisch, und die Menschen waren ... Nein, sie waren nicht unmenschlich. Und seht ihr, das war das Schlimmste – dieser Verdacht, dass sie eben nicht unmenschlich waren. Es überkam einen ganz langsam. Sie heulten und sprangen und drehten sich und schnitten furchtbare Gesichter; was einen aber peinigte, war der Gedanke an ihre Menschlichkeit, gleich der eigenen, der Gedanke, dass man mit diesem wilden und verzweifelten Aufruhr entfernt verwandt war. Fürchterlich. Ja, es war fürchterlich zur Genüge; wenn man sich aber Manns genug fühlte, dann gestand man sich ein, dass in einem selbst der Schimmer einer Antwort auf die furchtbare Offenheit des Getöses lebte; eine dunkle Ahnung, dass ein Sinn sich dahinter berge, der einem selbst, so himmelfern man der Nacht der ersten Zeiten auch war, verständlich sein könnte. Und warum nicht; Der Menschengeist ist zu allem fähig, weil er alles umfasst, die Vergangenheit ebenso wie die Zukunft. Was war schließlich das vor uns; Freude, Angst, Kummer, Ergebenheit, Tapferkeit, Wut – wer kann es sagen; – aber Wahrheit, Wahrheit, des Zeitgewandes entkleidet. Lasst den Narren zittern und zagen – der ganze Mann weiß um die Dinge und vermag ihnen fest ins Auge zu sehen. Nur muss er zumindest so sehr Mann sein, wie jene dort am Ufer. Er muss der Wahrheit mit seiner eigenen, inneren Wahrheit begegnen, mit seiner eigenen, angeborenen Stärke. Grundsätze? Grundsätze genügen nicht. Die sind äußerlich angehängt wie Kleider – bunte Fetzen, die beim ersten Zupacken davonfliegen. Nein – man braucht einen ehrlichen Glauben. Höre ich einen Anruf aus dem feindseligen Getöse, ja? Nun gut; ich höre; zugegeben; doch auch ich habe eine Stimme und, ob gut oder böse – mein ist die Sprache, die nicht zu übertönen ist. Natürlich ist ein Dummkopf immer geschützt, sei es durch blanke Furcht oder durch schöne Gefühle. Wer knurrt dort? Ihr wundert euch, dass ich nicht an Land ging, um mitzuheulen und zu tanzen? Na also – ich tat es nicht. Schöne Gefühle, sagt ihr? Zum Teufel mit allen schönen Gefühlen. Ich hatte keine Zeit. Ich musste mit Bleiweiß und Streifen, die ich von einer Wolldecke gerissen hatte, herumarbeiten und versuchen, die lecken Dampfrohre zu dichten. Ich musste das Laden überwachen, den schwimmenden Baumstämmen ausweichen und den Kaffeetopf wohl oder übel in Schwung erhalten. Darin lag Scheinwahrheit genug, um auch einen weiseren Mann als mich retten zu können. Und zwischendurch hatte ich auch nach dem Wilden zu sehen, der als Heizer diente. Er war ein bewährter Vertreter seines Berufs; er konnte einen senkrechten Kessel heizen. Er arbeitete dort unter mir, und – auf mein Wort! – ihm zuzusehen war ebenso erbaulich, als ob man einen Hund betrachtete, der, in Hosen und Federhut gekleidet, auf den Hinterbeinen spazierenginge. Wenige Monate Abrichtung hatten bei dem wirklich feinen Kerl genügt. Er schielte nach dem Dampf- und Wassermesser, in augenscheinlicher Anstrengung, unbefangen zu erscheinen, und dabei hatte er noch spitzgefeilte Zähne, der arme Teufel, hatte die Wolle auf seinem Kopf in absonderlichem Muster geschoren und drei Ziernarben auf jeder Wange. Von Rechts wegen hätte er auf dem Ufer oben in die Hände klatschen und mit den Füßen stampfen sollen. Statt dessen war er hart an der Arbeit, ein Sklave fremden Zauberwerks und voll höheren Wissens. Er war nützlich, weil er unterrichtet worden war. Und was er wusste, war, dass, wenn das Wasser in dem durchsichtigen Ding verschwinden sollte, der böse Geist drinnen im Kessel infolge der Größe seines Durstes zornig werden und furchtbare Rache nehmen würde. So schwitzte er und heizte und beobachtete dabei ängstlich das Glas; er trug ein aus Fetzen schnell zurechtgemachtes Zauberamulett um den Arm gebunden und hatte sich ein poliertes Knochenstück, so groß wie eine Taschenuhr, flach durch die Unterlippe gezogen. Unterdessen glitten die waldigen Ufer langsam an uns vorbei, der kurze Lärm blieb zurück, die endlosen Meilen des Schweigens – und wir krochen weiter, auf Kurtz zu. Aber die Baumstämme waren dick, das Wasser war heimtückisch und seicht, der Kessel schien tatsächlich einen vertrotzten Teufel im Leib zu haben, und so hatten weder der Feuermann noch ich Zeit, unseren trüben Gedanken nachzuhängen.

Etwa fünfzig Meilen vor der Innenstation kamen wir zu einer Schilfhütte, an einen traurigen, schiefen Pfahl, an dem die unkenntlichen Überreste irgendeiner ehemaligen Flagge flatterten, und an einen sauber geschichteten Holzstoß. Das war unerwartet. Wir gingen an Land und fanden auf dem Haufen Feuerholz ein Stück Brett mit verwaschenen Schriftzügen in Bleistift, die, als wir sie entziffert hatten, den Sinn ergaben: ›Holz für euch, kommt schleunigst, nähert euch vorsichtig!‹ Es stand eine Unterschrift darunter, die aber unleserlich war – nicht Kurtz – ein viel längeres Wort. ›Kommt schleunigst.‹ Wohin; Stromaufwärts; ›Nähert euch vorsichtig!‹ Das hatten wir nicht getan. Aber die Warnung konnte sich ja nicht auf den Ort beziehen, wo sie notwendig erst nach der Annäherung zu finden war. Dort oben war irgendetwas nicht in Ordnung. Wir äußerten uns abfällig über die Torheit dieses Telegrammstils. Der Wald ringsherum sagte nichts und gewährte uns auch keinen weiteren Ausblick. Ein zerfetzter Vorhang aus rotem Köper hing im Eingang der Hütte und wehte uns trübselig entgegen. Die Wohnung war verfallen, doch konnten wir sehen, dass bis vor nicht allzulanger Zeit ein weißer Mann darin gehaust haben musste. Ein roher Tisch – ein Brett über zwei Pfählen – war noch da. Ein Haufen Gerümpel lag in einem dunklen Winkel, und an der Tür hob ich ein Buch auf. Es hatte den Einband verloren, und die Seiten waren vom vielen Umblättern ganz weich und unerhört schmutzig geworden; doch der Rücken war liebevoll mit weißem Baumwollfaden, der noch ganz neu aussah, geheftet. Es war ein außergewöhnlicher Fund. Der Titel lautete: ›Eine Untersuchung über einige nautische Tatsachen‹, von einem Mann namens Tower, Towson, Obersteuermann S. M. Kriegsmarine. Das Zeug schien kein allzu anregender Lesestoff, mit den erklärenden Skizzen und abschreckenden Bildtafeln; die Ausgabe war sechzig Jahre alt. Ich befingerte diese erstaunliche Antiquität mit größtmöglicher Zartheit, damit es mir nicht unter den Händen zerfiele. Im Inhalt stellte Towson, Towser, ernsthafte Untersuchungen über die Zerreißfestigkeit von Schiffstauen und -ketten und verwandte Fragen an. Kein sehr fesselndes Buch. Doch schon beim ersten Blick konnte man eine besondere Absicht darin erkennen, den ehrlichen Willen, die rechte Weise für eine bestimmte Arbeit zu finden, der die anspruchslosen Seiten, die vor so viel Jahren ersonnen waren, noch mit einem anderen als dem rein beruflichen Licht überstrahlte. Mit seinem Gerede von Ketten und Taljen machte mich der schlichte alte Seemann das Dschungel und die Pilger vergessen, in dem köstlichen Gefühl, endlich einmal an eine unbestreitbare Wirklichkeit geraten zu sein. Es war wunderbar genug, dass ein solches Buch sich hier fand; noch verwunderlicher aber waren die Randbemerkungen, die mit Bleistift hineingeschrieben waren und sich ganz offensichtlich auf den Text bezogen. Ich wollte meinen Augen nicht trauen. Sie waren in Geheimschrift. Ja, es sah wie Geheimschrift aus. Stellt euch doch einen Mann vor, der ein

Buch dieser Art in dieses Nirgendland mitnimmt und es studiert, Randbemerkungen macht, in Geheimschrift noch dazu! Es war ein ganz außergewöhnliches Geheimnis.

Seit geraumer Zeit schon war ich mir eines lästigen Lärms bewusst gewesen, und als ich nun um mich sah, bemerkte ich, dass der Holzstoß verschwunden war und der Direktor, von allen Pilgern unterstützt, vom Ufer aus mir winkte und schrie. Ich ließ das Buch in die Tasche gleiten, und ich versichere euch, als ich zu lesen aufhören musste, war es mir, als müsste ich mich von einem alten und bewährten Freund trennen.

Ich setzte die lahme Maschine wieder vorwärts in Gang. ›Es muss der elende Händler sein, der Eindringling‹, rief der Direktor und sah böse nach dem Platz zurück, den wir soeben verlassen hatten. ›Er muss Engländer sein‹, sagte ich. – ›Dass wird ihn nicht vor Unannehmlichkeiten schützen, wenn er sich nicht in acht nimmt‹, murmelte der Direktor dumpf. Ich äußerte mit gespielter Unschuld, dass kein Mensch in dieser Welt vor Unannehmlichkeiten sicher sei.

Die Strömung war hier stärker, der Dampfer schien am Ende seiner Kräfte, das Heckrad plätscherte träge, und ich ertappte mich dabei, wie ich erwartungsvoll auf den nächsten Schlag lauschte, denn in Wahrheit war ich darauf gefasst, das arme Ding jeden Augenblick stillstehen zu sehen. Es war, als hätte ich die letzten Lebenszeichen zu überwachen gehabt. Doch immer noch krochen wir vorwärts. Manchmal fasste ich ein Stück weit voraus einen Baum ins Auge, um unsere Fahrt daran messen zu können, verlor ihn aber unweigerlich aus den Augen, bevor wir hinkamen. Es war zuviel für menschliche Geduld, den Blick so lange auf einen Fleck gerichtet zu halten. Der Direktor zeigte eine wundervolle Ergebung. Ich arbeitete herum, plagte mich ab und grübelte dabei fortwährend darüber nach, ob ich offen mit Kurtz reden sollte oder nicht; bevor ich aber noch zu einem Entschluss gekommen war, drängte sich mir die Erkenntnis auf, dass mein Reden wie mein Schweigen, sowie tatsächlich jede meiner Handlungen zur Wirkungslosigkeit verdammt schienen. Was machte es aus, was einer wusste oder nicht wusste? Was machte es aus, wer Direktor war? Man hat mitunter solche blitzartige Erkenntnis. Das Wesentliche dieser Geschichte lag tief unter der Oberfläche, meinem Zugriff entrückt, wie auch jeder Möglichkeit einer Einmischung.

Am Abend des nächsten Tages glaubten wir noch etwa acht Meilen von Kurtz' Station weg zu sein. Ich wollte weiterfahren; aber der Direktor machte ein ernstes Gesicht und sagte mir, die Schifffahrt dort oben sei so gefährlich, dass es ratsam scheine, weil die Sonne schon recht tief stehe, da, wo wir eben waren, den nächsten Morgen abzuwarten. Er hob auch hervor, dass wir uns, wenn wir die Warnung, uns vorsichtig zu nähern, ernst nehmen wollten, bei Tage nähern müssten, nicht in der Dämmerung oder im Dunkeln. Das klang vernünftig genug. Acht Meilen bedeuteten für uns fast drei Stunden Fahrt, und überdies konnte ich am Ende der Stromstrecke verdächtige Kabbelwellen sehen. Trotzdem ärgerte mich der Aufschub über alle Maßen und auch ganz unsinnig, da ja nach so viel Monaten eine Nacht mehr nicht viel ausmachen konnte. Da wir Holz zur Genüge hatten und Vorsicht geboten war, ließ ich das Schiff mitten im Strom vor Anker gehen. Das Fahrwasser war eng und gerade, mit Seitenwänden wie ein Eisenbahneinschnitt. Das Dämmern glitt herein, bevor noch die Sonne untergegangen war. Der Strom rann glatt und schnell, die Ufer lagen in dumpfer Reglosigkeit. Die lebenden Bäume, die die Schlingpflanzen untereinander verknüpften, jeder lebende Busch des Unterwuchses, alles hätte in Stein verwandelt sein können, bis zum dünnsten Zweig, zum kleinsten Blättchen hinunter. Es war nicht Schlaf – es wirkte unnatürlich, wie in einem Traum. Kein noch so leiser Laut war zu hören, man starrte verwundert vor sich hin und begann zu fürchten, man sei plötzlich taub geworden – dann fiel unvermittelt die Nacht ein und machte einen überdies noch blind. Gegen drei Uhr morgens sprang ein großer Fisch hoch, und das laute Aufklatschen ließ mich auffahren, als wäre ein Geschütz abgefeuert worden. Als die Sonne aufging, herrschte ein weißer Nebel, ganz warm und klebrig, bei dem noch weniger zu sehen war als während der Nacht. Er wallte nicht, trieb auch nicht, war nur einfach da und stand rings um einen, wie eine feste Mauer. Gegen acht oder neun Uhr etwa ging er in die Höhe, wie ein Vorhang sich öffnet. Wir konnten einen kurzen Blick auf die turmhohen Bäume tun, auf den ungeheuren, zusammengeballten Dschungel, auf die weißglühende, kleine Sonnenkugel, die darüber aufgegangen war – alles reglos still –, dann senkte sich der weiße Vorhang wieder nieder, als glitte er in geölten Schienen. Ich ordnete an, dass die Kette, die wir anzuhieven begonnen hatten, wieder nachgelassen würde. Bevor sie noch aufgehört hatte, mit gedämpftem Rasseln auszulaufen, kam ein Schrei, ein überlauter Schrei, wie von unendlicher Trostlosigkeit, durch die opalfarbene Luft. Er brach ab. Dann klang uns ein Wehklagen, rau abgestimmt, in die Ohren. Das war so unerwartet, dass sich mir vor lauter Überraschung die Haare unter der Mütze sträubten. Ich weiß nicht, wie es die anderen empfanden: mir schien es, als hätte der Nebel selbst aufgeschrien, so plötzlich und anscheinend von allen Seiten war der wüste Trauerlärm erschollen. Er gipfelte in einem überstürzten, fast unerträglichen Kreischen, das plötzlich abbrach und uns starr in allerlei törichten Stellungen zurückließ, hartnäckig weiter dem fast ebenso bedrückenden, übermäßigen Schweigen lauschend. ›Großer Gott! Was soll das?‹ stammelte dicht neben mir einer der Pilger, ein kleiner, fetter Mann mit sandfarbenem Haar und rotem Backenbart, der Schuhe mit Gummizügen trug, dazu einen roten Pyjama, der in die Socken hineingeschoben war. Zwei andere blieben eine volle Minute lang mit offenem Mund stehen, stürzten dann in die kleine Kabine, kamen augenblicklich wieder heraus und sahen erschreckt umher, schussfertige Winchester in der Hand. Wir konnten aber nicht mehr sehen als den Dampfer, auf dem wir waren, und dessen Umrisse verschwanden, als wollte er sich in nichts auflösen, dazu ringsum einen nebligen Wasserstreifen, vielleicht zwei Fuß breit. Der Rest der Welt war nirgends, soweit unsere Augen und Ohren in Betracht kamen. Einfach nirgends, dahin, verschwunden; verweht, ohne ein Flüstern oder einen Schatten hinter sich zu lassen. Ich ging nach vorn und befahl, die Kette kurz zu hieven, damit wir im Notfall sofort ankerauf gehen und das Boot in Fahrt setzen könnten. ›Werden sie angreifen?‹ flüsterte eine erschreckte Stimme. ›Wir werden im Nebel alle abgeschlachtet werden‹, murmelte ein anderer. Es war sehr seltsam, den Gegensatz im Ausdruck der Weißen und der schwarzen Besatzung zu sehen, welch letztere in diesem Teil des Stromes ebenso fremd war wie wir, wenn ihre Heimat auch nur achthundert Meilen weit weg lag. Die Weißen, natürlich ziemlich fassungslos, hatten überdies noch das merkwürdige Aussehen, als wären sie über den unziemlichen Lärm entrüstet. Die anderen zeigten einen klugen, unbefangen interessierten Ausdruck, doch in der Hauptsache waren ihre Gesichter ruhig, sogar die der beiden, die grinsend an der Kette zogen. Einige wechselten kurze, grunzende Sätze, die die Sache zu ihrer Zufriedenheit zu erledigen schienen. Ihr Häuptling, ein junger Schwarzer mit breiter Brust, in dunkle, blaugestreifte Gewänder gehüllt, die Nüstern stolz gebläht und das Haar in künstliche Locken gedreht, stand nahe bei mir. ›Aha‹, sagte ich, einfach um höflich zu sein. ›Fang sie‹, zischte er mit einem blutdürstigen Aufblitzen der Augen und einem Schnappen der scharfen Zähne. ›Fang sie! Gib sie uns!‹ – ›Euch, was?‹ fragte ich. ›Was würdet ihr mit ihnen tun?‹ – ›Essen‹, sagte er kurz, stützte seine Ellbogen auf das Geländer und sah in würdiger und tief nachdenklicher Haltung in den Nebel hinaus. Ich wäre fraglos äußerst entsetzt gewesen, wäre es mir nicht rechtzeitig eingefallen, dass er und seine Leute sehr hungrig sein mussten; dass ihr Hunger zumindest den letzten Monat ständig gewachsen sein musste. Sie waren für sechs Monate angeworben worden (ich glaube nicht, dass irgendeiner von ihnen einen klaren Zeitbegriff hatte, wie wir ihn am Ende zahlloser Zeitalter haben. Sie gehörten immer noch dem Urbeginn der Zeiten an, hatten keine ererbten Erfahrungen, die ihnen nützlich hätten sein können), und wenn nur ein Stück Papier, entsprechend irgendeinem dummen Gesetz von der Küste unterschrieben war, so fiel es niemand mehr ein, sich den Kopf darüber zu zerbrechen, wovon die Leute wohl lebten. Gewiss hatten sie einen Vorrat halb verfaulten Flusspferdfleisches mitgebracht, der aber keinesfalls länger hätte vorhalten können, auch wenn die Pilger nicht mit großem Lärm eine beträchtliche Menge davon über Bord geworfen hätten. Das Vorgehen sah recht gewalttätig aus, war aber tatsächlich doch nur eine Handlung berechtigter Notwehr. Man kann nicht im Wachen, im Schlafen und beim Essen totes Flusspferd riechen und dabei auch noch sein Leben fest in der Hand behalten, was ohnedies schwer genug ist. Überdies hatte man ihnen wöchentlich drei Stücke Messingdraht gegeben, jedes etwa zwanzig Zentimeter lang; die Abmachung war, dass sie sich dafür in den Dörfern längs des Stromes Lebensmittel eintauschen sollten. Ihr habt ja gesehen, wie das klappte. Entweder es waren keine Dörfer da, oder die Leute waren feindlich, oder der Direktor, der, wie die anderen auch, von Konserven lebte, mit dann und wann einem alten Ziegenbock dazwischen, der Direktor also wünschte nicht wegen eines mehr oder weniger nebensächlichen Grundes den Dampfer zu stoppen. Wenn sie also nicht den Draht selbst schluckten oder Haken daraus machten, um Fische damit zu fangen, so sehe ich heute noch nicht, wozu ihnen ihr außergewöhnliches Gehalt gedient haben mag. Es wurde übrigens mit der Regelmäßigkeit gezahlt, wie sie einer großen und ehrenwerten Gesellschaft ansteht. Im übrigen war das einzig Essbare – wenn es auch nicht besonders essbar aussah –, das ich in ihrem Besitz bemerkte, eine kleine Menge einer Masse wie halbgarer Teig, von schmutziger Lavendelfarbe; sie bewahrten es in Blätter eingehüllt auf und schluckten dann und wann ein kleines Stück davon, aber so klein, dass man glauben konnte, sie wollten weit eher den Anschein wahren, als wirklich etwas für ihre Ernährung tun. Warum sie nicht

im Namen aller nagenden Hungerteufel auf uns losgingen – sie waren dreißig gegen fünf – und auf einmal richtig Schluss machten, das wundert mich heute noch, wenn ich daran denke. Sie waren großmächtige Männer, ohne sonderliche Fähigkeit, die Folgen abzuwägen, mutig und stark auch jetzt noch, wenn auch ihre Haut nicht mehr glänzte und ihre Muskeln nicht mehr hart waren. Und ich sah, dass irgendeine Hemmung, eines der menschlichen Geheimnisse, die jeder Wahrscheinlichkeit Trotz bieten, hier ins Spiel gekommen war. Ich betrachtete sie mit sehr rasch wachsendem Interesse, aber nicht etwa, weil ich annahm, ich könnte über kurz oder lang von ihnen gegessen werden; obwohl ich zugebe, dass ich gerade damals – in neuem Licht sozusagen – zu merken begann, wie unglücklich die Pilger aussahen, und hoffte, jawohl, hoffte, dass mein eigenes Aussehen nicht so – wie soll ich mich ausdrücken – so wenig appetitlich wäre: ein Anflug phantastischer Eitelkeit, der sich gut in die Traumstimmung einfügte, die damals alle meine Tage erfüllte. Vielleicht hatte ich auch ein bisschen Fieber. Man kann nicht ständig mit dem Finger am Puls leben. Ich hatte oft ›ein bisschen Fieber‹ oder ein bisschen was anderes; es waren die spielerischen Tatzenhiebe der Wildnis, die kleinen Scharmützel vor der großen Entscheidungsschlacht, die zur rechten Zeit stattfand. Ja, ich beobachtete die Leute, wie man jedes menschliche Wesen beobachtet, neugierig, ihre Impulse, Beweggründe, Fähigkeiten und Schwächen feststellen zu können, wenn sie durch eine zwingende, physische Notwendigkeit auf die Probe gestellt werden. Hemmung! Welche mögliche Hemmung konnte es sein? War es Aberglaube, Ekel, Geduld, Angst oder ein urwüchsiges Ehrgefühl? Keine Furcht kann sich stärker erweisen als der Hunger, keine Geduld kann ihn besiegen, Ekel kann überhaupt nicht bestehen, wo Hunger ist; und was nun den Aberglauben, den Glauben und das angeht, was man Grundsätze nennt, so sind sie alle weniger als Spreu im Wind. Kennt ihr nicht die Höllenqualen langsamen Hungerns, die unerträgliche Pein, die schwarze Gedanken und eine völlig hemmungslose Grausamkeit erzeugt? Nun gut, ich kenne sie. Es braucht die ganze Kraft eines Mannes, um mit dem Hunger anständig fertig zu werden. Es ist tatsächlich einfacher, mit jedem Verlust, mit Entehrung und Seelenverdammnis fertig zu werden, als mit diesem schleichenden Hunger. Traurig, aber wahr. Und die Kerle hatten ja sicher keinen erdenklichen Grund für irgendein Bedenken. Hemmung! Ebensogut hätte ich eine Hemmung bei einer Hyäne erwartet, die zwischen den Leichen auf einem Schlachtfeld auf Beute ausgeht. Doch da stand die Tatsache vor mir, die überraschende Tatsache, sichtbar, wie der Schaum auf dem tiefen Meer, noch geheimnisvoller, wenn ich es recht bedachte, als die merkwürdige, unbegreifliche Klage in dem wilden Schrei, der von der Uferbank, hinter dem weißen Nebelvorhang hervor, über uns weggeklungen war.
Zwei Pilger stritten in hastigem Flüsterton darüber, von welchem Ufer der Schrei gekommen war. ›Links!‹ – ›Nein, nein; wie können Sie bloß! Rechts – rechts natürlich!‹ – ›Das ist sehr ernst‹, sagte die Stimme des Direktors hinter mir. ›Es täte mir sehr leid, wenn Herrn Kurtz irgend etwas geschehen sollte, bevor wir hingelangen.‹ Ich sah ihn an und hatte nicht den geringsten Zweifel, dass er es aufrichtig meinte. Er war gerade der Mann, der wünschen konnte, den Anschein zu wahren. Das war seine Zurückhaltung. Als er aber eine Andeutung murmelte, wir sollten sofort wei-

terfahren, nahm ich mir nicht einmal die Mühe, ihm zu antworten. Ich wusste und er wusste, dass es unmöglich war. Sobald wir unseren Halt auf dem Flussgrund aufgaben, mussten wir in der Luft sein – im Nichts. Wir würden nicht mehr sagen können, wohin wir fuhren – ob stromauf, -abwärts oder querüber – bis wir gegen eine Uferbank oder sonst was rannten. Und auch dann würden wir zunächst nicht wissen, was es war. Natürlich rührte ich mich nicht vom Fleck. Ich hatte keine Lust zu scheitern. Man hätte sich auch keinen niederträchtigeren Platz für einen Schiffbruch vorstellen können. Ob wir nun sofort ertranken oder nicht, so war uns doch ein schneller Tod in der einen oder anderen Gestalt gewiss. ›Ich ermächtige Sie, alles zu wagen‹, sagte der Direktor nach einem kurzen Schweigen. ›Ich lehne es ab, irgendetwas zu wagen‹, gab ich kurz zurück; und das war gerade die Antwort, die er erwartet hatte, wenn ihn auch der Ton überraschen mochte. ›Nun, ich muss mich auf Ihr Urteil verlassen, Sie sind der Kapitän‹, sagte er mit betonter Höflichkeit. Ich wandte ihm zum Zeichen meiner Wertschätzung den Rücken zu und sah in den Nebel hinaus. Wie lange würde er anhalten? Es war der denkbar trostloseste Anblick. Die Reise zu diesem Kurtz, der in dem verteufelten Urwald Elfenbein zusammenraffte, war von ebenso vielen Gefahren umlauert, als wäre der Mann eine verzauberte Prinzessin gewesen, die in einem Märchenschloss schlief. ›Glauben Sie, dass sie angreifen werden?‹ fragte der Direktor in vertraulichem Ton.

Ich glaubte nicht, dass sie angreifen würden, und zwar aus mehreren offensichtlichen Gründen. Einer davon war der dicke Nebel. Wenn sie in ihren Kanus vom Ufer abstießen, so mussten sie sich genauso im Nebel verlieren, wie wir es bei einem Manöver getan hätten. Zwar hatte ich ja auch den Dschungel auf beiden Ufern des Flusses für völlig undurchdringlich gehalten – und doch waren Augen darin gewesen, Augen, die uns gesehen hatten. Die Uferbüsche waren gewiss sehr dicht, aber durch das Gestrüpp dahinter konnte man augenscheinlich sich doch einen Weg bahnen. Jedenfalls aber hatte ich, während des kurzen Aufhellens, nirgends auf dem Strom Kanus gesehen und ganz gewiss keine in der Nähe des Dampfers. Was aber den Gedanken eines Angriffs für mich ausschloss, war die Art des Lärms – der Schreie, die wir gehört hatten. Es hatte darin die stolze Herausforderung gefehlt, die eine unmittelbare feindliche Absicht anzeigte. Unerwartet wild und heftig, wie die Schreie gewesen waren, hatten sie mir doch den zwingenden Eindruck von Trauer erweckt. Der Anblick des Dampfboots hatte, aus dem einen oder anderen Grund, diese Wilden mit fassungslosem Schmerz erfüllt. Wenn also überhaupt eine Gefahr bestand, so lag sie, wie ich mir klarmachte, in der Tatsache, dass wir uns in nächster Nähe einer losbrechenden menschlichen Leidenschaft befanden. Sogar der äußerste Schmerz kann letzten Endes in Gewalt umschlagen, nimmt aber häufiger noch die Form der Gefühllosigkeit an ...

Ihr hättet sehen sollen, wie die Pilger hinausstarrten! Sie hatten nicht mehr das Herz, zu grinsen oder mich zu verspotten – aber sie nahmen wohl an, dass ich verrückt geworden sei – aus Angst vielleicht. Ich hielt einen regelrechten Vortrag. Meine lieben Jungen, es hatte keinen Sinn, sich zu ängstigen. Ausschau halten? Nun, ihr könnt euch ja denken, dass ich den Nebel nach einem Anzeichen, ob er sich heben würde, belauerte, wie eine Katze die Maus belauert. Für alles andere aber waren uns unsere Augen nicht von mehr Nutzen, als wären wir meilentief in einem Haufen Baumwolle begraben gewesen. Ich hatte auch sonst ganz das Gefühl – erstickend, warm, beängstigend. Abgesehen davon, war alles, was ich sagte, wenn es auch ungewöhnlich klang, doch buchstäblich wahr. Das, was wir später als Angriff ansahen, war tatsächlich nichts weiter als ein Versuch, uns zur Umkehr zu bewegen. Die Handlung war weit davon entfernt, ein Angriff zu sein; sie war nicht einmal eine Verteidigung im gewöhnlichen Sinn: sie war von der Verzweiflung eingegeben und letzten Endes nichts als eine Schutzmaßnahme.

Sie entwickelte sich, so würde ich sagen, zwei Stunden, nachdem der Nebel sich aufgelöst hatte, und begann an einem Punkt etwa eineinhalb Meilen unterhalb der Station von Kurtz. Wir waren gerade langsam um eine Biegung herumgepaddelt, als ich mitten im Strom eine Insel sah, die kaum mehr als ein strahlend grüner Grashügel schien, die einzige ihrer Art; als wir aber weiter um die Kehre herumkamen, bemerkte ich, dass sie die Spitze einer Sandbank bildete, oder vielmehr einer Kette von Untiefen, die sich in der Mitte des Stromes hinzogen. Sie waren farblos und alle hart an der Oberfläche zu sehen, gerade wie das Rückgrat eines Menschen inmitten des Rückens unter der Haut kenntlich ist. Soviel ich nun sah, konnte ich rechts oder links daran vorbeifahren. Ich kannte natürlich keine der beiden Durchfahrten. Die Ufer sahen auf beiden Seiten ziemlich gleich aus, auch die Tiefe schien die gleiche; da mir aber gesagt worden war, die Station liege auf dem Westufer, so hielt ich natürlich auf die westliche Durchfahrt zu.

Kaum waren wir richtig drin, da merkte ich, dass sie viel enger war, als ich angenommen hatte. Zu unserer Linken lag die ununterbrochene Kette von Untiefen, und rechts das hohe Steilufer, dicht mit Unterholz bestanden. Über das Gestrüpp erhoben sich die Bäume in gedrängter Masse. Die Zweige hingen dicht über dem Strom, und da und dort ragte auch ein großer Ast waagrecht hinaus. Es war schon spät am Nachmittag, der Wald stand düster da, und ein breiter Schattenstreifen hatte sich über das Wasser gelegt. In diesem Schattenstreifen dampften wir hinauf – sehr langsam, wie ihr euch vorstellen könnt. Ich hielt das Schiff hart am Ufer, da dort das Wasser am tiefsten war, wie mir das Lot anzeigte.

Einer meiner hungrigen, langmütigen Freunde lotete im Bug gerade unter mir. Der Dampfer war genau wie ein gedeckter Prahm gebaut. Auf Deck standen zwei kleine Häuser aus Teakholz, mit Türen und Fenstern. Der Kessel war vorn und die Maschine achtern. Über alles war ein leichtes Dach gespannt, von Eisenstützen getragen. Der Schornstein ging durchs Dach, und gerade gegenüber diente eine kleine Kabine, aus Brettern gebaut, als Ruderhaus. Sie enthielt ein Lager, zwei Feldstühle, einen geladenen Martini-Henry-Karabiner, der in einer Ecke lehnte, einen winzigen Tisch und das Steuerrad. An der Stirnseite war eine breite Tür, und auf jeder Seite ein breiter Fensterladen, die natürlich alle immer offen standen. Ich brachte meine Tage dort oben zu, unter dem vordersten Zipfel des Sonnendachs vor der Tür sitzend. Nachts schlief ich auf dem Lager oder versuchte wenigstens, es zu tun. Ein riesenhafter Schwarzer von irgendeinem Küstenstamm, der von meinem armen Vorgänger angelernt worden war, diente als Steuermann. Er prunkte mit messingenen Ohrgehängen, war von den Hüften bis zu den Fersen in eine Decke aus blauem

Tuch gehüllt und tat, als ob die ganze Welt ihm gehörte. Er war der unberechen-
barste aller Narren, die mir je untergekommen sind. Solange man bei ihm stand,
steuerte er unerhört großtuerisch. Sobald man ihn aber aus den Augen ließ, wurde er
augenblicks eine Beute abergläubischer Angst und ließ sich von dem Krüppeldamp-
fer im Handumdrehen unterkriegen.

Ich blickte zum Peilstock hinunter und ärgerte mich sehr, weil nach jeder Lotung
ein größeres Stück davon aus dem Wasser herausstand. Da sah ich, wie der Mann
das Peilen plötzlich aufgab und sich flach auf Deck hinstreckte, ohne sich auch nur
Zeit zu nehmen, seinen Peilstock hereinzuholen. Er hielt ihn aber fest und ließ ihn
im Wasser nachschleppen. Gleichzeitig setzte sich der Heizer, den ich ebenfalls
unter mir sehen konnte, plötzlich nieder und duckte den Kopf. Ich war verblüfft.
Dann hatte ich aber wieder schnell auf den Strom hinauszusehen, denn ein Baumstamm geriet uns in den Weg. Stecken, kleine Stecken flogen umher! Sie zischten
mir um die Nase, fielen unter mir nieder, prasselten hinter mir gegen mein Ruderhaus. Die ganze Zeit über waren der Strom, die Ufer, die Wälder ganz ruhig, – vollkommen ruhig. Ich konnte nichts hören als das schwere Aufklatschen des Heckrades und das Prasseln dieser kleinen Dinger. Wir wichen umständlich dem Baumstamm aus. Pfeile, bei Gott! Wir wurden beschossen! Ich trat schleunigst ins Haus,
um den Laden nach dem Ufer zuzuschließen. Der närrische Steuermann, die Hände
an den Speichen, zog die Knie hoch, stampfte mit den Füßen und hatte Schaum vor
dem Mund, wie ein hartgezügeltes Pferd. Verdammter Kerl! Und wir dümpelten
keine drei Meter vom Ufer hin. Ich musste mich hinauslehnen, um den schweren
Laden hereinzuholen, und sah zwischen den Blättern, in gleicher Höhe mit dem
meinen, ein Gesicht, das mich stolz und fest anblickte; und plötzlich, als wäre ein
Schleier vor meinen Augen weggezogen worden, konnte ich in dem Blattgewirr da
und dort eine nackte Brust, Arme, Beine, blitzende Augen ausmachen – der Busch
wimmelte von bewegten menschlichen Gliedern, die in dunkler Bronzefarbe glänzten. Die Zweige bewegten sich, schwangen und raschelten, die Pfeile flogen daraus
hervor, und endlich ging der Laden zu. ›Halt ihn auf Kurs‹, sagte ich dem Mann am
Ruder. Er hielt den Kopf hochgereckt und sah geradeaus; aber seine Augen rollten,
er fuhr immer noch fort, seine Füße langsam hochzuziehen und niederzustoßen, sein
Mund schäumte ein wenig. ›Bleib doch ruhig!‹ sagte ich wütend. Ich hätte ebensogut auch einem Baum befehlen können, nicht im Winde zu schwanken. Ich sprang
hinaus. Unter mir gab es großes Füßescharren auf dem Eisendeck, ein Durcheinander von Rufen; eine Stimme schrie: ›Können Sie nicht umkehren?‹ Ich sah eine V-
förmige Kräuselung auf dem Wasser vor uns. Was? Noch ein Baumstamm? Unter
meinen Füßen brach ein Schützenfeuer los. Die Pilger bestritten es mit ihren Win-
chestergewehren und spritzten einfach Blei in den Busch. Eine ganz verteufelte
Rauchwolke stieg auf und trieb langsam nach vorn. Ich fluchte darüber. Nun konnte
ich weder die Kräuselung noch den Baumstamm sehen. Ich stand spähend in der
Tür, und die Pfeile kamen in Schwärmen. Sie mochten vergiftet sein, sahen aber
aus, als könnten sie keine Katze töten. Der Busch begann zu heulen. Auch unsere
Holzfäller stimmten ein Kriegsgeschrei an; ein Büchsenknall gerade hinter mir be-
täubte mich. Ich sah über die Schulter zurück, und das Ruderhaus war noch voll

vom Lärm und Rauch, als ich ans Steuerrad sprang. Der närrische Neger hatte alles im Stich gelassen, um den Laden aufzuwerfen und die Martini-Henry abzufeuern. Er stand in der klaffenden Öffnung und glotzte, und ich brüllte ihm zu, zurückzukommen, während ich mich mühte, das Schiff nach dem plötzlichen Abfallen wieder auf Kurs zu bringen. Es war kein Platz zum Umkehren, auch wenn ich es gewollt hätte. Der Baumstamm in dem verdammten Rauch musste ganz nahe sein. Es war keine Zeit zu verlieren, und so hielt ich kerzengerade aufs Ufer zu, einfach aufs Ufer zu, wo, wie ich wusste, das Wasser tief war.

Wir drückten uns langsam an den überhängenden Büschen entlang, in einem Aufrauschen geknickter Zweige und wirbelnder Blätter. Das Schützenfeuer unten brach kurz ab, wie ich es ja erwartet hatte, sobald die Spritzen leer sein würden. Ich wandte den Kopf zurück nach einem scharfen Blitz, der das Ruderhaus durchquerte, beim einen Fensterladen herein, zum andern hinaus. Als ich nach dem närrischen Steuermann sah, der das leere Gewehr schwang und zum Ufer hinüberbrüllte, bemerkte ich undeutliche Gestalten von Männern, die tiefgebückt rannten, sprangen und glitten. Etwas Großes erschien in der Luft vor der Fensteröffnung, die Büchse fiel über Bord, der Mann trat schnell zurück, sah mich über seine Schulter weg mit einem ganz ungewöhnlichen, ich möchte sagen vertrauten Ausdruck an und fiel über meine Füße. Seine Schläfe schlug zweimal gegen das Rad, und das Ende eines langen Rohres klapperte herum und warf einen kleinen Feldstuhl über den Haufen. Es sah aus, als hätte er das Ding jemand am Ufer aus den Händen gerissen und bei der Anstrengung das Gleichgewicht verloren. Der dünne Rauch war verflogen, wir waren klar von dem Baumstamm, und ein Blick voraus belehrte mich, dass ich nach weiteren hundert Metern ungehindert würde abfallen können, vom Ufer weg; meine Füße fühlten sich so warm und feucht an, dass ich hinuntersehen musste. Der Mann war auf den Rücken gerollt und starrte gerade zu mir empor; er hielt mit beiden Händen das Stück Rohr umklammert. Es war der Schaft eines Speers, der, durch die Öffnung entweder geschleudert oder gestoßen, ihn gerade unterhalb der Rippen getroffen hatte; das Blatt war tief eingedrungen, nicht mehr zu sehen und hatte eine scheußliche Wunde gemacht; meine Schuhe waren nass; eine Blutlache lag ganz ruhig, rot leuchtend unter dem Rad; die Augen des Mannes glänzten vor Verwunderung. Wieder brach das Schützenfeuer los. Er sah mich ängstlich an und umklammerte dabei den Speer, wie etwas Kostbares, mit einem Ausdruck, als fürchtete er, ich würde versuchen, ihn ihm wegzunehmen. Ich musste mich zusammenreißen, um meine Augen von ihm wenden und auf den Kurs achten zu können. Mit einer Hand fühlte ich über meinem Kopf nach der Dampfpfeifenleine und ließ schnell hintereinander Pfiff um Pfiff erschallen. Das Durcheinander wütender und kreischender Rufe brach sofort ab, dann erscholl aus den Tiefen der Wälder eine so zitternde, langgezogene Klage, voll Trauer, Furcht und äußerster Verzweiflung, wie sie wohl dem Abschied der letzten Hoffnung von der Erde folgen könnte. Es gab eine große Bewegung im Busch; der Pfeilregen hörte auf. Einige vereinzelte Schüsse knallten noch – dann Schweigen, währenddessen der langsame Schlag des Heckrades deutlich an mein Ohr drang. Ich legte das Ruder hart nach Steuerbord, im Augenblick, als der Pilger im roten Pyjama ganz erhitzt und aufgeregt in der Tür erschien. ›Der Direktor schickt mich …‹ begann er im Dienstton und brach kurz ab. ›Großer Gott‹, sagte er, mit einem Blick auf den Verwundeten.

Wir beiden Weißen standen über ihn gebeugt, und sein glänzender, forschender Blick umfasste uns beide. Ich sage euch, es sah aus, als wollte er uns jeden Moment in verständlicher Sprache eine Frage stellen; aber er starb, ohne einen Laut von sich zu geben, ohne ein Glied zu rühren, ohne mit den Muskeln zu zucken. Erst im allerletzten Augenblick, wie als Antwort auf ein Zeichen, das wir nicht sehen, auf ein Flüstern, das wir nicht hören konnten, erst in letzter Sekunde runzelte er schwer die Stirn, und dieses Runzeln gab seiner schwarzen Totenmaske einen unbeschreiblich düsteren und drohenden Ausdruck. Der Glanz des forschenden Blickes verging schnell in glasige Leere. ›Können Sie steuern?‹ fragte ich den Agenten hastig. Er sah recht zweifelnd drein; aber ich fasste nach seinem Arm, und er begriff sofort, dass ich ihn steuern machen wollte, ob er es konnte oder nicht. Um die Wahrheit zu gestehen, hatte ich es äußerst eilig, meine Schuhe und Socken zu wechseln. ›Er ist tot‹, murmelte der Bursche tief erschüttert. ›Kein Zweifel‹, sagte ich und zerrte wie verrückt an den Schuhbändern; ›und, nebenbei gesagt, glaube ich, dass Herr Kurtz jetzt schon genauso tot ist.‹

Momentan war das der vorherrschende Gedanke. Ich hatte das Gefühl äußerster Enttäuschung, als hätte ich herausgefunden, dass ich auf etwas völlig Unwirkliches ausgewesen war. Ich hätte nicht enttäuschter sein können, hätte ich diesen ganzen Weg zum einzigen Zweck zurückgelegt, um mit Herrn Kurtz sprechen zu können. Sprechen mit … Ich warf einen Schuh über Bord und merkte, dass es gerade das war, worauf ich mich gefreut hatte – ein Gespräch mit Kurtz. Ich machte die merkwürdige Entdeckung, dass ich mir ihn niemals handelnd, sondern immer nur redend vorgestellt hatte. Ich sagte mir nicht, ›nun werde ich ihn niemals sehen‹, oder ›nun werde ich ihm nie die Hand schütteln‹, sondern ›nun werde ich ihn niemals hören.‹ Der Mann erschien mir als Stimme. Nicht, als ob ich ihn mit keinerlei Handlung in Verbindung gebracht hätte.

Hatte man mir nicht, in allen Tönen der Eifersucht und Bewunderung, gesagt, dass er mehr Elfenbein gesammelt, eingetauscht, erschwindelt oder gestohlen hätte, als all die anderen Agenten zusammen? Das war es nicht. Der Schwerpunkt lag in der Tatsache, dass er so ungeheuer begabt war und dass von all seinen Gaben die vorherrschende, die, die sich unaufhörlich bestätigte, seine Rednergabe war, seine Worte – die Gabe des Ausdrucks, die verblüffende, erleuchtende, die erhabenste und verächtlichste, ein brausender Strom von Licht oder eine tückische Flut aus dem Herzen einer undurchdringlichen Finsternis.

Auch der andere Schuh flog zum Oberteufel des Flusses hinunter. Ich dachte: ›Bei Gott, nun ist alles vorbei. Wir sind zu spät dran; er ist dahingegangen – seine Gabe ist mit ihm verschwunden, durch irgendeinen Speer, einen Pfeil oder eine Keule. Nun werde ich schließlich den Burschen niemals reden hören – und mein Kummer erreichte eine erstaunliche Gefühlsstärke, fast jener gleich, die ich aus dem Klagegeheul der Wilden im Busch herausgehört hatte. Ich hätte mich nicht trostloser und verlassener fühlen können, hätte man mich eines Glaubens beraubt, oder hätte ich meinen Lebenszweck verfehlt … Warum seufzt denn da einer von euch so nieder-

trächtig? Töricht? Nun gut, töricht. Großer Gott! Muss denn ein Mann immer …
Da, gebt ein bisschen Tabak her …«
Es gab eine lautlose Pause, dann blitzte ein Streichholz auf, und Marlows mageres
Gesicht erschien, müde, verfallen, mit senkrechten Falten und geschlossenen Li-
dern, im Ausdruck gespannter Aufmerksamkeit; und als er kräftig an seiner Pfeife
sog, schien das Gesicht, im regelmäßigen Flackern der kleinen Flamme, aus der
Nacht auf- und wieder dahin zurückzutauchen. Das Streichholz verlöschte.
»Töricht«, rief er. »Das ist das Ärgste, wenn man zu erzählen versucht … Da seid
ihr alle, jeder an zwei guten Adressen festgemacht, wie eine Hulk an zwei Ankern,
der Fleischer ums eine Eck, der Wachmann ums andere, vorzüglicher Appetit, Temperatur normal, hört ihr, normal, jahrein, jahraus. Und ihr sagt töricht! Zum Teufel
mit eurem *»Töricht«*! Töricht! Meine lieben Jungen, was könnt ihr von einem Mann
erwarten, der aus reiner Nervenüberreizung eben ein Paar neue Schuhe über Bord
geworfen hatte! Wenn ich es jetzt überdenke, dann wundert es mich, dass ich keine
Tränen vergoss. Ich bin im allgemeinen stolz auf meine Seelenstärke. Ich litt
schwer unter dem Gedanken, dass ich den unschätzbaren Vorzug verloren haben
sollte, dem reichbegabten Kurtz zuzuhören. Natürlich irrte ich mich darin. Der Vorzug erwartete mich. O ja, ich hörte noch mehr als genug. Und ich hatte auch recht.
Eine Stimme. Er war nur ganz wenig mehr als eine Stimme. Und ich hörte – ihn –
sie – diese Stimme – andere Stimmen – sie alle waren so wenig mehr als Stimmen
und die Erinnerung an die Zeit selbst umgibt mich, unfassbar, wie ein ersterbendes,
ungeheures Geschnatter, dumm, grausam, schmutzig, wild, oder einfach gemein,
ohne jeden Sinn. Stimmen, Stimmen und sogar das Mädchen selbst – nun …«
Er schwieg lange.
»Ich rettete schließlich das Andenken an seine Gabe mit einer Lüge«, begann er
plötzlich. »Mädchen! Was? Habe ich ein Mädchen erwähnt? Oh, sie hat gar nichts
damit zu tun, ganz und gar nichts. Sie – die Frauen meine ich – haben nichts damit
zu tun –, sollten auch nichts damit zu tun haben. Wir müssen ihnen behilflich sein,
in ihrer eigenen wunderschönen Welt zu bleiben, sonst würde unsere dadurch
schlimmer werden. Oh, sie konnte nichts damit zu tun haben. Ihr hättet den ausge-
grabenen Leib des Herrn Kurtz sagen hören sollen: ›Meine Braut‹, dann hättet ihr
sofort begriffen, wie ganz und gar nichts sie damit zu tun hatte. Und die hohe Stirn
des Herrn Kurtz! Man sagte ja, das Haar wachse manchmal weiter, aber dieses – hm
– Exemplar war ganz erstaunlich kahl. Die Wildnis hatte ihm auf den Kopf getät-
schelt, und seht nur, er war zum Ball geworden, zum Elfenbeinball; sie hatte ihn ge-
streichelt, und seht, er war runzlig geworden; sie hatte ihn umfasst, geliebt, umarmt,
war in seine Adern gedrungen, hatte sein Fleisch verzehrt und seine Seele, durch irgendwelche höllischen Weihen, der ihren vermählt. Er war der verwöhnte, verzoge-
ne Günstling der Wildnis. Elfenbein? Es war anzunehmen. Haufen davon. Berge
davon. Der alte Lehmschuppen quoll davon über. Man hätte glauben können, kein
einziger Zahn wäre über oder unter der Erde im ganzen Lande übriggeblieben.
›Meistens fossil‹, hatte der Direktor geringschätzig bemerkt. Es war nicht fossiler
als ich; aber sie nennen es fossil, wenn es ausgegraben ist. Scheinbar vergraben diese Neger mitunter die Zähne – doch offenbar hatten sie diese Menge hier nicht tief

genug vergraben können, um den begabten Herrn Kurtz vor seinem Schicksal zu bewahren. Wir füllten den ganzen Dampfer damit und mussten noch einen Teil auf Deck aufstapeln. So konnte er es sehen und sich daran freuen, solange er sehen konnte, denn der Genuss dieser Gnade blieb ihm bis zuletzt beschieden. Ihr hättet ihn sagen hören sollen: ›Mein Elfenbein‹. O ja, ich hörte ihn. ›Meine Braut, mein Elfenbein, meine Station, mein Fluss, mein‹ – alles gehörte ihm. Ich musste den Atem anhalten, in der Erwartung, die Wildnis in ein furchtbares Gelächter ausbrechen zu hören, das die Sterne erbeben machen würde. Alles gehörte ihm, aber das war eine Kinderei. Die Hauptsache war, herauszubringen, wem er gehörte, wie viel Mächte der Dunkelheit ihn für sich in Anspruch nahmen. Das war eine Erwägung, die einen über und über erschauern ließ. Es war ungewöhnlich – es tat auch nicht gut – wenn man versuchte, es sich vorzustellen. Er hatte einen hohen Platz unter den Teufeln des Landes eingenommen – das meine ich wörtlich. Ihr könnt es nicht verstehen. Wie solltet ihr auch, – mit festem Boden unter euren Füßen, von freundlichen Nachbarn umgeben, die bereit sind, euch schön zu tun oder in den Rücken zu fallen, fröhlich dahintänzelnd zwischen dem Fleischer und dem Polizisten, im heiligen Abscheu vor Skandal, Galgen und Irrenhaus – wie könnt ihr euch vorstellen, in welche urweltlichen Abgründe die ungehinderten Füße einen Mann zu tragen vermögen, einfach infolge der Einsamkeit – der völligen Einsamkeit, ohne einen Polizisten – und des Schweigens, des völligen Schweigens, wo keine warnende Stimme eines Nachbarn zu hören ist, die von öffentlicher Meinung flüstert? Diese Kleinigkeiten machen den großen Unterschied aus. Sind sie einmal nicht mehr vorhanden, dann müsst ihr zu eurer eigenen Kraft Zuflucht nehmen, zu eurer eigenen Glaubensstärke. Natürlich kann man ja zu närrisch sein, um fehlgehen zu können – zu dickfellig, um auch nur zu begreifen, dass die Mächte der Finsternis einen umlagern. Für mich steht fest, dass kein Narr je dem Teufel seine Seele verschachert hat: dazu ist der Narr zu sehr Narr, oder der Teufel zu sehr Teufel – ich weiß nicht, was von beiden. Oder man kann ja auch ein so überspanntes Geschöpf sein, dass man für alles, außer himmlischen Bildern und Klängen, blind und taub ist. Dann ist die Erde für einen nur ein Übergang – und ich möchte nicht entscheiden, ob es ein Vorteil oder Nachteil ist, so geartet zu sein; aber viele von uns sind ja weder für das eine noch das andere. Die Erde ist für uns der Ort, an dem wir leben müssen, an dem wir uns mit Anblicken, Tönen, auch mit Gerüchen, bei Gott, abfinden müssen, wo wir auch einmal verfaultes Flusspferdfleisch riechen müssen, ohne uns vom Ekel unterkriegen zu lassen. Und hier, seht ihr, hier kommt eure Kraft ins Spiel, der Glaube an die eigene Fähigkeit, unauffällige Löcher zu graben, um das Zeug darin zu verbergen – die Kraft eurer Hingabe, nicht an euch selbst, sondern an ein finsteres, widerwärtiges Geschäft. Und das ist schwer genug. Merkt es euch, ich versuche weder zu entschuldigen, noch zu erklären – ich versuche nur mir selbst Rechenschaft zu geben über – über – Herrn Kurtz – den Schatten des Herrn Kurtz. Dieser Wiedergänger aus dem großen Nirgends, in die letzten Geheimnisse eingeweiht, beehrte mich mit seinem überwältigenden Vertrauen, bevor er endgültig verschwand. Der Grund dafür war, dass er Englisch mit mir sprechen konnte. Der ursprüngliche Kurtz war teilweise in England erzogen worden, und wie er sich wohl am besten selbst sagen konnte: seine Zuneigung war am rechten Platz. Seine Mutter war halbe Engländerin gewesen, sein Vater halber Franzose. Ganz Europa hatte bei der Erzeugung von Kurtz mitgeholfen; und nach und nach erfuhr ich auch, dass die Internationale Gesellschaft zur Unterdrückung wilder Sitten ihn sinnigerweise mit der Abfassung eines Berichts betraut hatte, der in Zukunft als Richtschnur dienen sollte. Diesen Bericht hatte er auch geschrieben. Ich habe ihn gesehen. Ich habe ihn gelesen. Er war schwungvoll beredt, aber vielleicht doch etwas überspannt, denke ich. Er hatte Zeit gefunden, siebzehn Seiten eng vollzuschreiben! Doch das muss geschehen sein, bevor er es, sagen wir, mit den Nerven zu tun bekam und er dazu überging, bei gewissen mitternächtlichen Tänzen den Vorsitz zu führen; diese Tänze endeten mit unaussprechlichen Riten, die, soviel ich widerstrebend nach und nach aus verschiedenen Mitteilungen entnehmen konnte, ihm dargebracht wurden – versteht ihr mich – Herrn Kurtz persönlich. Aber der Bericht war prachtvoll geschrieben. Heute allerdings, auf Grund der Informationen, die ich seither erhalten habe, erscheint mir die Einleitung von übler Vorbedeutung. Er begann mit der Behauptung, dass wir Weißen, auf der Höhe der Entwicklung, die wir erreicht hätten, ihnen (den Wilden) notwendig als übernatürliche Wesen erscheinen, – ihnen mit göttlicher Machtvollkommenheit entgegentreten müssten, und so weiter, und so weiter. Durch einfache Anspannung unseres Willens könnten wir tatsächlich eine unbeschränkte Macht zum Guten ausüben, und so weiter, und so weiter. Von diesem Ausgangspunkt erhob er sich in die Lüfte und riss mich mit sich. Die Ausführungen waren prachtvoll, wenn auch nicht leicht zu behalten. Sie gaben mir die Vorstellung exotischer Weiten, über die ein erhabenes Wohlwollen herrscht. Ich bebte vor Begeisterung. Das war die schrankenlose Macht der Beredsamkeit – der Worte – der glühenden, schönen Worte. Keine praktischen Winke unterbrachen den Zauberstrom der Phrasen, wenn man nicht eine Art Fußnote am Ende der letzten Seite, offenbar viel später und mit zittriger Hand mit Bleistift hingekritzelt, als Ausführungsbestimmung gelten lassen wollte. Sie war sehr kurz gefasst und traf einen, am Ende dieses ergreifenden Mahnrufs zur Nächstenliebe, völlig unerwartet, wie ein Blitz aus heiterem Himmel: ›All die Hunde ausrotten!‹ Das Merkwürdige dabei war, dass er diese gewichtige Nachschrift augenscheinlich ganz vergessen hatte; denn später, als er teilweise wieder zu sich kam, beschwor er mich wiederholt, auf sein ›Pamphlet‹, wie er es nannte, zu achten, da er sich davon den günstigsten Einfluss auf seine künftige Laufbahn versprach. Ich war über alle diese Dinge genau unterrichtet und sollte, wie sich später zeigte, überdies auch sein Andenken hüten. Ich habe genug dafür getan, um das unbestreitbare Recht für mich in Anspruch nehmen zu können, dass ich es nach Gutdünken auch im Mülleimer des Fortschritts hätte zu ewiger Ruhe bestatten dürfen, mitten unter dem Kehricht und den, bildlich gesprochen, toten Katzen der Zivilisation. Aber seht ihr, ich kann ja nicht nach meinem Gutdünken handeln. Er wird nicht vergessen werden. Was immer er auch war, er war nicht alltäglich. Er hatte die Macht, unverdorbene Gemüter so zu bezaubern oder zu erschrecken, dass sie ihm zu Ehren einen Teufelstanz mit erschwerenden Begleitumständen aufführten. Er konnte auch die kleinen Seelen der Pilger mit bitterer Befürchtung erfüllen: er hatte zumindest einen ergebenen Freund und hatte in der Welt eine Seele gewonnen, die vielleicht nicht unverdorben, aber auch nicht eigennützig war. Nein, ich kann ihn nicht vergessen, wenn ich auch nicht unbedingt behaupten möchte, dass der Bursche den Toten wert war, den uns die Fahrt zu ihm kostete. Ich vermisste meinen verstorbenen Steuermann schwer – begann ihn schon zu vermissen, während sein Leichnam noch im Ruderhaus lag. Vielleicht werdet ihr dieses Bedauern für einen Wilden übertrieben finden, der ja ebenso unwichtig war wie ein Sandkorn in einer schwarzen Sahara. Nun, seht ihr, der Bursche hatte etwas getan, er hatte gesteuert; Monate durch hatte ich ihn hinter mir gehabt – eine Hilfe – ein Werkzeug. Es war eine Art Gemeinschaft. Er steuerte für mich – ich hatte nach ihm zu sehen, mich über seine Fehler zu ärgern, und so war ein loses Band entstanden, das mir erst zu Bewusstsein kam, als es plötzlich gerissen war. Und die vertraute Tiefe des Blickes, den er mir zuwarf, als er seine Wunde empfangen hatte, ist mir bis zu diesem Tage in Erinnerung – als hätte er, im letzten Augenblick, eine entfernte Verwandtschaft geltend machen wollen.

Armer Kerl! Hätte er nur den Fensterladen in Ruhe gelassen! Er hatte keine Hemmungen, keine Hemmungen – genau wie Kurtz – ein Baum, der im Winde schwankte. Sobald ich ein Paar trockene Pantoffel angezogen hatte, schleppte ich ihn hinaus, nachdem ich erst den Speer aus seiner Wunde gezogen hatte; das war, wie ich zugebe, mit fest geschlossenen Augen geschehen. Seine Fersen hüpften nebeneinander über die niedrige Schwelle; seine Schultern hielt ich an meine Brust gedrückt; ich zog ihn verzweifelt rücklings hinter mir her. Oh! er war ziemlich schwer; schwerer als irgendein Erdenmensch, sollte ich meinen. Dann kippte ich ihn ohne alle weiteren Förmlichkeiten über Bord. Die Strömung riss ihn mit, als wäre er ein Grasbündel gewesen, und ich sah den Körper sich zweimal überschlagen, bevor er mir für immer aus den Augen entschwand. All die Pilger und der Direktor waren unter dem Sonnensegel rings um das Ruderhaus versammelt, schnatterten untereinander wie eine Schar aufgeregter Gänse, und es gab ein Murmeln der Empörung über meine herzlose Eilfertigkeit. Warum, nach ihrer Meinung, der Leichnam länger hätte herumliegen sollen, kann ich mir nicht vorstellen. Vielleicht wollten sie ihn einbalsamieren. Ich hatte aber auch ein anderes und sehr unheilkündendes Murmeln unter mir auf Deck gehört. Meine Freunde, die Holzfäller, waren gleichermaßen entrüstet, und mit einem großen Anschein von Recht – obwohl ich zugebe, dass der Grund selbst ganz unzulässig war. Ganz recht! Ich hatte den Entschluss gefasst, dass, wenn mein verstorbener Steuermann gefressen werden sollte, ihn die Fische allein haben sollten. Er war zu Lebzeiten ein sehr minderwertiger Steuermann gewesen, jetzt aber, da er tot war, hätte er leicht eine sehr vollwertige Versuchung werden und einen Aufruhr entfesseln können. Überdies musste ich auch schleunigst das Steuerrad übernehmen, da sich der Mann im roten Pyjama als hoffnungsloser Stümper erwies.

Das tat ich, sobald das einfache Begräbnis vorüber war. Wir fuhren mit halber Kraft, hielten uns gut in der Mitte des Stroms, und ich horchte auf das Gerede über mich. Sie hatten Kurtz aufgegeben und hatten die Station aufgegeben; Kurtz war tot, die Station war niedergebrannt und so weiter und so weiter. Der rothaarige Pilger war außer sich bei dem Gedanken, dass der arme Kurtz zum wenigsten gehörig gerächt worden war. ›Sagen Sie doch! Wir müssen ein wahres Blutbad unter denen im Busch angerichtet haben, wie? Was denken Sie, sagen Sie!‹ Er tanzte geradezu herum, der blutdürstige, rotköpfige kleine Wicht. Und er war fast ohnmächtig geworden, als er den Verwundeten erblickt hatte! Ich konnte mich nicht enthalten, zu sagen: ›Sie haben jedenfalls eine glorreiche Rauchwolke zustande gebracht.‹ Ich hatte an der Art, wie die Spitzen der Büsche schwankten, sofort erkannt, dass fast alle Schüsse zu hoch gegangen waren. Man kann natürlich nichts treffen, wenn man nicht an der Schulter anschlägt und zielt; die Kerle aber hatten mit geschlossenen Augen, von der Hüfte aus gefeuert. Der Rückzug, behauptete ich – und ich hatte recht –, war durch das Kreischen der Dampfpfeife verursacht. Daraufhin vergaßen sie Kurtz und begannen mich mit lautem, entrüstetem Widerspruch zu überschütten. Der Direktor stand nahe beim Steuerrad und murmelte vertraulich etwas von der Notwendigkeit, unbedingt noch vor Dunkelheit den Strom wieder hinabzufahren, als ich in einiger Entfernung eine Lichtung am Ufer und die Umrisse einer Art von Gebäude sah. ›Was ist das?‹ fragte ich. Er schlug verwundert die Hände zusammen. ›Die Station‹, rief er. Ich hielt sofort darauf zu, immer noch mit halber Kraft. Durch mein Glas sah ich einen Hügelhang, mit wenigen Bäumen bestanden und ganz frei von Unterholz. Ein langes, verfallenes Gebäude auf dem Gipfel war halb im hohen Gras begraben; die großen Löcher im spitzen Dach gähnten von weitem schwarz her; der Dschungel und die Wälder bildeten den Hintergrund. Es gab keine Umzäunung oder Abgrenzung irgendwelcher Art. Doch war augenfällig eine dagewesen, denn nahe beim Haus standen noch ein halb Dutzend dünner Pfähle in einer Reihe, roh behauen und an ihrem oberen Ende mit runden, geschnitzten Kugeln geschmückt. Das Gitter, oder was sonst sie untereinander verbunden hatte, war verschwunden. Natürlich schloss der Wald das alles ein. Das Ufer war geräumt, und hart am Wasser sah ich einen weißen Mann unter einem Hut von der Größe eines Wagenrades, der unermüdlich mit dem ganzen Arm winkte. Während ich den Waldrand oben und unten beobachtete, glaubte ich ganz gewiss Bewegungen zu sehen, menschliche Formen, die da- und dorthinglitten. Ich dampfte vorsichtig vorbei, stoppte dann die Maschine und ließ das Schiff zurücktreiben. Der Mann am Ufer begann zu brüllen und forderte uns dringend auf, zu landen. ›Wir sind angegriffen worden‹ schrie der Direktor. ›Ich weiß, ich weiß. Schon recht‹, kreischte der andere zurück, so herzlich wie möglich. ›Kommt nur, es ist schon recht, ich freue mich.‹ Sein Anblick erinnerte mich an etwas, das ich gesehen hatte – etwas Lustiges, das ich irgendwo gesehen hatte. Während ich manövrierte, um anlegen zu können, überlegte ich, ›wie sieht der Bursche aus?‹ Plötzlich hatte ich es. Er sah aus wie ein Harlekin. Seine Kleider waren aus einem Zeug gemacht, das ursprünglich wohl braunes Leinen gewesen, jetzt aber über und über mit Flicken besetzt war, mit bunten Flicken, blau, rot und gelb, hinten und vorn, an den Ellbogen und den Knien; einen farbigen Rand rings um seine Jacke, ein scharlachroter Besatz an den Hosensäumen; und im Sonnenschein sah er unendlich lustig und dabei sehr sauber aus, und man merkte genau, wie sorgfältig die Flickarbeit gemacht worden war. Ein bartloses Knabengesicht, sehr blond, keine ausgeprägten Züge, eine Nase, die sich eben schälte, kleine, blaue Augen, Lächeln und Stirnrunzeln, die einander auf dem

offenen Gesicht folgten, wie Sonnenschein und Schatten auf einer windgepeitschten Ebene. ›Achtung, Kapitän!‹ rief er. ›Da ist letzte Nacht ein Baumklotz angeschwemmt worden.‹ – ›Was, noch ein Baumstamm?‹ Ich gestehe, dass ich schamlos fluchte. Zu guter Letzt der entzückenden Reise hätte ich um ein Haar noch ein Loch in meinen armen Krüppel von Dampfer gerannt. Der Harlekin am Ufer wandte mir seine kleine Stupsnase zu. ›Sie englisch?‹ fragte er mit breitestem Lächeln. ›Sind Sie's?‹ rief ich vom Rad aus hinüber. Das Lächeln verschwand, und er schüttelte den Kopf, als täte ihm meine Enttäuschung leid. Dann klarte er wieder auf. ›Macht nichts‹, rief er ermutigend. ›Kommen wir rechtzeitig?‹ fragte ich. ›Er ist dort oben‹, gab er zurück, deutete mit dem Kopf den Hügel hinauf und wurde mit einmal ganz düster. Sein Gesicht war wie der Herbsthimmel, umwölkt in einer Sekunde und ganz klar in der nächsten. Als der Direktor inmitten der Pilger – allesamt bis an die Zähne bewaffnet – zum Haus hinaufgegangen war, kam der komische Kauz an Bord. ›Ich muss Ihnen sagen, mir gefällt das nicht. Die Eingeborenen sind im Busch‹, sagte ich. Er versicherte mir ernsthaft, es sei alles in Ordnung. ›Es sind einfältige Leute‹, fügte er hinzu. ›Nun, ich freue mich, dass Sie gekommen sind. Ich hatte unaufhörlich zu tun, sie abzuwehren.‹ – ›Aber Sie sagten ja eben, es sei alles in Ordnung‹, rief ich. – ›Oh, sie hatten nichts Böses im Sinn‹, sagte er und verbesserte sich unter meinem starren Blick: ›Das nicht gerade.‹ Dann rief er lebhaft: ›Ihr Ruderhaus muss sauber gemacht werden!‹ Beim nächsten Atemzug riet er mir, Dampf im Kessel zu halten, um im Notfall die Dampfpfeife blasen zu können. ›Ein guter Pfiff wird mehr für Sie tun, als alle Gewehre. Es sind einfältige Leute‹, wiederholte er. Er plapperte mit solcher Geschwindigkeit weiter, dass ich ganz verblüfft wurde. Er schien sich für endloses Schweigen schadlos halten zu wollen und deutete auch unmittelbar darauf lachend an, dass das tatsächlich der Fall war. ›Sprechen Sie nicht mit Herrn Kurtz‹ fragte ich. – ›Mit dem Mann spricht man nicht, man hört ihm zu‹, gab er mit größter Begeisterung zurück. ›Jetzt aber –‹, er schwenkte den Arm und war im Nu inmitten tiefster Verzweiflung. Sofort kam er aber mit einem Satz wieder in die Höhe, ergriff meine beiden Hände, schüttelte sie unaufhörlich und stammelte: ›Bruder Seemann ... Ehre ... Freude ... Entzücken ... mich vorstellen ... Russe ... Sohn eines Erzpriesters ... Gouvernement Tamor ..., was? ... Tabak! Englischer Tabak; der ausgezeichnete englische Tabak! Nun, das ist brüderlich. Rauchen? Gibt es einen Seemann, der nicht raucht?‹
Die Pfeife beruhigte ihn, und ich brachte nach und nach heraus, dass er von der Schule entlaufen und auf einem russischen Schiff zur See gegangen war; nochmals durchgebrannt, hatte er eine Zeit auf englischen Schiffen gedient und war nun mit dem Erzpriester ausgesöhnt. Das hob er eigens hervor. ›Wenn man jung ist, muss man vieles sehen, Erfahrungen und Ideen sammeln, den Horizont erweitern.‹ – ›Hier!‹ unterbrach ich ihn. – ›Das kann man nie sagen. Hier habe ich Herrn Kurtz getroffen‹, gab er zurück, ganz jungenhaft feierlich und vorwurfsvoll. Daraufhin hielt ich den Mund. Es ergab sich, dass er ein holländisches Handelshaus an der Küste überredet hatte, ihn mit Waren und Vorräten auszustatten, und ins Innere aufgebrochen war, mit leichtem Herzen und ahnungslos wie ein Kind über das, was ihm bevorstehen mochte. Er war an dem Strom fast zwei Jahre lang allein herumge-

zogen, von allem und allen abgeschnitten. ›Ich bin nicht so jung, wie ich aussehe, ich bin fünfundzwanzig‹, sagte er. ›Zuerst meinte der alte Van Shuyten, ich sollte zum Teufel gehen‹, erzählte er freudig weiter, ›aber ich klammerte mich an ihn und redete und redete, bis er Angst bekam, ich würde seinem Lieblingshund das Hinterbein wegreden, und so gab er mir ein paar billige Sachen und ein paar Gewehre und sagte, er hoffte, mein Gesicht nie wieder zu sehen. Der gute alte Holländer, Van Shuyten. Ich habe ihm vor einem Jahr einen kleinen Posten Elfenbein geschickt, so dass er mich nicht einen kleinen Dieb heißen kann, wenn ich wiederkomme. Hoffentlich hat er es bekommen. Und um alles andere kümmere ich mich nicht. Ich habe etwas Holz für Sie aufgestapelt. Das dort war mein altes Haus. Haben Sie es gesehen?‹

Ich gab ihm Towsons Buch. Er tat, als wollte er mich küssen, hielt sich aber zurück. ›Das einzige Buch, das ich zurückgelassen habe – und ich dachte, ich hätte es verloren‹, sagte er und betrachtete es begeistert. ›Einem Menschen, der allein herumzieht, stoßen so viele Zwischenfälle zu, wissen Sie. Manchmal schlagen Kanus um – und manchmal muss man so schnell davon, wenn die Leute böse werden.‹ Er überblätterte die Seiten. ›Sie haben Randbemerkungen in Russisch geschrieben‹, fragte ich. Er nickte. ›Ich dachte, es wäre eine Geheimschrift‹, sagte ich. Er lachte, wurde aber gleich ernst. ›Ich hatte die größte Mühe, die Leute fernzuhalten‹, sagte er. – ›Wollten sie Sie töten?‹ fragte ich. ›O nein‹, rief er und brach ab. – ›Warum haben sie uns angegriffen?‹ fuhr ich fort. Er zögerte und sagte dann beschämt: ›Sie wollen nicht, dass er fortgeht!‹ – ›Wollen sie das nicht?‹ fragte ich neugierig zurück. Er nickte geheimnisvoll, schwer und weise. ›Ich sage Ihnen‹, rief er plötzlich, ›dieser Mann hat meinen Horizont erweitert.‹ Er öffnete beide Arme weit und starrte mich mit den kleinen blauen Augen an, die ganz kreisrund waren.«

III

»Ich sah ihn an, in Verwunderung verloren. Da stand er vor mir, kostümiert, als wäre er einer Komödiantentruppe entlaufen, begeistert, unwahrscheinlich. Sein Dasein selbst war unwahrscheinlich, unerklärlich und ganz und gar verwunderlich. Er war ein unlösbares Problem. Es war unbegreiflich, wie er hatte leben, wie er hatte so weit kommen können, wie er es fertiggebracht hatte, durchzukommen – und warum er sich nicht im Handumdrehen in Nichts auflöste. ›Ich ging ein wenig weiter‹, sagte er, ›und dann noch ein wenig weiter – bis ich es nun so weit geschafft habe, dass ich nicht mehr weiß, wie ich jemals zurückkehren sollte. Macht nichts. Massenhaft Zeit. Wird sich schon finden. Nehmen Sie Kurtz schnell weg – schnell, sage ich Ihnen.‹ Der Zauber der Jugend überglänzte seine bunten Flicken, seine Verkommenheit und Einsamkeit, die trostlosen Male seines ziellosen Wanderns. Monate lang – Jahre lang, war sein Leben keinen Pfifferling wert gewesen; und da stand er nun vor mir, ganz springlebendig, hochherzig, unbekümmert und allem Anschein nach unantastbar, nur infolge seiner jungen Jahre und seiner bedenkenlosen Kühnheit. Ich fühlte mich zu etwas wie Bewunderung, ja Neid verleitet. Ein Zauber trieb ihn voran, ein Zauber hielt ihn unversehrt. Er verlangte sicher nichts weiter von der Wildnis als Raum, um atmen und immer weiter wandern zu können. Er wollte leben und unter den denkbar größten Gefahren und schlimmsten Entbehrungen sich weiterbewegen. Wenn je der völlig reine, nicht berechnende, wirklichkeitsfremde Abenteurergeist ein menschliches Wesen beseelt hatte, dann diesen flickenbesäten Jungen. Ich beneidete ihn beinahe um den Besitz der kleinen, klaren Flamme. Sie schien alle Gedanken an ihn selbst so gründlich aufgezehrt zu haben, dass man sogar, während er mit einem sprach, völlig vergaß, er selbst – der Mann da vor einem – sei durch all diese Dinge gegangen. Seine Ergebenheit für Kurtz allerdings neidete ich ihm nicht. Darüber hatte er nicht gegrübelt. Die hatte ihn überkommen, und er hatte sie mit übereifrigem Fatalismus hingenommen. Ich muss sagen, dass mir diese Ergebenheit das weitaus Gefährlichste schien, was ihm je begegnen konnte.

Die Begegnung zwischen den beiden war unvermeidlich gewesen, wie die zweier Schiffe, die in einer Flaute festliegen und schließlich Seite an Seite getrieben werden. Ich nahm an, dass Kurtz einen Zuhörer wünschte, denn bei einer bestimmten Gelegenheit, als sie im Wald gelagert, hatten sie die ganze Nacht miteinander gesprochen, oder wahrscheinlicher: Kurtz hatte geredet. ›Wir unterhielten uns über alles Mögliche‹, erzählte er, noch ganz hingerissen von seiner Erinnerung. ›Ich vergaß völlig, dass es so etwas wie Schlaf gab. Die ganze Nacht schien kaum eine Stunde zu währen. Über alles – über alles ... auch über Liebe.‹ – ›Oh, er hat mit Ihnen über Liebe gesprochen!‹ sagte ich sehr belustigt. ›Es ist nicht, wie Sie glauben‹, unterbrach er mich fast leidenschaftlich. ›Es war ganz allgemein. Er ließ mich Dinge sehen – Dinge ...‹

Er warf die Arme hoch. Wir standen nebeneinander auf Deck, und der Häuptling meiner Holzfäller, der sich in der Nähe herumdrückte, wandte ihm seine schweren, glitzernden Augen zu. Ich sah in die Runde, und ich weiß nicht warum, aber ich versichere euch, dass nie, nie zuvor das Land, der Strom, der Dschungel und auch die Wölbung des strahlenden Himmels mir so hoffnungslos finster erschienen waren, undurchdringlich für jeden menschlichen Gedanken, so unbarmherzig gegen jede menschliche Schwäche. ›Und seither sind Sie natürlich immer bei ihm gewesen?‹ fragte ich.

Im Gegenteil. Es schien, dass ihr Verkehr aus verschiedenen Ursachen mehrfach unterbrochen worden war. Er hatte es fertiggebracht, wie er mir stolz mitteilte, Kurtz während zweier Krankheiten zu pflegen. (Das erwähnte er, als wäre es ein recht gefährliches Unternehmen gewesen.) Doch meistens wanderte Kurtz allein tief in den Wäldern herum. ›Oft, wenn ich in diese Station kam, hatte ich Tage und Tage lang zu warten, bis er auftauchte‹, sagte er. ›Oh, es war der Mühe wert, zu warten – manchmal.‹ – ›Was tat er? Forschen, oder was sonst‹, fragte ich. – ›O ja, natürlich.‹ Er hatte eine Menge Dörfer entdeckt, auch einen See – der Russe wusste nicht genau, in welcher Richtung; es war gefährlich, zu viel zu fragen – meistens aber hatten die Expeditionen dem Elfenbein gegolten. ›Er hatte aber doch schon längst keine Tauschwaren mehr‹, warf ich ein. – ›Sogar jetzt sind noch eine Menge Patronen übrig‹, meinte er und sah weg. ›Er plünderte also das Land, kurz gesagt‹, sagte ich. Der andere nickte. ›Doch nicht er allein?‹ Der Russe murmelte etwas über die Dörfer rund um den See. ›Kurtz hat den Stamm dazu gebracht, ihm zu folgen, ja?‹ riet ich. Er zauderte ein wenig. ›Sie beteten ihn an‹, sagte er. Der Ton dieser Worte war so außergewöhnlich, dass ich ihn forschend ansah. Das Gemisch aus Bereitwilligkeit und Widerstreben, wenn er von Kurtz sprechen sollte, war lustig zu sehen. Der Mann erfüllte sein Leben, beschäftigte seine Gedanken, beherrschte seine Gefühle. ›Was wollen Sie?‹ brach er los. ›Er kam zu ihnen mit Donner und Blitz – sie hatten nie etwas Ähnliches gesehen – und so schrecklich! Er konnte wirklich schrecklich sein. Man kann Herrn Kurtz nicht beurteilen wie einen gewöhnlichen Menschen. Nein, nein! Da – nur um Ihnen einen Begriff zu geben – es macht mir nichts aus, Ihnen zu erzählen, dass er auch mich eines Tages erschießen wollte. Aber ich verurteile ihn nicht.‹ – ›Was, erschießen!‹ rief ich, ›weshalb?‹ – ›Nun, ich besaß einen kleinen Posten Elfenbein, den mir der Häuptling des Dorfes nächst meinem Hause gegeben hatte. Ich pflegte für ihn Wild zu schießen, wissen Sie. Nun, Kurtz wollte es haben und ließ keine Widerrede gelten. Er erklärte mir, er würde mich erschießen, wenn ich ihm nicht das Elfenbein gäbe und mich dann aus dem Land davonmachte, denn das könnte er tun und es machte ihm Spaß, und nichts auf Erden könnte ihn hindern, jeden nach seinem Belieben zu töten. Und das stimmte auch. Ich gab ihm das Elfenbein. Was lag mir daran! Aber ich verließ das Land nicht. Nein, nein. Ich konnte ihn nicht verlassen. Natürlich musste ich vorsichtig sein, bis wir wieder eine Zeitlang freundschaftlich miteinander standen. Damals erkrankte er zum zweiten Male. Nachher musste ich mich wieder aus dem Wege halten; aber es machte mir nichts aus. Er lebte die meiste Zeit in den Dörfern am See. Wenn er den Strom herunterkam, dann kam er manchmal wieder zu mir, und manchmal war es für mich ratsamer, vorsichtig zu sein. Der Mann litt zu sehr. Er hasste dies alles hier und konnte sich doch nicht davon losreißen. Als sich mir einmal die Gelegenheit bot, bat ich ihn, doch den Versuch zum Weggehen zu machen, solange noch Zeit sei. Ich bot ihm an, mit ihm zurückzugehen. Und er sagte ja und blieb dann doch; ging nochmals auf die Elfenbeinjagd, verschwand für Wochen, vergaß sich ganz unter diesen Leuten – vergaß sich – Sie verstehen.‹ – ›Nun, er ist verrückt‹, sagte ich. Er widersprach entrüstet. Herr Kurtz konnte nicht verrückt sein. Wenn ich ihn reden gehört hätte, erst vor zwei Tagen, dann würde ich eine solche Andeutung gar nicht wagen ... Ich hatte mein Fernglas genommen, während wir sprachen, sah zum Ufer und suchte die Waldgrenze zu beiden Seiten und hinter dem Haus ab. Es war mir ein unbehagliches Gefühl, zu wissen, dass Leute im Busch steckten, schweigend und reglos wie die Ruinen des Hauses auf dem Hügel. Nichts im Gesicht der Landschaft sprach von dieser fabelhaften Geschichte, die mir ja nicht so sehr erzählt, als vielmehr in Ausrufen der Verzweiflung und abgerissenen Sätzen mitgeteilt wurde, dann und wann von einem Achselzucken oder einer Gebärde unterbrochen, die in einem tiefen Seufzer endete. Die Wälder standen unbewegt wie eine Maske, wuchtig wie das geschlossene Tor eines Gefängnisses, sahen mir entgegen mit dem Ausdruck verborgenen Wissens, geduldiger Erwartung, unverbrüchlichen Schweigens. Der Russe erzählte mir gerade, Herr Kurtz sei erst ganz kürzlich den Strom heruntergekommen und habe all die Krieger des Stammes am See mitgebracht. Er war mehrere Monate weg gewesen – um sich anbeten zu lassen, nehme ich an – und war unerwartet heruntergekommen, offenbar in der Absicht, einen Raubzug entweder nach der anderen Seite des Stromes, oder stromabwärts zu unternehmen. Offenbar hatte der Hunger nach noch mehr Elfenbein sich stärker erwiesen als die – wie soll ich sagen – weniger materiellen Wünsche. Jedenfalls aber hatte sich sein Befinden sehr verschlechtert. ›Ich hörte, dass er hilflos im Bett liege, und nützte die Gelegenheit aus, hinaufzukommen‹, sagte der Russe. ›Oh, es geht ihm schlecht, sehr schlecht!‹ Ich richtete mein Glas auf das Haus. Auch dort waren keine Lebenszeichen zu sehen, aber das zerstörte Dach war da und die lange Lehmmauer, die über das Gras emporragte, mit drei kleinen Fensteröffnungen darin, von denen nicht zwei von der gleichen Größe waren; all das war mir zum Greifen nahegerückt. Und dann machte ich eine hastige Bewegung, und einer der übriggebliebenen Pfosten des verschwundenen Zaunes sprang in das Sehfeld meines Glases. Ihr erinnert euch ja, dass ich euch sagte, wie mich aus der Ferne gewisse Ansätze zu Verzierungen überrascht hatten, die, angesichts der sonstigen Verkommenheit des Ortes, auffallend genug wirkten. Nun konnte ich es plötzlich aus größter Nähe sehen, und die erste Folge war, dass ich wie wegen eines Schlags den Kopf zurückwarf. Dann ging ich sorgfältig mit meinem Glas einen Pfosten nach dem anderen ab und sah meinen Irrtum ein. Diese runden Kugeln waren nicht Verzierungen, sondern Wahrzeichen. Sie waren ausdrucksvoll und überwältigend, erschreckend und ergreifend – Nahrung für allerlei Gedanken und auch für die Geier, wenn irgendwelche vom Himmel heruntergesehen hätten; jedenfalls aber für alle Ameisen, die sich die Mühe nehmen wollten, den Pfosten hinaufzuklettern. Sie wären sogar noch eindrucksvoller gewesen, diese Köpfe auf den Pfählen, hätten sie die Gesichter nicht dem Haus zugekehrt. Nur einer, der erste, den ich erkannt hatte, sah zu mir her. Ich war nicht so entsetzt, wie ihr wohl denken werdet. Mein Zurückzucken war weiter nichts als eine Regung der Überraschung gewesen. Ich hatte erwartet, eine geschnitzte Holzkugel dort oben zu finden. Nun wandte ich mich überlegt dem ersten der Köpfe wieder zu – und da war er also, schwarz, vertrocknet, eingesunken, mit geschlossenen Augenlidern – ein Kopf, der auf der Spitze des Zaunpfahles zu schlafen und, da die verschrumpften Lippen die weißen Zähne entblößten, auch zu lächeln schien, ein unaufhörliches Lächeln über einen endlos heiteren Traum, der den ewigen Schlummer durchzog.

Ich verrate keine Geschäftsgeheimnisse. Tatsächlich sagte der Direktor später, dass die Methoden des Herrn Kurtz den Distrikt ruiniert hätten. Sie bewiesen nur, dass es Herr Kurtz an Hemmungen bei der Befriedigung seiner verschiedenen Lüste fehlen ließ, dass ihm kurz und gut etwas abging, irgendeine Kleinigkeit, die im äußersten Notfall unter seinem wundervollen Redefluss nicht zu finden war. Ob er selbst sich des Mangels bewusst war, kann ich nicht sagen. Ich denke, das Bewusstsein kam ihm ganz zum Schluss – im letzten Augenblick. Die Wildnis aber hatte den Mangel schnell bemerkt und hatte an ihm für den verrückten Einbruch eine furchtbare Rache genommen. Ich denke mir, sie hat ihm Dinge über ihn selbst zugeflüstert, die er nicht wusste, Dinge, von denen er keinen Begriff hatte, bis er mit der großen Einsamkeit zu Rate gegangen war – und dieses Flüstern hatte sich als unwiderstehlich und bezaubernd erwiesen. Es fand lauten Widerhall in ihm, weil er innerlich hohl war … Ich setzte das Glas ab, und der Kopf, der nahe genug zu sein schien, dass ich hätte mit ihm reden können, schien im Augenblick in unerreichbare Fernen zurückzuschnellen.

Der Bewunderer des Herrn Kurtz schien ein wenig bestürzt. Mit hastiger, deutlicher Stimme begann er mir zu versichern, er habe es nicht gewagt, diese Symbole herunterzunehmen. Die Eingeborenen fürchtete er nicht. Die Häuptlinge kamen jeden Tag, um Herrn Kurtz zu sehen. Sie krochen vor ihm … ›Ich will nichts von dem Zeremoniell wissen, das für das Erscheinen vor Herrn Kurtz vorgeschrieben ist‹, brüllte ich. Merkwürdig genug überfiel mich das Gefühl, dass solche Einzelheiten unerträglicher sein mussten, als der Anblick der Köpfe, die dort auf den Zaunpfosten unter Herrn Kurtz' Fenster dörrten. Denn schließlich war dieser Anblick nur wild, während mich die kurze Andeutung mit einem Schlag in den lichtlosen Bereich letzter Schrecken versetzt zu haben schien, wo reine, unverworrene Wildheit eine wahre Erlösung bedeutete; denn sie war ja etwas, was ganz offenbar ein Recht darauf hatte, im Sonnenschein zu bestehen. Der junge Mann sah mich überrascht an. Ich vermute, es wurde ihm nicht bewusst, dass mir jede Verehrung für Herrn Kurtz fernlag. Er vergaß, dass ich keinen dieser wundervollen Monologe gehört hatte, über – was war es doch –, Liebe, Gerechtigkeit, Lebensführung und was sonst noch alles. Wenn es darauf hinausliefe, vor Herrn Kurtz auf dem Bauch zu kriechen, dann tat er das besser als der wildeste Wilde. Ich hätte keinen Begriff von den Lebensverhältnissen, sagte er: diese Köpfe seien die Köpfe von Rebellen. Ich empörte ihn aufs äußerste, indem ich lachte. Rebellen! Was würde ich wohl noch als nächste Erklärung zu hören bekommen? Es hatte Feinde gegeben, Verbrecher, Arbeiter – und diese waren Rebellen. Diese rebellischen Köpfe sahen mir auf ihren Pfählen recht unterwürfig aus. ›Sie wissen nicht, wie ein solches Leben einen Mann wie Kurtz angreift‹, rief Kurtz' letzter Schüler. ›Nun, und Sie?‹ sagte ich. – ›Ich bin ein einfacher Mann. Ich habe keine großartigen Gedanken. Ich verlange nichts von irgendjemand. Wie können Sie mich vergleichen …?‹ Seine Gefühle wurden zu heftig für Worte, und plötzlich klappte er zusammen. ›Ich verstehe das nicht‹, stöhnte er. ›Ich habe mein Bestes getan, um ihn am Leben zu halten, und das genügt. Ich hatte kein Geschick dafür, ich habe keine besonderen Fähigkeiten. Seit Monaten gibt es hier keinen Tropfen Medizin und keinen Bissen Krankenkost mehr. Man hat ihn schamlos im Stich gelassen. Einen solchen Mann, mit solchen Gedanken. Schamlos! Schamlos! Ich – ich habe die letzten zehn Nächte nicht geschlafen …‹

Seine Stimme verlor sich in dem stillen Abend. Während wir redeten, waren die langen Schatten des Waldes über den Himmel herabgeglitten, hatten sich weit über die verfallene Wohnstätte und über die Reihe der Zaunpfähle mit ihren Wahrzeichen gelegt. All das versank im Düstern, während wir unten am Strom noch Sonne hatten und die Flussstrecke von der Lichtung abwärts sich grell glitzernd gegen die Schattenmassen oben und unten abhob. Keine lebende Seele war am Ufer zu sehen. Die Büsche regten sich nicht.

Plötzlich tauchte um die Ecke des Hauses herum eine Gruppe von Leuten auf, als wären sie der Erde entsprungen. Sie wateten bis zur Hüfte durchs Gras, in einem dichten Haufen, und trugen eine notdürftig zurechtgezimmerte Bahre in ihrer Mitte.

Knall auf Fall gellte ein Schrei durch die leere Landschaft, dessen Schrille die Luft zerriss wie ein scharfer Pfeil, der mitten ins Herz der Landschaft flog; und wie durch Zauberschlag ergossen sich Ströme menschlicher Wesen – nackter menschlicher Wesen – mit Speeren in den Händen, mit Bogen, Schilden, mit wilden Blicken und heftigen Bewegungen aus dem dunkelblickenden, nachdenklichen Wald in die Lichtung. Die Büsche rauschten, das Gras wallte eine Zeitlang, und dann stand alles achtsam und unbeweglich still. ›Nun, wenn er ihnen jetzt nicht das rechte Wort gibt, ist es um uns alle geschehen‹, sagte der Russe an meinem Ellbogen. Die paar Leute mit der Tragbahre waren wie versteinert auf halbem Wege zum Dampfer stehengeblieben. Ich sah, wie der Mann auf der Bahre sich mühsam aufsetzte und über die Schultern der Träger den Arm emporstreckte. ›Hoffen wir, dass der Mann, der so gut über Liebe im allgemeinen zu reden versteht, einen besonderen Beweisgrund finden wird, um uns diesmal zu retten‹, sagte ich. Ich litt schwer unter der unsinnigen Gefahr unserer Lage, als wäre es eine entehrende Notwendigkeit gewesen, von der Gnade dieses grausamen Gespenstes abhängig zu sein. Ich konnte keinen Ton hören, sah aber durch mein Glas den dünnen Arm befehlend ausgestreckt, sah den Unterkiefer, der sich bewegte und die Augen des Gespenstes, die tief aus dem knochigen, ruckweise nickenden Kopf leuchteten. Kurtz – Kurtz – das ist im Deutschen ein Name, wie auch ein Eigenschaftswort, nicht wahr? Nun also, der Name war so wahr, wie alles sonst in seinem Leben – und seinem Sterben. Der Mann schien mindestens sieben Fuß lang zu sein. Seine Decke war abgeglitten, und der Körper bot sich erbarmungswürdig dar, wie aus einem Leichentuch herausgeschält. Ich konnte sehen, wie heftig seine Rippen zitterten, seine Armknochen bebten. Es sah aus, als schüttelte ein beseeltes Bildnis des Todes, aus altem Elfenbein, gespenstisch drohend die Hand gegen eine reglose Menge von Menschen, die aus dunkler, glänzender Bronze gegossen waren. Ich sah ihn den Mund weit öffnen – es gab ihm einen unheimlichen, gefräßigen Ausdruck, als hätte er die ganze Luft, die ganze Erde, all die Männer vor ihm verschlingen wollen. Eine tiefe Stimme klang schwach bis zu mir. Offenbar brüllte er. Plötzlich fiel er zurück. Die Bahre schwankte, während die Träger wieder vorwärtsschritten, und fast zur gleichen Zeit bemerkte ich, dass die Schar der Wilden fast ohne sichtbare Rückzugsbewegung verschwand, als hätte der Urwald, der diese Wesen so plötzlich ausgeworfen hatte, sie auch wieder eingesogen, wie man die Luft in einem tiefen Zug einatmet.
Einige der Pilger hinter der Bahre trugen seine ›Waffen‹ – zwei Schrotflinten, eine schwere Büchse und einen leichten Repetierkarabiner – die Donnerkeile dieses kläglichen Zeus. Der Direktor beugte sich über ihn und murmelte etwas, während er neben dem Kopfende der Bahre weiterging. Sie legten ihn in eine der kleinen Kabinen – es war gerade Platz genug für eine Bettstelle und einen Feldstuhl oder zwei. Wir hatten all seine verspätete Post mitgebracht, und sein Bett war mit einer Unmenge aufgerissener Umschläge und offener Briefe übersät. Seine Hand wühlte kraftlos in diesen Papieren. Ich war betroffen vom Feuer seiner Augen und der Fassung in seinen Zügen. Es war nicht so sehr Erschöpfung infolge seiner Krankheit. Er schien keine Schmerzen zu haben. Dieser Schatten blickte gesättigt und ruhig drein, als hätte er sich, für den Augenblick, an allen Gemütsbewegungen genugge-

tan. Er raschelte mit einem der Briefe, sah mir gerade ins Gesicht und sagte: ›Sehr erfreut!‹ Irgend jemand hatte ihm meinetwegen geschrieben. So fing es also wieder mit den besonderen Empfehlungen an. Die Lautstärke, die er ohne Anstrengung, fast ohne die Lippen zu bewegen, hervorbrachte, verblüffte mich. Eine Stimme! Eine Stimme! Ernst, tief, bebend, während der Mann selbst kaum fähig schien, zu flüstern. Doch hatte er immer noch genügend Kraft (wenn auch nur noch künstlich erzwungene) in sich, um uns allen den Garaus zu machen, wie ihr sofort hören sollt. Der Direktor tauchte schweigend in der Kabinentür auf. Ich ging sofort hinaus und zog hinter mir den Vorhang zu. Der Russe, von den Pilgern neugierig gemustert, starrte zum Ufer hinüber. Ich folgte der Richtung seines Blicks. Dunkle menschliche Gestalten waren in der Ferne zu erkennen, die deutlich vor dem schwarzen Hintergrund des Waldes hinflitzten; nahe am Ufer standen zwei bronzene Figuren auf hohe Speere gelehnt, kriegerisch und still, in bildhafter Ruhe, im Sonnenschein, unter ihrem phantastischen Kopfschmuck aus gefleckten Fellen. Und von rechts nach links, dem erleuchteten Ufer entlang, bewegte sich die wilde, prunkvolle Erscheinung einer Frau.

Sie war in gestreifte, mit Fransen besetzte Stoffe gehüllt, ging gemessenen Schrittes dahin und setzte die Füße stolz auf den Boden, von einem leichten Klirren und Aufblitzen barbarischer Schmuckstücke begleitet. Sie hielt den Kopf hoch; ihr Haar war helmartig aufgesteckt. Sie trug messingene Fußringe bis zum Knie, messingene Armspangen bis zum Ellbogen hinauf, einen brennroten Fleck auf jeder ihrer lohfarbenen Wangen, zahllose Glasperlenschnüre um den Hals; fremdartige Dinge, Amulette und Geschenke von Zauberern, die sie an sich hängen hatte, zitterten und glitzerten bei jeder Bewegung. Sie schien den Wert mehrerer Elefantenzähne an sich zu tragen. Sie war wild und stolz, prunkvoll, mit lohenden Blicken; etwas Schicksalhaftes, Feierliches lag in ihren langsamen Schritten, und in dem Schweigen, das sich plötzlich über das ganze Land hingesenkt hatte, schien die ungeheure Wildnis, der Riesenleib des fruchtbaren, geheimnisvollen Lebens nachdenklich nach ihr zu schauen, wie zum Abbild der eigenen leidenschaftlichen und düsteren Seele.

Sie kam unmittelbar vor den Dampfer, stand still und sah uns an. Ihr langer Schatten fiel übers Wasser. Ihr Gesicht zeigte den tragischen, ungestümen Ausdruck wilden Kummers und dumpfen Schmerzes, sowie das Ringen mit einem noch unfertigen Entschluss. Sie stand und sah uns reglos an, wie die Wildnis selbst, als brütete sie über unerforschlichen Plänen. Eine ganze Minute verging, dann machte sie einen Schritt vorwärts. Es gab ein leises Klingeln, ein Aufglänzen gelben Metalls, ein Rauschen gefranster Stoffe, dann blieb sie kurz stehen, als hätte ihr Mut sie verlassen. Der junge Mensch an meiner Seite knurrte. Hinter mir murmelten die Pilger. Sie sah uns alle an, als hinge ihr Leben von der Unverrückbarkeit ihres Blickes ab. Plötzlich öffnete sie ihre nackten Arme und warf sie grade über ihrem Kopf hoch, wie in einem unsinnigen Verlangen, den Himmel greifen zu können, und zugleich schossen auch die schnellen Schatten über die Erde, hüllten ringsum den Strom ein und zogen den Dampfer in ihre Umarmung. Ungeheures Schweigen hing über dem Ganzen.

Sie wandte sich langsam ab, schritt weiter dem Ufer entlang und verlor sich in den Büschen zur Linken. Einmal nur glänzten aus dem Dickicht ihre Augen zu uns zurück, bevor sie endgültig verschwand. ›Hätte sie ernstlich Anstalten gemacht, an Bord zu kommen, so hätte ich wirklich versucht, sie zu erschießen‹, sagte der Flickenmann etwas aufgeregt. ›Ich musste während der letzten zwei Wochen tagtäglich mein Leben wagen, um sie vom Hause fernzuhalten. Eines Tags kam sie doch hinein und schlug einen Riesenkrach, wegen der elenden Fetzen, die ich im Vorratsraum aufgeklaubt hatte, um meine Kleider damit auszubessern. Ich sah ja nicht mehr menschenwürdig aus. Es muss sich darum gedreht haben, denn sie redete eine Stunde lang wie eine Furie auf Kurtz ein und wies dann und wann auf mich. Ich verstehe den Dialekt dieses Stammes nicht. Zu meinem Glück war wohl Kurtz an diesem Tag zu krank, als dass er sich darüber aufgeregt hätte, sonst wären sicher Unannehmlichkeiten entstanden. Ich verstehe nicht ... Nein, es ist zu viel für mich. Aber, nun – jetzt ist ja alles vorbei!‹

In diesem Augenblick hörte ich Kurtz' Stimme hinter dem Vorhang: ›Mich retten! – Das Elfenbein retten, meinen Sie. Erzählen Sie mir nichts. Mich retten! Was denn – ich habe Sie gerettet! Sie stören jetzt meine Pläne. Krank! Krank! Nicht so krank, wie Sie wohl gerne glauben möchten. Sorgen Sie sich nicht. Ich werde meine Pläne schon noch ausführen – ich komme zurück. Ich will Ihnen zeigen, was getan werden kann. Sie, mit Ihrem kümmerlichen bisschen Wissen – Sie wollen mir in den Arm fallen; Ich komme zurück, ich ...‹

Der Direktor kam heraus. Er erwies mir die Ehre, mich am Arm zu fassen und beiseite zu führen. ›Er ist ganz herunter, ganz herunter‹, sagte er. Er hielt es für angebracht zu seufzen, unterließ es aber, auch im Gesicht den entsprechenden Schmerz zu zeigen. ›Wir haben alles, was wir konnten, für ihn getan – oder nicht? Aber die Tatsache ist nicht aus der Welt zu schaffen, dass Herr Kurtz der Gesellschaft mehr geschadet als genützt hat. Er hat nicht eingesehen, dass die Zeit für scharfes Vorgehen noch nicht gekommen war. Wir müssen noch vorsichtig sein. Der Distrikt ist uns nun für einige Zeit verschlossen. Bedauerlich! Alles in allem genommen, wird der Handel leiden. Ich bestreite nicht, dass eine bedeutende Menge Elfenbein vorhanden ist – meistens fossil. Wir müssen es unter allen Umständen retten –, aber sehen Sie selbst, unsere peinliche Lage – und warum? Weil die Methode ungesund ist.‹ – ›Nennen Sie das‹, sagte ich mit einem Blick zum Ufer, ›ungesunde Methode?‹ – ›Ohne Zweifel‹, rief er hitzig aus. ›Sie etwa nicht?‹ – ›Mir scheint es überhaupt keine Methode‹, murmelte ich nach einer Weile. ›Sehr richtig‹, jubelte er. ›Das habe ich vorausgesehen. Zeugt von völligem Mangel an Urteilsgabe. Es ist meine Pflicht, es höheren Orts zur Kenntnis zu bringen.‹ – ›Oh‹, sagte ich, ›der Bursche – wie heißt er noch? – der Ziegelmacher, wird Ihnen schon einen lesbaren Bericht verfassen.‹ Er schien einen Augenblick lang verblüfft. Mir war, als hätte ich nie zuvor eine solch verpestete Luft geatmet, und ich wandte mich im Geiste an Kurtz um Hilfe – tatsächlich um Hilfe. ›Trotz allem bin ich der Meinung, dass Herr Kurtz ein hervorragender Mensch ist‹, sagte ich mit Nachdruck. Der Direktor fuhr auf, ließ einen kalten und schweren Blick auf mich fallen, sagte sehr ruhig: ›Das war er‹ und wandte mir den Rücken zu. Die Stunde meiner Bevorzugung war vorüber; ich fand mich, zusammen mit Kurtz, beiseite geworfen, als Anhänger von Methoden, für die die Zeit noch nicht reif war; ich war ungesund! Ah! Aber es war doch schon 'was, die Wahl zwischen zwei unangenehmen Zeitgenossen zu haben. Tatsächlich hatte ich mich an die Wildnis gehalten, nicht an Herrn Kurtz, der, wie ich bereit war, zuzugeben, schon so gut wie begraben war. Und einen Moment lang schien es mir, als wäre auch ich schon im Massengrab voll unaussprechlicher Geheimnisse eingeschlossen. Ich fühlte ein ungeheures Gewicht mir die Brust bedrücken, witterte den Geruch der feuchten Erde, die unsichtbare Gegenwart siegreicher Verderbnis, die Dunkelheit undurchdringlicher Nacht ... Der Russe klopfte mir auf die Schulter. Ich hörte ihn etwas murmeln und stammeln von ›Bruder Seemann – konnte nicht verschweigen – mein Wissen um Dinge, die Herrn Kurtz' gutem Ruf schaden konnten.‹ Ich wartete. Für ihn war Herr Kurtz offenbar noch nicht begraben; ich habe ihn sogar im Verdacht, dass für ihn Herr Kurtz zu den Unsterblichen gehörte. ›Nun‹, sagte ich schließlich, ›sprechen Sie sich aus. Zufällig bin ich Herrn Kurtz' Freund – sozusagen!‹

Er stellte ziemlich förmlich fest, dass er, wären wir nicht ›Berufsgenossen‹ gewesen, die Sache ohne Rücksicht auf die Folgen für sich behalten hätte. Er hatte den Verdacht, dass die Weißen da ausgesprochen böse Absichten gegen ihn hegten, die ... – ›Sie haben recht‹, sagte ich, in der Erinnerung an ein gewisses Gespräch, das ich belauscht hatte. ›Der Direktor meinte, sie müssten gehängt werden.‹ Diese Mitteilung ging ihm in einer Weise nahe, die mich zunächst belustigte. ›Ich sollte lieber still aus dem Weg gehen‹, sagte er sehr ernst. ›Für Kurtz kann ich nun nichts mehr tun, und sie würden rasch einen Vorwand finden. Was sollte sie abhalten? Dreihundert Meilen von hier ist ein Militärposten.‹ – ›Nun, meiner Treu‹, sagte ich, ›vielleicht sollten Sie wirklich lieber gehen, wenn Sie unter den Wilden hier in der Nähe auch nur einen Freund haben.‹ – ›Eine Menge‹, sagte er. ›Es sind einfältige Leute – und ich brauche ja nichts, wissen Sie.‹ Er stand und biss sich auf die Lippen, dann meinte er: ›Ich möchte nicht, dass den Weißen hier irgendetwas zustößt – doch Sie sind ja ein Bruder, ein Seemann, und ich dachte natürlich an Herrn Kurtz' guten Ruf ...‹ – ›Schon recht‹, erwiderte ich nach einer Pause. ›Herrn Kurtz' Ruf ist bei mir gut aufgehoben.‹ Ich wusste nicht, wie wahr ich sprach.

Er dämpfte die Stimme und teilte mir mit, dass es Herr Kurtz gewesen sei, der den Angriff auf den Dampfer befohlen hatte. ›Er hasste mitunter den Gedanken, weggeholt zu werden, und dann wieder ... aber ich verstehe diese Dinge nicht. Ich bin ein einfacher Mensch. Er glaubte, es würde Sie abschrecken – dass Sie es aufgeben würden, weil Sie ihn für tot hielten. Ich konnte ihn nicht hindern. Oh, ich habe den letzten Monat Furchtbares durchgemacht.‹ – ›Schon recht‹, sagte ich. ›Er ist ja nun gut aufgehoben.‹ – ›Ja-a-a-‹, murmelte er, augenscheinlich nicht so sehr überzeugt. ›Danke‹, meinte ich, ›ich will die Augen offen halten!‹ – ›Aber unauffällig, ja‹, drang er ängstlich in mich. ›Es wäre schrecklich für seinen Ruf, wenn irgendjemand hier ...‹ Ich versprach mit größtem Ernst bedingungslose Verschwiegenheit. ›Ich habe ein Kanu und drei Schwarze, die nicht allzu weit weg auf mich warten. Ich gehe. Könnten Sie mir ein paar Martini-Henry-Patronen geben?‹ Ich konnte es und tat es mit der nötigen Diskretion. Er bediente sich noch, mit einem Blinzeln zu mir, aus meiner Tabakdose. ›Unter Seeleuten – Sie wissen ja – guter englischer Tabak.‹ An der Tür des Ruderhauses wandte er sich um: ›Sagen Sie, hätten Sie nicht ein Paar Schuhe, das Sie entbehren könnten?‹ Er hob ein Bein. ›Sehen Sie doch selbst.‹ Die Sohlen waren mit oft geflickten Schnüren sandalenartig unter seine nackten Füße gebunden. Ich suchte ein altes Paar heraus, das er bewundernd betrachtete, bevor er es sich unter den linken Arm klemmte. Eine seiner Taschen (knallrot) war voll gestopft mit Patronen, aus der anderen (dunkelblau) sah ›Towsons Untersuchung und so weiter‹ heraus. Er schien sich für einen neuerlichen Kampf mit der Wildnis fabelhaft versorgt zu haben. ›Oh, nie, nie wieder werde ich einem solchen Mann begegnen. Sie hätten ihn Gedichte sprechen hören sollen – es waren sogar seine eigenen, wie er mir sagte. Gedichte!‹ Er rollte die Augen bei der Erinnerung an solche Genüsse. ›Oh, er hat mir viel beigebracht.‹ – ›Leben Sie wohl‹, sagte ich. Er schüttelte mir die Hand und verschwand in die Nacht. Manchmal frage ich mich, ob ich ihn wohl wirklich gesehen habe – ob es möglich war, einem solchen Rätselwesen zu begegnen ...

Als ich kurz nach Mitternacht erwachte, kam mir seine Warnung und die Andeutung von Gefahren in den Sinn, die tief in der bestirnten Dunkelheit berechtigt genug schienen, um mich zum Aufstehen und zu einem kleinen Rundgang zu veranlassen. Auf dem Hügel brannte ein großes Feuer und beleuchtete in Abständen eine der schiefen Ecken des Stationsgebäudes. Einer der Agenten bewachte mit einer kleinen Abteilung unserer Schwarzen, zu diesem Zweck bewaffnet, den Elfenbeinvorrat. Tief drinnen aber, im Urwald, zeigten rote Feuerkreise, die flackerten und zwischen verschwommenen, tiefschwarzen Säulen aus dem Boden aufzutauchen und wieder zu versinken schienen, die Stelle des Lagers, wo Herrn Kurtz' Anbeter ihre Trauerwache hielten. Das eintönige Dröhnen einer großen Trommel erfüllte die Luft mit dumpfen Erschütterungen und nachhaltigen Schwingungen. Hinter der schwarzen Mauer des Waldes hervor drang, wie das Summen von Bienen aus dem Stocke klingt, der träge Klang vieler Männerstimmen, die, jede für sich, irgendeine Beschwörung sangen. Es wirkte merkwürdig einschläfernd auf meinen halbwachen Sinn. Ich glaube, ich schlief ein, während ich an der Reling lehnte, bis ein plötzlicher Aufschrei, ein überwältigender Ausbruch hochgepeitschter, geheimnisvoller Raserei, mich bestürzt auffahren ließ. Der Schrei erstarb sofort, und die leise, träge Beschwörung mit ihrer besänftigenden und einschläfernden Wirkung ging wieder los. Ich sah von ungefähr in die kleine Kabine. Ein Licht brannte darin, doch Herr Kurtz war nicht da.

Ich glaube, ich hätte aufgeschrien, wenn ich meinen Augen getraut hätte. Doch ich traute ihnen zunächst nicht, so unmöglich schien die Tatsache. In Wahrheit war es wohl so, dass ich aus bloßer Angst, aus nacktem Erschrecken, die mit der Gewissheit persönlicher Gefährdung nichts zu tun hatten, völlig von Sinnen war. Was das Gefühl so überwältigend machte, war – wie soll ich es erklären – der innerliche Stoß, den ich bekam, als wäre etwas Ungeheuerliches, dem Verstand wie der Seele gleich Unerträgliches, plötzlich über mich hereingebrochen. Das hielt natürlich nur den Bruchteil einer Sekunde an, und gleich darauf hatte der gesunde Menschenverstand wieder die Oberhand, dem die Lebensgefahr, die Möglichkeit eines plötzlichen Überfalls, eines Gemetzels oder etwas dieser Art, das ich voraussah, sich geradezu willkommen und tröstlich darbot. Er beruhigte mich tatsächlich so sehr, dass ich nicht einmal Alarm auslöste.

Zwei Schritte vor mir schlief ein Agent, in einen Mantel geknöpft, in einem Deckstuhl. Das Gekreische hatte ihn nicht geweckt; er schnarchte leise; ich überließ ihn seinem Schlummer und sprang an Land. Ich verriet Herrn Kurtz nicht – es war vorherbestimmt, dass ich ihn nie verraten – es stand geschrieben, dass ich dem Ungeheuer meiner Wahl treu bleiben sollte. Ich brannte darauf, mich, ganz für mich allein, mit diesem Schatten auseinanderzusetzen – und bis auf den heutigen Tag weiß ich nicht, warum ich es so eifersüchtig ablehnte, mit irgendjemand das eigenartig dunkle Erlebnis jener Stunde zu teilen.

Sobald ich am Ufer stand, sah ich eine Fährte – eine breite Fährte durchs Gras. Ich erinnere mich noch, mit welchem Jubel ich mir sagte, ›er kann nicht gehen, er kriecht auf allen vieren, er gehört schon mir!‹ Das Gras triefte von Tau. Ich ging schnell mit geballten Fäusten dahin. Ich glaube, ich hatte die dunkle Absicht, über ihn herzufallen und ihn durchzuprügeln. Ich weiß es nicht. Ich hatte einige blödsinnige Ideen. Das strickende alte Weib mit der Katze fiel mir ein, und ich empfand plötzlich, wie ungehörig es war, dass sie am anderen Ende einer solchen Geschichte sitzen sollte. Ich sah eine Horde von Pilgern aus Winchester-Karabinern, die sie an der Hüfte angeschlagen hielten, Blei in die Luft spritzen. Ich stellte mir vor, dass ich nie wieder zum Dampfer zurückkommen und allein und unbewaffnet in den Wäldern bis zum hohen Alter leben müsste. Lauter solche Dummheiten, wisst ihr. Ich erinnere mich auch, dass ich die Trommelwirbel mit meinem Herzschlag verwechselte und über sein ruhiges Gleichmaß erfreut war.

Ich blieb eine Weile auf der Fährte und dann stehen, um zu lauschen. Die Nacht war sehr klar: ein dunkelblauer Raum, glitzernd von Tau und Sternenlicht, in dem schwarze Dinge ganz ruhig standen. Ich meinte, gerade vor mir eine kleine Bewegung wahrnehmen zu können. Ich war in jener Nacht aller Dinge merkwürdig sicher. Nun verließ ich die Fährte und rannte in einem weiten Halbkreis (vor mich hin kichernd, glaube ich sogar) voran, um der Bewegung, die ich wahrgenommen hatte, wenn ich wirklich irgendetwas gesehen hatte, den Weg abzuschneiden. Ich schlug einen Kreis um Kurtz, als spielten wir ein Knabenspiel.

Ich erreichte ihn, und wenn er mich nicht kommen gehört hätte, so wäre ich wohl auch über ihn gestürzt; aber er stand noch zur rechten Zeit auf. Er erhob sich, unsicher, lang, blass, undeutlich, wie ein von der Erde ausgeatmeter Dunst, und schwankte leicht nebelig, stumm, vor meinen Augen; unterdessen glühten in meinem Rücken die Feuer zwischen den Bäumen, und das Murmeln vieler Stimmen drang aus dem Wald. Ich hatte ihm richtig den Weg verlegt; als ich ihm aber nun so gegenüberstand, schien ich wieder zur Besinnung zu kommen und übersah die Gefahr in ihrer ganzen Tragweite. Sie war durchaus noch nicht beseitigt. Angenommen, er begann zu brüllen? Wenn er auch kaum stehen konnte, so war doch noch Kraft genug in seiner Stimme. ›Gehen Sie weg – verstecken Sie sich‹, sagte er in seinem tiefen Ton. Es war ganz schrecklich. Ich sah zurück. Wir waren ungefähr dreißig Meter vom nächsten Feuer weg. Eine schwarze Gestalt erhob sich, schritt auf langen, schwarzen Beinen durch den Feuerschein und schwenkte lange, schwarze Arme. Sie hatte Hörner – Antilopenhörner, glaube ich – auf dem Kopf. Irgendein Zauberer, ein Medizinmann, fraglos; er sah teuflisch genug aus. ›Wissen Sie auch, was Sie tun?‹ flüsterte ich. – ›Vollkommen‹, gab er zurück und hob die Stimme für dieses einzelne Wort. Sie klang mir wie von fern her, doch laut, wie ein Anruf durch ein Sprachrohr. Wenn er Krach macht, sind wir verloren, dachte ich. Dies war augenscheinlich kein Fall, der durch einen Faustschlag zu erledigen war, ganz abgesehen von der sehr natürlichen Abneigung, die ich dagegen hatte, diesen Schatten, dieses irrende, gequälte Ding zu schlagen. ›Sie werden verloren sein‹, sagte ich. ›Ganz und gar verloren.‹ Man hat manchmal so blitzartige Eingebungen. Ich sagte gerade das rechte Wort, obwohl er ja tatsächlich nicht schlimmer verloren sein konnte, als er es gerade in jenem Augenblick war; damals, als der Grundstein für unsere Vertrautheit gelegt wurde, die dann lange – lange – bis zum Ende – und noch darüber hinaus anhalten sollte.

›Ich hatte ungeheure Pläne‹, murmelte er unentschlossen. ›Ja‹, sagte ich, ›aber wenn Sie versuchen, zu schreien, schlage ich Ihnen den Schädel ein ...‹ Weder ein Stein noch ein Stock war in Reichweite. ›Ich werde Sie erwürgen‹, verbesserte ich mich. – ›Ich stand an der Schwelle großer Dinge‹, redete er weiter, mit einer Sehnsucht in der Stimme, mit einem Verlangen, das mein Blut kälter strömen ließ. ›Nun kommt dieser dumme Schuft ...‹ – ›Ihr Erfolg in Europa ist gewiss‹, tröstete ich ihn eindrücklich. Ich wollte vermeiden, ihn zu erwürgen, versteht ihr – und tatsächlich hätte es ja wenig praktischen Zweck gehabt. Ich versuchte, den Zauber zu brechen, den schweren, stummen Zauber der Wildnis, die ihn an ihre erbarmungslose Brust ziehen zu wollen schien, indem sie vergessene, rohe Triebe und die Erinnerung an die Befriedigung ungeheuerlicher Lüste in ihm weckte. Das allein, davon war ich überzeugt, hatte ihn an den Waldsaum getrieben, in den Busch, dem Feuerschein zu, dem Dröhnen der Trommeln und der langgezogenen Beschwörung; dies allein hatte seine gesetzlose Seele über die Grenzen erlaubter Wünsche hinausgelockt. Und seht ihr, das Grauen des Augenblicks lag nicht in der Aussicht, eins über den Kopf zu kriegen – obwohl ich mir auch dieser Gefahr genau bewusst war –, sondern darin, dass ich es mit einem Wesen zu tun hatte, dem im Namen von nichts Hohem oder Niedrigem beizukommen war. Ich musste, gerade wie die Neger, ihn selbst anrufen, seine eigene unglaubliche und überspannte Verkommenheit. Über ihm war so wenig wie unter ihm, und ich wusste es. Er hatte sich von der Erde abgestoßen. Zum Teufel mit ihm! Er hatte die Erde selbst in Stücke geschlagen. Er war allein, und ich vor ihm wusste nicht, ob ich auf dem Boden stand oder in der Luft schwebte. Ich habe euch erzählt, was wir sagten, habe euch die Sätze wiederholt, die wir sprachen – und doch – wozu alles? Es waren gewöhnliche, alltägliche Worte – die vertrauten Worte, die man Tag für Tag wechselt. Doch was weiter? Hinter ihnen stand, meinem Empfinden nach wenigstens, die furchtbare Bedeutung von Worten, wie man sie in Träumen hört, von Sätzen, die man unter einem Alpdruck hinausschreit. Seele! Wenn je ein Mensch mit einer Seele gekämpft hat, dann bin ich es. Ich stritt auch nicht mit einem Irren. Ob ihr mir glaubt oder nicht – sein Verstand war völlig ungetrübt, allerdings mit furchtbarer Gewalt auf sich selbst eingestellt, aber ungetrübt; und hierin lag meine einzige Möglichkeit – außer der anderen natürlich, ihn auf dem Fleck totzuschlagen, die aber schon wegen des unvermeidlichen Lärms weniger vorteilhaft schien. Aber seine Seele war irr. Allein in der Wildnis, war sie in sich gegangen und – bei Gott, ich sage es euch – darüber verrückt geworden. Ich hatte – als Strafe für meine Sünden, nehme ich an – einen Blick hineinzutun. Keine Beredsamkeit hätte jeden Glauben an die Menschheit so gründlich erschüttern können, wie der schließliche Ausbruch seiner Offenherzigkeit. Er kämpfte auch mit sich selbst. Ich sah es, hörte es. Ich sah das Unbegreifliche einer Seele, die keine Hemmungen kannte, keinen Glauben und keine Furcht, und doch blindlings mit sich kämpfte. Ich bewahrte ziemliche Fassung; als ich ihn schließlich aber auf sein Lager gebettet hatte, trocknete ich mir die Stirn, und die Beine zitterten mir, als hätte ich viele Zentner auf meinem Rücken den Hügel hinaufgetragen. Und doch hatte ich ihn nur gestützt, sein knochiger Arm hatte um meinen Hals gelegen – und der ganze Mann wog nicht viel mehr als ein Kind.

Als wir am nächsten Tag gegen Mittag abfuhren, strömte die Menge, deren Anwesenheit hinter dem Vorhang der Bäume ich die ganze Zeit über genau gefühlt hatte, wieder aus den Wäldern heraus, erfüllte die Lichtung, bedeckte den Hügel mit einer Menge nackter, atmender, bebender Bronzeleiber. Ich dampfte ein kleines Stück stromauf, schwenkte dann stromabwärts, und zweitausend Augen verfolgten das Gebaren des plätschernden, stampfenden, bösen Flussteufels, der mit seinem furchtbaren Schweif das Wasser schlug und schwarzen Rauch in die Luft blies. Vor der ersten Reihe, hart am Ufer, tanzten drei Männer, von Kopf bis Fuß mit hellroter Erde bestrichen, ruhelos auf und ab. Als wir wieder an ihnen vorbeikamen, sahen sie zu uns her, stampften mit den Füßen, nickten mit den gehörnten Köpfen, schwenkten ihre scharlachenen Leiber; sie schüttelten dem Flussteufel ein Bündel schwarzer Federn entgegen, ein räudiges Fell mit hängendem Schwanz, irgendetwas, das wie ein gedörrter Kürbis aussah; von Zeit zu Zeit brüllten sie alle zusammen unverständliche Worte, die nicht mehr menschlich klangen; und das tiefe Murmeln der Menge, das dann und wann abbrach, klang wie Responsorien einer satanischen Litanei. Wir hatten Kurtz in das Ruderhaus getragen, weil es dort etwas luftiger war. Von dem Ruhelager aus starrte er durch den offenen Fensterladen hinaus. Es gab eine Wallung in der Masse menschlicher Leiber, und das Weib mit dem helmartigen Kopfputz und den lohfarbenen Wangen stürzte bis an die Uferkante vor. Sie streckte ihre Hände aus, schrie etwas, und die ganze wilde Menge nahm den Schrei brüllend auf, in einem knappen, schnellen, atemlosen Chor.

›Verstehen Sie das?‹ fragte ich.

Er fuhr fort, mit fahrigen, verlangenden Blicken an mir vorbeizusehen, mit einem Ausdruck, voller Sehnsucht und Hass. Er antwortete nicht, aber ich sah ein Lächeln, ein unerklärliches Lächeln auf seinen farblosen Lippen, die im nächsten Moment krampfhaft zuckten. ›Etwa nicht?‹ sagte er langsam und keuchte, als wären ihm die Worte durch eine übernatürliche Macht genommen.

Ich zog die Dampfpfeife, und zwar deswegen, weil ich sah, wie die Pilger an Deck, wie in Erwartung eines lustigen Streichs, ihre Gewehre fertigmachten. Bei dem plötzlichen Aufheulen der Dampfpfeife rann eine Bewegung furchtbaren Entsetzens durch das gedrängte Meer von Körpern. ›Nicht! Nicht! Sie verjagen sie‹, rief jemand vom Deck enttäuscht herauf. Ich zog ein ums andere Mal die Leine. Sie wandten sich und rannten, sprangen, krochen, verbargen sich zitternd vor dem fliegenden Schrecken des Tons. Die drei roten Kerle hatten sich, das Gesicht gegen den Boden, am Ufer flach hingeworfen, als hätte man sie totgeschossen. Nur das barbarisch prunkvolle Weib zuckte nicht und streckte mit tragischer Gebärde die nackten Arme über den düster glitzernden Strom nach uns aus.

Und dann begannen die Dummköpfe unten auf Deck mit ihrem kleinen Spaß, und ich konnte vor Rauch nichts mehr sehen.

Der dunkle Strom rann schnell aus dem Herzen der Finsternis hinaus und trug uns doppelt so schnell, wie wir heraufgefahren waren, der Küste zu; und auch Kurtz' Leben rann schnell dahin, verebbte aus seinem Herzen in das unerbittliche Meer der Zeit. Der Direktor war sehr sanftmütig, ihm blieben keine besonderen Ängste mehr, er umfasste uns beide mit einem verständnisvollen und befriedigten Blick: die ›Geschichte‹ war so gut ausgegangen, wie er es sich nur hatte wünschen können.

Ich sah den Zeitpunkt nahe, da ich allein von den Anhängern der ›ungesunden Methode‹ übrig sein würde. Die Pilger folgten mir mit missgünstigen Blicken. Ich wurde sozusagen schon zu den Toten gerechnet. Es ist merkwürdig, dass ich mir diese Einreihung gefallen ließ. Diese Wahl unter Ungeheuern, die mir in dem finstern Land von elenden, gierigen Gespenstern aufgezwungen worden war.

Kurtz sprach. Eine Stimme! Eine Stimme! Sie dröhnte tief, bis zuletzt. Sie überlebte seine Kraft, damit er unter dem Prunkgewand der Beredsamkeit die öde Nacht seines Herzens verbergen könnte. Oh, er kämpfte! Er kämpfte! Durch die Wüsten seines müden Hirns zuckten nun schattenhafte Bilder, Bilder von Wohlstand und Ruhm, die seine unbesiegbare Gabe gehobener, edler Sprechweise immer neu erstehen ließ. ›Meine Braut, meine Stationen, meine Laufbahn, meine Ideen‹ – das waren Ausgangspunkte für die gelegentliche Darlegung schöner Gefühle. Der Schatten des ursprünglichen Kurtz stand neben dem Krankenlager des hohläugigen Trugbildes, dem es in Kürze bevorstand, in jungfräulicher Erde bestattet zu werden. Sowohl der teuflische Hang zu den Mysterien wie auch der unirdische Hass dagegen, durch die diese Seele, von urweltlichen Erlebnissen gesättigt, gegangen war, machten einander nun ihren Platz streitig und äußerten sich in der Gier nach falschem Ruhm, erschlichener Auszeichnung, nach all den äußeren Merkmalen von Erfolg und Macht.

Mitunter war er unangenehm kindisch. Er wollte von Königen am Bahnhof empfangen werden bei seiner Rückkehr von einem gespenstischen Nirgendwo, wo er seine großen Pläne verwirklicht haben würde. ›Wenn man ihnen zeigt, dass man wirklich brauchbar ist, dann nehmen die Loblieder kein Ende‹, pflegte er zu sagen. ›Natürlich muss man auf die Beweggründe achten und sie immer sorgfältig wählen.‹ – Lange, gerade Strecken, die einander aufs Haar glichen, ebenso wie die eintönigen Ufer, glitten am Dampfer vorbei; zahllose hundertjährige Bäume sahen gleichgültig hinter diesem kümmerlichen Bruchstück einer anderen Welt drein, dem Vorboten des Wechsels, der Eroberung, des Handels, des Gemetzels und der Segnungen. Ich sah geradeaus und steuerte. ›Schließen Sie den Laden‹, sagte Kurtz eines Tages unvermittelt. ›Ich kann es nicht ertragen, das noch zu sehen.‹ Ich tat es. Es gab ein Schweigen. ›Oh, ich will dir schon noch das Herz aus dem Leib reißen‹, schrie er der unsichtbaren Wildnis zu.

Unsere Maschine versagte – wie ich es erwartet hatte –, und wir mussten, um den Schaden auszubessern, an der Spitze einer Insel anlegen. Diese Verzögerung war es, die zuerst Kurtz' Vertrauen erschütterte. Eines Morgens gab er mir ein Paket Papiere, das Ganze mit einem Schuhband zusammengeschnürt. ›Bewahren Sie das für mich auf‹, sagte er. ›Dieser kümmerliche Narr‹, damit meinte er den Direktor, ›ist imstande, meine Koffer zu durchwühlen, wenn ich gerade nicht dabei bin.‹ Nachmittags sah ich ihn wieder. Er lag auf dem Rücken, mit geschlossenen Augen, und ich zog mich ruhig zurück, hörte ihn aber murmeln: ›Recht leben, sterben, sterben ...‹ Ich horchte. Es kam nichts weiter. Wiederholte er im Schlaf irgendeine Rede oder war es ein Bruchstück aus einem Leitartikel? Er hatte für die Zeitungen geschrieben und gedachte es wieder zu tun, ›für die Verbreitung meiner Ideen. Es ist eine Pflicht.‹

Die Dunkelheit, in der er lebte, war undurchdringlich. Ich beobachtete ihn, wie man zu einem Mann hinunterspäht, der auf dem Boden eines Abgrunds liegt, wohin die Sonne nie scheint. Doch hatte ich nicht viel Zeit für ihn übrig, denn ich half dem Maschinisten beim Auseinandernehmen der lecken Zylinder, dem Strecken einer verbogenen Verbindungsstange und bei ähnlichen solchen Verrichtungen. Ich lebte inmitten eines höllischen Wirrwarrs von Rost, Feilspänen, Schraubenmuttern, Bolzen, Schraubenschlüsseln, Hämmern und Drillbohrern – lauter Dingen, die ich verabscheue, weil ich damit nicht zurechtkomme. Ich richtete die kleine Feldschmiede her, die wir glücklicherweise an Bord hatten, und arbeitete unaufhörlich unter dem Gerümpel herum – außer wenn ich zu starken Schüttelfrost hatte, um auf den Beinen stehen zu können.

Als ich eines Abends mit einer Kerze zu ihm hineinkam, war ich überrascht, ihn etwas zittrig sagen zu hören: ›Da liege ich im Dunkel und erwarte den Tod!‹ Das Licht war kaum mehr als eine Spanne von seinen Augen entfernt. Ich zwang mich zu einem gemurmelten: ›Ach, Unsinn!‹ und blieb wie angenagelt über ihn gebeugt. Etwas, das auch nur im entferntesten an den Wechsel hingereicht hätte, der sich in seinen Zügen vollzog, habe ich nie zuvor gesehen und hoffe es auch nie wieder zu sehen. Oh, ich war nicht gerührt. Ich war wie gebannt. Es schien, als wäre ein Schleier zerrissen. Ich sah auf dem Elfenbeingesicht den Ausdruck düsteren Stolzes, unbarmherziger Herrschsucht, feiger Angst – und tiefer, hoffnungsloser Verzweiflung. Durchlebte er, in jenem äußersten Augenblick völligen Wissens, sein Leben nochmals, mit jeder einzelnen Begierde, Versuchung und Schwäche? Er schrie in einem Flüstern einem Bild, einem Gesicht zu – schrie es zweimal, wenn es auch kaum lauter klang als ein Hauch: ›*Das Grauen! Das Grauen!*‹

Ich blies die Kerze aus und verließ die Kabine. Die Pilger aßen im Messraum zu Nacht, und ich nahm meinen Platz gegenüber dem Direktor ein; er hob die Augen, um mir einen fragenden Blick zuzuwerfen, den ich aber absichtlich übersah. Er lehnte sich zurück, heiter und mit dem gewissen Lächeln, das die unausgesprochenen Tiefen seiner Gemeinheit versiegelte. Ein unaufhörlicher Schauer kleiner Fliegen umsurrte die Lampe, das Tischtuch, unsere Hände und Gesichter. Plötzlich steckte der Boy des Direktors seinen unverschämten, schwarzen Kopf durch die Tür und sagte im Ton äußerster Verachtung: ›*Mistah Kurtz – er tot.*‹ Alle Pilger stürzten hinaus, um nachzusehen. Ich blieb zurück und beendete mein Abendessen. Ich glaube, sie hielten mich für unerhört hartherzig. Essen konnte ich aber doch nicht viel. Nur – dort drinnen brannte eine Lampe – es war hell, versteht ihr – und draußen war es so schrecklich, schrecklich dunkel. Ich ging nicht mehr in die Nähe des bemerkenswerten Mannes, der über das Erdenwallen seiner Seele ein solches Urteil gefällt hatte. Die Stimme war dahin. Was sonst war da gewesen? Aber ich weiß natürlich, dass die Pilger am nächsten Tag irgendetwas in einem Schlammloch vergruben.

Und dann begruben sie um ein Haar auch mich.

Aber wie ihr seht, verschwand ich damals noch nicht, um Kurtz zu folgen. Das tat ich nicht. Ich blieb zurück, um den bösen Traum zu Ende zu träumen und um noch ein letztes Mal Kurtz meine Treue zu beweisen. Schicksal! Mein Schicksal! Ein komisches Ding, das Leben – der geheimnisvolle Aufwand so unerbittlicher Logik für das so unwichtige Ende. Das meiste, was man davon erwarten kann, ist ein wenig Wissen über einen selbst – das zu spät kommt – ein Übermaß unauslöschlicher Reue. Ich habe mit dem Tod gerungen. Es ist der langweiligste Kampf, den man sich vorstellen kann. Er findet in einem grauen Dämmern statt, man hat keinen Boden unter den Füßen, nichts um sich, keine Zuschauer; es gibt keinen Lärm, keinen Ruhm, der heiße Wille zum Sieg fehlt genauso, wie die große Angst vor der Niederlage; eine peinlich laue Zweifelsucht ist da, nicht aber der Glaube an das eigene Recht und noch weniger an das Recht des Gegners. Wenn das der Weisheit letzter Schluss ist, dann ist das Leben ein größeres Rätsel, als einige von uns glauben. Ich stand haarscharf vor der allerletzten Möglichkeit einer Erklärung und fand zu meiner Demütigung, dass ich wahrscheinlich nichts zu sagen haben würde. Das ist der Grund, weshalb ich behaupte, dass Kurtz ein hervorragender Mann war. Er hatte etwas zu sagen. Er sagte es. Seitdem ich selbst um die Ecke gelugt habe, verstehe ich auch den Sinn dieses Blickes besser, der zwar nicht die Kerzenflamme sehen konnte, aber doch weit genug, um die ganze Welt zu umfassen, scharf genug, um alle Herzen, die in der Finsternis schlagen, zu durchdringen. Er hatte bilanziert – er hatte geurteilt. ›*Das Grauen!*‹ Er war ein hervorragender Mann. Schließlich war auch das der Ausdruck einer Art von Glaube. Er war offen, von Überzeugung getragen; in seinem Flüstern zitterte Aufruhr mit, ein Funke Wahrheit – und es zeigte die eigene Mischung von Begierde und Hass. Und nicht meine eigene Krise ist es, an die ich mich am besten erinnere – sie scheint mir ganz grau in grau, formlos, von körperlichen Schmerzen erfüllt und von einer nachlässigen Verachtung für die Vergänglichkeit aller Dinge – und gar noch dieser Schmerzen selbst. Nein! Seine letzten Augenblicke sind es, die ich durchlebt zu haben schien. Gewiss, er hat diesen letzten Schritt getan, war um die Ecke herum gegangen, während es mir erlaubt worden war, den zögernden Fuß zurückzuziehen. Und vielleicht liegt darin der ganze Unterschied; vielleicht ist alle Weisheit, alle Wahrheit, alle Aufrichtigkeit in den einen unschätzbaren Augenblick zusammengedrängt, in dem wir die Schwelle zum

Unsichtbaren überschreiten. Vielleicht! Ich hoffe, dass mein Schlusswort nicht etwa auch nachlässige Verachtung bekundet hätte. Weit besser sein Aufschrei – weit besser. Er war eine Bekräftigung, ein moralischer Sieg, für den er mit zahllosen Niederlagen gezahlt hatte, mit unendlichen Greueln und furchtbaren Ausschweifungen. Aber es war ein Sieg! Das ist der Grund, warum ich Kurtz bis zuletzt die Treue bewahrt habe und sogar noch darüber hinaus, als ich, lange Zeit nachher, noch einmal, nicht seine eigene Stimme hörte, sondern das Echo seiner wunderbaren Beredsamkeit, das mir aus einer Seele, durchsichtig klar wie ein kristallener Fels, zugeworfen wurde.

Nein, sie begruben mich nicht, obwohl es eine Zeitspanne gibt, an die ich mich nur nebelhaft erinnere, mit einer fröstelnden Verwunderung, wie an die Durchquerung einer unbegreiflichen Welt, in der es keine Hoffnung und keine Sehnsucht gab. Ich fand mich in der Grabesstadt wieder und litt unter dem Anblick der Leute, die durch die Straßen eilten, um einander ein wenig Geld abzuknöpfen, ihre unwürdige Kost zu verschlingen, ihr unmögliches Bier hinunterzuschütten, ihre unbedeutenden, dummen Träume zu träumen. Sie verwirrten meine Gedankengänge. Sie waren Eindringlinge, deren Wissen vom Leben mir eine aufreizende Anmaßung schien, denn ich war sicher, dass sie die Dinge nicht wissen konnten, die ich wusste. Ihr Gebaren, das ganz einfach das von Durchschnittsmenschen war, die im Bewusstsein völliger Sicherheit ihren Geschäfte nachgehen, machte mich rasend, als hätten sie sich angesichts einer Gefahr, die sie nicht verstanden, in närrischem Tun gefallen. Ich fühlte keine besondere Sehnsucht, sie aufzuklären, musste mich aber zurückhalten, um ihnen nicht gerade in die Gesichter zu lachen, die so voll dummer Wichtigkeit waren. Ich kann wohl sagen, dass mir die ganze Zeit über nicht recht wohl war. Ich schlenderte durch die Straßen – es gab verschiedene Geschäfte zu erledigen – und grinste durchaus ehrenwerte Personen bitter an. Ich gebe zu, dass mein Benehmen unentschuldbar war, meine Temperatur aber war ja in jenen Tagen auch selten normal. Die Bemühungen meiner lieben Tante, mich wieder ›aufzupäppeln‹, schienen zur Fruchtlosigkeit verdammt. Nicht meine Körperkraft war es, die ein Aufpäppeln brauchte, sondern meine Einbildungskraft musste beruhigt werden. Ich bewahrte das Briefpaket, das Kurtz mir gegeben hatte, auf, ohne genau zu wissen, was ich damit tun sollte. Seine Mutter war kürzlich gestorben, gepflegt, wie man mir sagte, von des Sohnes Braut. Ein glattrasierter Mann von amtlichem Gebaren, mit goldgefasster Brille, besuchte mich eines Tages und forschte erst unauffällig, dann mit leisem Nachdruck nach gewissen Dingen, die er ›Dokumente‹ zu nennen beliebte. Ich war nicht überrascht, denn ich hatte schon dort draußen deswegen zweimal Streit mit dem Direktor gehabt. Ich hatte es abgelehnt, auch nur den kleinsten Zettel aus dem Paket herauszurücken, und nahm nun auch dem bebrillten Mann gegenüber die gleiche Haltung ein. Schließlich wurde er dumpf drohend, behauptete recht hitzig, dass die Gesellschaft ein Recht auf jede kleinste Auskunft hätte, die aus ihren Territorien stammte, und meinte: ›Herrn Kurtz' Kenntnisse der unerforschten Gebiete scheinen bestimmt tiefreichend und eigenartig zu sein – wegen seiner großen Fähigkeiten und der bedauernswerten Verhältnisse, in die er geraten war: darum –‹ Ich versicherte ihm, dass Herrn Kurtz' Kenntnisse, wie tiefreichend sie auch gewesen sein mochten, sich weder auf Handels- noch Verwaltungsprobleme erstreckten. Dann berief er sich auf die Wissenschaft: ›Es wäre ein unberechenbarer Schaden, wenn ...‹ und so weiter. Ich bot ihm den Bericht über ›Die Unterdrückung wilder Sitten‹ an, von dem ich die Nachschrift abgerissen hatte. Er nahm ihn hastig entgegen, gab ihn aber bald mit einem verächtlichen Naserümpfen zurück. ›Das ist es nicht, was wir ein Recht hatten, zu erwarten‹, bemerkte er. ›Erwarten Sie nichts weiter‹, sagte ich. ›Es gibt nur noch Privatbriefe.‹ Er zog sich unter Androhung gesetzlicher Schritte zurück, und ich sah ihn nie wieder; zwei Tage später aber erschien ein anderer Bursche, der sich Kurtz' Vetter nannte und sich ernstlich besorgt zeigte, alle Einzelheiten über die letzten Augenblicke seines lieben Verwandten zu erfahren. Beiläufig gab er mir zu verstehen, dass Kurtz im Grunde ein großer Musiker gewesen sei. ›Er hätte es zu fabelhaften Erfolgen bringen können‹, sagte der Mann, der, soviel ich weiß, ein Organist war, mit schlichtem grauem Haar, das ihm über den fettigen Rockkragen fiel. Ich hatte keinen Grund, seine Behauptungen anzuzweifeln; und bis heute kann ich noch nicht sagen, was Kurtz' Beruf war, ob er überhaupt je einen hatte, und welches das stärkste seiner Talente war. Ich hatte ihn für einen Maler gehalten, der für Zeitungen schrieb, oder für einen Journalisten, der malen konnte – doch sogar der Vetter (der während unserer Unterhaltung Tabak schnupfte) konnte mir nicht sagen, was er eigentlich gewesen war. Ein Universalgenie – darin stimmte ich mit dem alten Knaben überein, der sich daraufhin geräuschvoll in ein großes baumwollenes Taschentuch schneuzte und in greisenhafter Aufregung davonging, nachdem er einige Familienbriefe und Aufzeichnungen ohne Bedeutung an sich genommen hatte. Schließlich tauchte noch ein Journalist auf, der begierig schien, etwas über das Schicksal seines ›lieben Kollegen‹ zu erfahren. Dieser Besuch unterrichtete mich, dass Kurtz' eigentliches Wirkungsfeld die ›Politik fürs Volk‹ hätte sein sollen. Der Mann hatte buschige, gerade Augenbrauen, kurzgeschorenes, borstiges Haar, trug ein Augenglas an breitem Band und gestand mir, als er etwas wärmer geworden, dass seiner Überzeugung nach Kurtz überhaupt nicht schreiben konnte – ›aber, bei Gott, wie konnte der Mann reden! Er riss ganze Versammlungen mit sich fort. Er hatte Glauben, verstehen Sie mich? Er hatte den Glauben. Er konnte sich dazu bringen, alles zu glauben, einfach alles. Er hätte für eine extreme Partei einen glänzenden Führer abgegeben.‹ – ›Was für eine Partei?‹ fragte ich. ›Irgendeine Partei‹, antwortete der andere. ›Er war ein – ein – Extremist.‹ Ob ich nicht auch so dächte? Ich stimmte ihm zu. In einem plötzlichen Aufblitzen von Neugierde fragte er mich, ob ich wüsste, was ihn dazu gebracht hatte, hinauszugehen. – ›Jawohl‹, sagte ich und händigte ihm sofort den berühmten Bericht zur Veröffentlichung aus, falls er ihm passend erscheinen sollte. Er überflog ihn hastig, murmelte dabei unaufhörlich vor sich hin, meinte, es würde schon gehen und verschwand mit seiner Beute.

So blieb mir schließlich nur noch ein dünnes Paket Briefe und das Bild des Mädchens. Sie kam mir wunderschön vor, ich meine, ihr Ausdruck war wunderschön. Ich weiß ja, dass man auch das Sonnenlicht dazu bringen kann, zu lügen, und doch fühlte man, dass keine geschickte Zurechtmachung von Licht und Stellung den zarten Schimmer über dieses Gesicht gelegt haben konnte. Sie schien bereit, zuzuhören ohne inneren Vorbehalt, ohne Misstrauen, ohne jeden Gedanken an sich selbst. Ich beschloss, hinzugehen und ihr das Bild und die Briefe persönlich zu übergeben. Neugierde? Gewiss. Und vielleicht auch noch ein anderes Gefühl. Alles, was Kurtz einmal besessen hatte, war mir aus den Händen geglitten; seine Seele, sein Leib, seine Station, seine Pläne, sein Elfenbein, seine Laufbahn. Es blieb nur noch sein Andenken und seine Braut – und ich wünschte, auch das in gewisser Beziehung der Vergangenheit zu übergeben, alles, was mir von ihm blieb, dem Vergessen zu überlassen, das das letzte Ende unseres gemeinsamen Schicksals ist. Ich verteidige mich nicht. Ich hatte keine klare Vorstellung davon, was ich eigentlich wollte. Vielleicht war es eine Regung unbewusster Anständigkeit, oder es geschah unter dem Druck einer der spöttischen Notwendigkeiten, die sich hinter den Tatsachen des menschlichen Lebens verbergen. Ich weiß es nicht. Ich kann es nicht sagen. Aber ich ging.

Ich denke, die Erinnerung an ihn war wie die anderen Erinnerungen an Tote, die sich in jedes Mannes Leben anhäufen – ein leichter Eindruck im Hirn von Schatten, die sich im raschen Vorbei abgeprägt haben; doch vor dem hohen, wuchtigen Tor, zwischen den mächtigen Häusern einer Straße, die still und ehrwürdig wirkten wie eine gepflegte Allee auf einem Friedhof, stand plötzlich sein Bild wieder vor mir, wie er auf der Bahre lag und gefräßig den Mund öffnete, als wollte er die ganze Erde mit all ihren Bewohnern verschlingen. Er stand geradezu leibhaftig vor mir – lebendig, wie er es je gewesen war – ein Schatten, der sich unersättlich nach prunkvoller Umgebung, nach furchtbarer Wirklichkeit sehnte. Ein Schatten, dunkler als der der Nacht, und edel in die Fluten einer übermenschlichen Beredsamkeit gehüllt. Das Bild schien mich ins Haus hineinzubegleiten – die Bahre mit ihren gespenstischen Trägern, die wilde Schar der ehrfürchtigen Anbeter, das Waldesdüster, das Glitzern des Stroms zwischen den dunklen Ufern, die Schläge der Trommel, regelmäßig und dumpf wie eines Herzens – des Herzens der siegreichen Finsternis. Es war ein Augenblick des Triumphs für die Wildnis, ein jähes, rachsüchtiges Vordringen, das ich, so schien es mir, ganz allein würde aufzuhalten haben, um des Heiles einer anderen Seele willen. Und die Erinnerung daran, was ich ihn dort, weit weg, sagen gehört hatte, während die Gehörnten sich hinter meinem Rücken im Flammenschein, im Schweigen der Wälder regten, diese abgerissenen Sätze kamen mir wieder in den Sinn, waren wieder in ihrer furchtbaren, schicksalhaften Schlichtheit zu hören. Ich erinnerte mich an seine niederträchtige Beweisführung, seine verbrecherischen Drohungen, das ungeheure Maß seiner niedrigen Lüste, die Verkommenheit, die Qualen und die entsetzliche Angst seiner Seele. Gleich darauf glaubte ich, ihn wieder gefasst und gleichmütig vor mir zu sehen, wie er mir eines Tages sagte: ›Dieser Posten Elfenbein gehört tatsächlich mir. Die Gesellschaft hat nichts dafür bezahlt. Ich habe ihn selbst unter ziemlich großer, persönlicher Gefahr zusammengetragen. Hm, es ist ein schwieriger Fall. Was glauben Sie, was ich tun sollte – Widerstand leisten? Wie? Ich will nichts weiter als Gerechtigkeit ...‹ Er wollte nichts weiter als Gerechtigkeit – nichts weiter als Gerechtigkeit. Ich zog die Glocke vor einer Mahagonitür im ersten Stock, und während ich wartete, schien er mich aus den Glasscheiben anzustarren, mit dem weiten, ungeheuren Blick, der die ganze Welt umfasste, verdammte und verabscheute. Ich glaubte, den geflüsterten Schrei zu hören: ›*Das Grauen! das Grauen!*‹

Die Dämmerung fiel ein. Ich hatte in einem luftigen, winzigen Wohnzimmer zu warten, mit drei hohen Fenstern, die vom Boden bis zur Decke reichten und wie drei leuchtende, verhängte Säulen wirkten. Die geschnitzten, vergoldeten Beine und Ränder der Möbel leuchteten in undeutlichen Umrissen. Der hohe Marmorkamin wirkte weiß und kalt wie ein Denkmal. Ein großes Pianino stand massig in einer Ecke, mit trüben Glanzlichtern da und dort, wie ein düsterer, polierter Sarkophag. Eine hohe Tür ging auf, schloss sich. Ich erhob mich.

Sie kam mir entgegen, ganz in Schwarz, mit einem blassen Haupt, das durch das Dunkel auf mich zuhielt. Sie war in Trauer. Es war mehr als ein Jahr seit seinem Tod, mehr als ein Jahr her, seitdem die Nachricht gekommen war. Es schien, als wollte sie nie vergessen und ewig trauern. Sie nahm meine beiden Hände in die ihren und murmelte: ›Ich hatte gehört, dass Sie kommen würden.‹ Ich bemerkte, dass sie nicht sehr jung war – ich meine, nicht mädchenhaft. Sie war wirklich fähig, Treue, Glaube und Liebe zu geben. Der Raum schien dunkler geworden, als hätte sich all das trübe Licht des wolkigen Abends auf ihre Stirn geflüchtet. Dies blendende Haar, das blasse Gesicht, die reinen Brauen schienen von einem silbrigen Schein umgeben, aus dem mich die dunklen Augen anblickten. Ihr Blick war arglos, tief, vertrauensvoll und zuversichtlich. Sie trug ihr bekümmertes Antlitz, als wäre sie stolz auf ihr Leid, als wollte sie sagen: ›Ich, ich allein weiß um ihn zu trauern, wie er es verdient.‹ Noch während wir uns die Hände schüttelten, kam ein Ausdruck so furchtbarer Trostlosigkeit über ihr Gesicht, dass ich sie als eines der Geschöpfe erkannte, die nicht als Spielzeug der Zeit geboren sind. Für sie war er erst gestern gestorben – nein, in dieser selben Minute. Ich sah sie und ihn im gleichen Moment – seinen Tod und ihren Kummer – ich sah ihren Kummer im Augenblick seines Todes. Versteht ihr das? Ich sah sie zugleich, ich hörte sie zugleich. Sie hatte mit einem tiefen Atemzug gesagt: ›Ich bin übriggeblieben.‹ Mit dieser verzweifelten Klage vermengt, glaubten meine gespannten Ohren deutlich das letzte Flüstern zu hören, das seine ewige Verdammnis anzeigte. Ich fragte mich, was ich da tat, und hatte dabei ein Gefühl von Panik, als hätte ich mich an einen Ort gewagt, wo grausame, sinnlose Mysterien abgehalten wurden, denen kein menschliches Wesen beiwohnen durfte. Sie forderte mich auf, Platz zu nehmen. Wir setzten uns. Ich stellte das Paket langsam auf den kleinen Tisch und sie legte die Hand darüber ...

›Sie kannten ihn gut‹, murmelte sie nach einem kurzen und traurigen Schweigen.

›Die Vertrautheit bildet sich da draußen schnell heraus‹, sagte ich. ›Ich kannte ihn so gut, wie ein Mann überhaupt einen andern kennen kann.‹

›Und Sie bewunderten ihn‹, sagte sie. ›Es war unmöglich, ihn zu kennen, ohne ihn zu bewundern, nicht wahr?‹

›Er war ein hervorragender Mensch‹, sagte ich unsicher. Dann fuhr ich unter dem eindringlichen Starren ihres Blicks, der nach weiteren Worten auf meinen Lippen zu spähen schien, fort: ›Es war unmöglich, ihn nicht ...‹

›Zu lieben‹, ergänzte sie hastig, so dass ich bestürzt schwieg. ›Wie wahr! wie wahr! Wenn Sie aber bedenken, dass niemand ihn so gut kannte, wie ich! Ich besaß sein kostbares Vertrauen. Ich kannte ihn am besten.‹

142

›Sie kannten ihn am besten‹, wiederholte ich. Und vielleicht tat sie das. Doch mit jedem Wort, das gesprochen wurde, verdüsterte sich der Raum mehr und mehr, und nur ihre Stirn, glatt und weiß, blieb vom unauslöschlichen Licht von Glaube und Liebe erhellt.

›Sie waren sein Freund‹, fuhr sie fort. ›Sein Freund‹, wiederholte sie ein wenig lauter. ›Sie müssen es gewesen sein, wenn er Ihnen dies gegeben und Sie zu mir geschickt hat. Ich fühle, dass ich zu Ihnen sprechen kann und, oh! Ich muss sprechen. Ich möchte, dass Sie – Sie, der sein letztes Wort gehört hat, wissen, dass ich seiner wert war ... Es ist nicht Stolz ... Jawohl! ich bin stolz darauf, zu wissen, dass ich ihn besser verstand als sonst jemand auf der Erde – das hat er mir selbst gesagt. Und seit seine Mutter tot ist, habe ich niemand gehabt, niemand, mit dem ...‹

Ich hörte zu. Das Dunkel vertiefte sich. Ich war nicht einmal sicher, ob er mir das rechte Paket gegeben hatte. Ich glaube sogar, er wollte, dass ich auf ein ganz anderes Bündel seiner Papiere aufpassen sollte, das ich nach seinem Tod den Direktor unter der Lampe durchblättern sah. Und das Mädchen sprach, und ihr Schmerz löste sich in der Gewissheit meiner Zuneigung; sie sprach, wie durstige Menschen trinken. Ich hatte gehört, dass ihre Verlobung mit Kurtz von ihrer Familie missbilligt worden war. Er war nicht reich genug gewesen, oder sonst etwas. Und tatsächlich weiß ich nicht, ob er nicht zeit seines Lebens arm war. Er hatte mir einigen Grund zu der Annahme gegeben, dass es die Auflehnung gegen seine verhältnismäßige Armut gewesen war, die ihn dort hinausgezogen hatte.

›... Wer wäre nicht sein Freund gewesen, der ihn je sprechen gehört‹, sagte sie. ›Er zog die Menschen durch das Beste in ihnen an sich.‹ Sie sah mir fest ins Gesicht. ›Das ist die Gabe der ganz Großen‹, fuhr sie fort, und ihre leise Stimme schien von all den anderen Klängen getragen, voll von Geheimnis, Verzweiflung und Kummer, die ich je gehört hatte – dem Rauschen des Stroms, dem Seufzen der Bäume im Sturm, dem Murmeln einer aufgeregten Menge, unverständlichen Worten, kaum noch hörbar, von weit her gerufen, dem Flüstern einer Stimme, die von jenseits der Schwelle zur ewigen Finsternis sprach. ›Aber Sie haben ihn ja gehört! Sie wissen es!‹ rief sie.

›Jawohl, ich weiß es‹, sagte ich, etwas wie Verzweiflung im Herzen, beugte mich aber dabei vor dem Glauben, der in ihr war, vor dem großen, rettenden Trugbild, das mit unirdischer Glut durch die Dunkelheit leuchtete, durch die siegreiche Dunkelheit, vor der ich sie nicht hätte schützen können, vor der ich mich selbst nicht einmal schützen konnte.

›Welch ein Verlust für mich – für uns!‹ verbesserte sie sich mit herrlicher Großmut. Dann fügte sie murmelnd hinzu ›für die Welt‹. Im letzten Schimmer des Zwielichts konnte ich das Glitzern ihrer Augen sehen, die voll von Tränen waren – von Tränen, die nicht fließen wollten.

›Ich bin sehr glücklich gewesen – richtig begnadet – sehr stolz‹, fuhr sie fort. › Zu glücklich, eine kleine Weile lang. Und nun bin ich unglücklich – fürs Leben.‹

Sie stand auf; ihr blendendes Haar schien den letzten Rest von Licht in goldenem Leuchten aufzufangen. Auch ich erhob mich.

›Und von all dem‹, fuhr sie traurig fort, ›von allen seinen Hoffnungen, seiner Größe, seinem edlen, vornehmen Herzen bleibt nichts übrig – nichts als eine Erinnerung. Sie und ich ...‹

›Wir werden immer an ihn denken‹, sagte ich hastig.

›Nein‹, rief sie. ›Es ist unmöglich, dass all dies verloren sein – dass ein solches Leben geopfert worden sein sollte, um nichts zu hinterlassen als Trauer. Sie wissen, dass er große Pläne hatte. Auch ich wusste davon. – Ich konnte sie vielleicht nicht verstehen – doch andere wussten davon. Etwas muss übrigbleiben. Seine Worte zumindest sind nicht gestorben.‹

›Seine Worte werden bleiben‹, sagte ich.

›Und sein Beispiel‹, flüsterte sie zu sich selbst. ›Die Menschen sahen zu ihm auf, seine Güte leuchtete aus jeder seiner Handlungen, sein Beispiel ...‹

›Das ist ›wahr‹, sagte ich, ›auch sein Beispiel. Jawohl, sein Beispiel. Ich vergesse das.‹

›Ich aber nicht. Ich kann es – kann es nicht glauben – jetzt noch nicht. Ich kann nicht glauben, dass ich ihn nie wieder sehen soll, dass niemand ihn je wieder sehen soll. Nie, niemals wieder.‹

Sie streckte die Arme aus wie nach einer zurückweichenden Gestalt, streckte sie schwarz, mit gefalteten, bleichen Händen quer durch den schmalen, mattschimmernden Lichtstreifen des Fensters. Ihn nie wieder sehen! Ich sah ihn eben damals deutlich genug. Ich werde dieses beredte Gespenst sehen, solange ich lebe, werde auch sie sehen, einen tragischen, vertrauten Schatten, sie, die mich in dieser Gebärde an eine andere tragische Gestalt erinnerte, an die andere, die, mit unwirksamen Zaubermitteln bedeckt, nackte, braune Arme über das höllische Glitzern des Stroms, des Stromes der Finsternis, ausgestreckt hatte. Sie sagte plötzlich sehr leise: ›Er starb, wie er gelebt hatte.‹

›Sein Ende‹, sagte ich, während sich ein dumpfer Ärger in mir regte, ›war in jeder Hinsicht seines Lebens würdig.‹

›Und ich war nicht bei ihm‹, murmelte sie. Mein Ärger machte einem Gefühl endlosen Mitleids Platz.

›Alles, was getan werden konnte ...‹, murmelte ich.

›Oh, aber ich glaubte stärker an ihn als irgendjemand sonst auf Erden – mehr als seine eigene Mutter, mehr als er selbst. Er brauchte mich! Mich! Ich hätte jeden Seufzer, jedes Wort, jedes Zeichen, jeden Blick wie einen Schatz aufbewahrt.‹

Ich fühlte es wie eine eisige Hand auf meiner Brust. ›Nicht!‹ sagte ich mit erstickter Stimme.

›Vergeben Sie mir. Ich – ich – habe – lange schweigend getrauert, schweigend ... Sie waren bei ihm – bis zuletzt. Ich denke an seine Einsamkeit. Niemand ihm nahe, um ihn zu verstehen, wie ich ihn verstanden hätte. Vielleicht auch niemand, um zu hören ...‹

›Bis ganz zuletzt‹, sagte ich bebend. ›Ich hörte seine letzten Worte ...‹ Damit brach ich erschreckt ab.

›Wiederholen Sie sie‹, sagte sie in größtem Schmerz. ›Ich will – ich will – etwas – etwas, um – um damit weiterleben zu können.‹

Ich war hart daran, ihr zuzuschreien: ›Hören Sie sie nicht?‹ Das Dunkel wiederholte sie rings um uns, hartnäckig flüsternd, in einem Flüstern, das drohend anzuschwellen schien, wie das erste Flüstern eines erwachenden Sturms: ›Das Grauen! Das Grauen!‹

›Sein letztes Wort – und damit weiterleben zu können‹, murmelte sie. ›Verstehen Sie nicht, dass ich ihn liebte – ihn liebte, ihn liebte!‹

Ich riss mich zusammen und sagte langsam: ›Das letzte Wort, das er aussprach, war – Ihr Name.‹

Ich hörte einen leichten Seufzer, und dann stand mein Herz still, hielt unvermittelt an, vor einem furchtbaren, jubelnden Aufschrei, vor einem Schrei unbegreiflichen Triumphs und unaussprechlichen Schmerzes. ›Ich wusste es, wusste es gewiss! ...‹ Sie wusste es. Wusste es gewiss. Ich hörte sie weinen; sie hatte das Gesicht in den Händen verborgen. Mir war es, als müsste das Haus einfallen, bevor ich noch entrinnen konnte, als müsste mir der Himmel auf den Kopf stürzen. Doch nichts geschah. Der Himmel stürzt wegen einer solchen Kleinigkeit nicht ein. Wäre er wohl eingestürzt, wenn ich Kurtz die Gerechtigkeit hätte widerfahren lassen, die er verdiente? Hatte er nicht selbst gesagt, dass er nichts weiter als Gerechtigkeit wünschte! Doch ich konnte es nicht. Ich konnte es ihr nicht sagen. Es wäre zu dunkel gewesen, allzu dunkel ...«

Marlow brach ab und saß undeutlich und schweigend da, in der Stellung des meditierenden Buddha. Niemand regte sich eine Zeitlang. »Wir haben den Anfang der Ebbe versäumt«, sagte der Direktor plötzlich. Ich hob den Kopf. Die Mündung war von einer schwarzen Wolkenbank umlagert, und die ruhige Wasserstraße, die zu den letzten Enden der Welt führte, strömte düster, unter bedecktem Himmel dahin, wie in das Herz einer ungeheuren Finsternis.

Nachwort des *Herausgebers* Joerg K. *Sommermeyer*

Joseph Conrad, 1904
(Foto von George Charles Beresford, 1864-1938)

Joseph Conrad (Jozef Teodor Konrad Nalecz Korzeniowski) wird am 3. Dezember 1857 als einziger Sohn des Schriftstellers und Übersetzers (von Werken William Shakespeares und Victor Hugos) und revolutionären politischen Aktivisten (Vorbereitung des missglückten polnischen Aufstandes von 1863) Apollo Korzeniowski und seiner Frau Ewelina Bobrowska, beide Eltern polnischen Adelsfamilien entstammend, in Berdytschiw (bis 1793 polnisch, nach der zweiten Teilung Polens Russisches Kaiserreich, heute Ukraine) geboren.

1861 wird sein Vater verhaftet, in der Zitadelle Warschau festgesetzt, dann ins nordrussische Wologda verbannt. Ehefrau und Sohn begleiteten ihn. Am 18. April 1865 stirbt die Mutter an Tuberkulose. Nach der Entlassung aus der Verbannung leben Vater und Sohn in Lemberg und kurze Zeit in Krakau, wo Joseph Conrad das Gymnasium besucht. Am 23 Mai 1869 stirbt der Vater. Joseph kommt in die Obhut seines Oheims, Tadeusz Bobrowski. 1870-1874 wird er vom Tutor Pulman, Student der Universität Krakau, unterrichtet, mit dem er 1873 die Schweiz, Deutschland und Italien bereist. Zeitlebens von der Liebe zum Meer beseelt, will er unbedingt Seemann werden, und als sein Oheim zustimmt, fährt er am 14. Oktober 1874 nach

147

Marseille, wird vom französischen Bankier und Reeder Jean-Baptiste Delestang angeheuert. Juni-Dezember 1875 Lehrzeit auf der *Mont-Blanc* (Marseille-Martinique-Le Havre). Juli-Februar 1877 Reise mit dem Schoner *St.-Antoine* (Westindische Inseln). 1877 beteiligt er sich an der Tartane *Tremolino*, schmuggelt Waffen für die Karlisten.

1878, nach einer unglücklichen Liebesaffäre und dem Duell mit dem Amerikaner J. M. K. Blunt, versucht er sich umzubringen, schießt sich mit einem Revolver in die Brust. Am 24. April 1878 verlässt er Marseille auf dem britischen Dampfer *Mavis*, mit dem Ziel Konstantinopel. Im selben Jahr betritt Conrad erstmals britischen Boden. Er lernt im Selbstunterricht Englisch. Als gewöhnlicher Fahrensmann wird er beschäftigt auf *The Skimmer of the Seas* (englische Ostküste) und dem *Duke of Sutherland* (London-Australien) und der *Europa* (London-Mittelmeer). 1880-1890 Karriere als Schiffsoffizier bei der Handelsmarine: *Loch-Etive* (London-Australien); *Anna Frost*; *Palestine* (London-Indischer Ozean); *Riversdale* (London-Madras); *Narcissus* (Bombay-Dünkirchen); *Tilkhurst* (Hull-Cardiff-Singapur); *Highland Forest* (Amsterdam-Java); *Vidar* (Singapur-Borneo); *Melita* (Singapur-Bangkok); *Otago* (Bangkok-Sydney-Mauritius-Port Adelaide; erstes Kommando als Kapitän). Am 19. August 1886 erhält er die britische Staatsbürgerschaft. 1889 beginnt er in London die Niederschrift von *Almayer's Folly*.

1890 reist er als Angestellter der *Société Anonyme Belge pour le Commerce du Haut-Congo* mit der *Ville de Maceio* von Frankreich nach Belgisch-Kongo. Auf der SS *Roi des Belges* befährt er den Strom, wird schwer fieberkrank, leidet an Dysenterie und muss auf seiner Rückreise von Kinshasa nach Boma im Oktober 1890 über weite Strecken getragen werden. Sporadische Fieberanfälle werden ihn von da an niemals mehr verlassen. 1891 betreut er an der Themse gelegene Warenhäuser von *Barr, Moering & Co.*, London. 1892 dient er als Erster Offizier auf der *Torrens* (Plymouth-Adelaide-Cape Town-St. Helena-London), 1893 als Zweiter Offizier auf der *Adowa* (London-Rouen-London).

Schulden, Gicht, Malaria, Ruhr, Angst, Zahnarztphobie. Conrad ist gehemmt, eitel, reserviert, nervös, skeptisch und ironisch zugleich, hat zu kämpfen mit physischen und psychischen Problemen. In Briefen beschreibt er oft Symptome von Depression.

Am 14. Januar 1894 beendet er krankheitshalber seine Seemannskarriere, bestreitet nun seinen Lebensunterhalt als freier Schriftsteller. Beeinflusst von Henry James (1843-1916; amerikanisch-britischer Schriftsteller; Kenner und Liebhaber der Werke Goethes; Ambiguität; vielschichtige, detailreiche Schilderung des Innenlebens seiner Figuren; *Roderick Hudson*, 1875; *The Portrait of a Lady*, 1881; *The Wings of the Dove*, 1902; *The Ambassadors*, 1903; *The Golden Bowl*, 1904), wird er 13 "romantisch-realistische" Romane und 28 Kurzgeschichten verfassen. Einsamkeit, Geheimnis, Unwirklichkeit, Weite, das Elementare, Urgewalten prägen die Atmosphäre seiner Werke, deren mit moderner Erzähl- und Standpunkttechnik (fiktive Beobachter berichten, interpretieren, kommentieren) tiefenpsychologisch einfühlsam gezeichneten Charaktere, allein, auf sich selbst gestellt, fern aller Kultur und Zivilisation, sich menschenwürdig bewähren müssen.

1895 Publikation seines ersten Romans *Almayer's Folly*; *An Outcast of the Islands*, 1896. Am 24. März heiratet er die Engländerin Jessie George (zwei Söhne:

Borys Conrad, 1898-1978; *My Father – Joseph Conrad*, 1970, und John Conrad, 1906-1982). Flitterwochen in Brittany. Das Paar lässt sich in Ivy Walls (Stanford-le-Hope / Essex) nieder. *The Nigger of the Narcissus*, 1897; *Tales of Unrest*, 1898; *Lord Jim*, 1900; *Youth and other Stories*, 1902; *Romance* (zusammen mit F. M. Ford), 1903; *Typhoon*, 1903; *Nostromo*, 1904; *The Mirror of the Sea*, 1906; *The Secret Agent*, 1907; *A Set of Six*, 1908; *Under Western Eyes*, 1911; *Some Reminiscences*, 1912; *'Twixt Land and Sea*, 1912; *Chance*, 1913; *Within the Tides*, 1915; *Victory*, 1915; *The Shadow Line*, 1917; *The Arrow of Gold*, 1919; *The Rescue*, 1920; *The Rover*, 1923; *Suspense* (Fragment), 1925; *Tales of Hearsay*, 1925.

Am 3 August 1924 stirbt Joseph Conrad in seinem Haus *Oswalds* in Bishopsbourne / Kent, wo er mit seiner Familie seit 1919 gelebt hat, an einer Herzattacke. Auf dem Friedhof von Canterbury ist er begraben.

Herz der Finsternis trägt autobiographische Züge: Segelausflüge Conrads mit G. F. Hope auf dessen Yacht *Nellie* (S. 65). Vor seiner Kongo-Reise war Conrad wie Marlow etwa 6 Jahre lang zur See gefahren (S. 68). Den Kontakt zum Direktor der Kongo-Gesellschaft, Albert Thys, stellte Conrads in Brüssel lebende Tante her (S. 69). Ein Däne *Freiesleben* (Freslven) hatte, wie von Marlow geschildert, sein Leben verloren, Conrad sollte dessen Schiff übernehmen (S. 69 f.). In Kinshasa erfährt er wie Marlow, dass sein Dampfer, auf Grund gelaufen sei, erst geborgen werden müsse (S. 81); anders als Marlow gelingt ihm die Bergung freilich nicht. Conrads und Marlows Routen stimmen überein. Kurtz (bei einer Manuskriptbearbeitung so umbenannt) hieß ursprünglich Klein, nach dem Handelsagenten, der während Conrads Rückreise auf der *Roi des Belges* verstirbt. Alexandre Delcommune, Bruder des Managers (S. 81 ff.), führte während Conrads Aufenthalt eine Expedition ins Katangagebiet. Kannnibalen (S. 94), die nachts Brennholz für die Kessel des Flussdampfers schlugen, wurden wegen ihrer Kenntnis des Flusslaufs beschäftigt. In schweren Rollen gelieferter Messingdraht (S. 100), galt am Kongo, in Normstücke zerschnitten, als Zahlungsmittel. John Thomas Towson (S. 97) hatte um 1850 Segelhandbücher veröffentlicht.

Es ist die Zeit der Kongogräuel: 1885 hatte die Berliner Afrikakonferenz (Kongokonferenz / Westafrika-Konferenz; 15. November 1884 - 26. Februar 1885, auf Einladung des deutschen Reichskanzlers Otto von Bismarck, mit Vertretern der USA, des Osmanischen Reiches, der europäischen Mächte Österreich-Ungarn, Belgien, Dänemark, Frankreich, Großbritannien, Italien, Niederlande, Portugal, Russland, Spanien und Schweden-Norwegen; Wettlauf um Afrika; die offizielle Annexion Ägyptens 1914 schloss die koloniale Aufteilung Afrikas ab.) den Kongo-Freistaat als Privatbesitz der Kongogesellschaft (Société générale de Belgique) bestätigt, also praktisch als Eigentum des Königs der Belgier, Leopolds II., des Hauptaktionärs. Danach wurde das Land 1888-1908 mittels Sklavenhandel (ungeachtet eines gesetzlichen Verbots), Zwangsarbeit, Geiselnahmen, Tötungen, Verstümmelungen, Sammeln abgehackter Hände, Vergewaltigungen zwecks Kautschuk- und Elfenbeingewinnung systematisch ausgeplündert; Millionen Kongolesen kamen um. *Herz der Finsternis* thematisiert 1899 erstmals dieses Grauen. (Es folgen u. a.: Edmund Dene Morel, *King Leopold's Rule in Africa*, 1904;

Arthur Conan Doyle, *The Crime of the Congo*, 1909; Mark Twain, *King Leopold's Soliloquy*, 1905; neuerdings: Adam Hochschild, *King Leopold's Ghost*, 1998).

Bereits in seinen frühen Romanen hatte Joseph Conrad Ausgeliefertsein und Perversion des Weißen in der übermächtigen Welt des Urwaldes dargestellt. Die suggestiv-alptraumhafte Erzählung Herz der Finsternis schließt daran an, verschärft Conrads Kolonialismuskritik, geht in seinen moralischen und existentiellen Fragestellungen aber weit darüber hinaus: Illusionslosigkeit, Ausgeliefertsein, haltloses Leben ohne Sinn, Verlust von Idealen, Selbstgewissheit, Selbstkontrolle, Ordnung, Wert, Moral. Marlows Erzählen gerät dabei unabhängig davon, ob ihm die Zuhörer folgen wollen und können, zum Bewältigungsakt seiner eigenen radikalen Erfahrung.

Wirklichkeit schwindet. (S. 94: *»Wenn man auf Dinge dieser Art zu achten hat, auf die Zufälle der Oberfläche, dann verliert die Wirklichkeit – die Wirklichkeit, sage ich euch – an Kraft. Die innere Wahrheit ist verborgen – zum guten Glück. Doch ich empfand sie trotzdem; ich fühlte oft, wie das geheimnisvolle Schweigen mich bei meinen Affenkünsten beobachtete, genauso wie es auch euch Burschen beobachtet bei eurem jeweiligen Seiltanzen um – na, um was; um einen Silberling für einen Purzelbaum ...«*) Scheinbar geordnet entpuppt sie sich tatsächlich als brüchig und gefährdet. Zerrbilder der Wirklichkeit: Farce, Traum, Alptraum. Eine Atmosphäre von Unsicherheit und Unwirklichkeit beginnt bereits in der Rahmenhandlung beim nächtlichen Warten auf den Gezeitenwechsel, steigert sich in der Düsternis des Dschungels, der seine wahre Natur nicht preisgibt, im verdeckten Dunkel der verdächtigen Handlungsreisenden und anrüchigen Pilger.

Die Persönlichkeit des Agenten Kurtz wird in seiner maßlos raffenden Gier nach Elfenbein nachhaltig korrumpiert, sein besseres Ich verlässt ihn; Fühlen, Denken und Handeln pervertieren. Aus dem *"Sendboten des Erbarmens, der Wissenschaft, des Fortschritts"* (S. 85) wird eine Inkarnation des Bösen. Die Wildnis, das Böse suchen ihn heim, okkupieren ihn im Innersten der Finsternis des geheimnisvollen Urwalds, werden ihn nie wieder freigeben. Jeglicher Humanität entfremdet, lässt er sich, mit einer unmenschlichen Natur, dem geheimnisvollen Grauen des Dschungels, gemeinsame Sache machend, in mörderischen Riten von den Eingeborenen als Herrscher und Gottheit anbeten.

Die Expedition ins Innere Schwarzafrikas wird symbolisch Erkundungsfahrt zu den dunkelsten Abgründen und äußersten Möglichkeiten der menschlichen Seele (Gralssuche, Hadesreise, Dantes Inferno?), in denen das absolut Böse Gestalt und Wirklichkeit gewinnt, Prolog zum Völkermord an den Herero und Nama (1904-1908, während und nach der Niederschlagung von Aufständen in der Kolonie Deutsch-Südwestafrika), dem Völkermord (Massaker und Todesmärsche) an den Armeniern (1915 / 1916), den Katastrophen der Weltkriege, Holocaust, Gulag, Hiroshima?

Joerg K. Sommermeyer, Berlin, 11. November 2018

Buchanzeige

Franz Treller
Nikunthas, König der Miami
Eine Abenteuererzählung aus Nordamerika
Anhang: **Indianer-Gedanken** von Oskar Panizza
und **Die blaue Schlange** von Fritz von Ostini
Vollst. rev. und neu bearb. von Georg J. Feurig-Sorgenfrei
Hrsg. und mit einem Nachw. vers. von Joerg Sommermeyer
Kollektion Abenteuer- & Reiseerzählungen / KAR 1
Orlando Syrg Taschenbuch, 1. Aufl., OrSyTa 22009, Berlin, 2010
2. Aufl., OrSyTa 22017, Berlin 2017

Joerg K. Sommermeyer
Lieblingsmärchen
[Andersen, 1001 Nacht, von Arnim, Bechstein, Brentano, de la Motte Fouqué, Brüder Grimm, Hauff,
Hebel, Hoffmann, Hofmannsthal, Keller, Möeike, von Sternberg, Stevenson, JS, Storm]
Ausgewählt, zusammengestellt, durchgesehen und revidiert, herausgegeben und mit
einem Nachwort versehen von Joerg K. Sommermeyer
Kollektion Abenteuer- & Reiseerzählungen / KAR 2
Orlando Syrg Taschenbuch, 1. Aufl., OrSyTa 42017, Berlin, 2017
2. erw.Aufl., OrSyTa 22018, Berlin 2018

Joerg K. Sommermeyer (Hg.)
Robert Müllers Tropen
Der Mythos der Reise
Urkunden eines deutschen Ingenieurs
Durchgesehen und revidiert, herausgegeben und mit einem
Nachwort versehen von Joerg K. Sommermeyer
Kollektion Abenteuer- & Reiseerzählungen / KAR 3
Orlando Syrg Taschenbuch, 1. Aufl., OrSyTa 52018, Berlin, 2018

Joerg K. Sommermeyer (Hg.)
Taugenichts et cetera
Eichendorff, Chamisso, Büchner
Aus dem Leben eines Taugenichts
Peter Schlemihls wundersame Geschichte
Lenz
Durchgesehen, revidiert und mit einem Nachwort
herausgegeben von Joerg K. Sommermeyer
Reihe alte Tradition Azurcelesteblueoscuro / RAT ACBO 5
Exemplarische Werke der Weltliteratur
Orlando Syrg Taschenbuch, 1. Aufl., OrSyTa 62018, Berlin, 2018